Das Forsthaus im Spessart

Trudi Graf

Das Forsthaus im Spessart

Erzählungen

Bibliografische Information der Deutschen Nationalbibliothek:
Die Deutsche Nationalbibliothek verzeichnet diese Publikation in der Deutschen Nationalbibliografie; detaillierte bibliografische Daten sind im Internet über
< http://dnb.d-nb.de > abrufbar.

Herstellung und Verlag: Books on Demand GmbH, Norderstedt

Die vorliegende Ausgabe ist als <Book on Demand> hergestellt worden und über den klassischen Buchhandel, den Internet-Buchhandel sowie direkt von der Autorin zu beziehen.

Covergestaltung: I. Graf
Photos: W. Graf, J. Weiß

ISBN: 978-3-8334-8400-1

Für die Freunde des großen Waldes. Er bedarf ihrer dringender denn je!

Prolog

Generationen von Forstleuten hat das alte Forsthaus in Altenbuch kommen und gehen sehen. Fast dreihundert Jahre lang thront es schon über dem Dorf und niemals vorher war seine Existenzberechtigung in Frage gestellt. Achtzehn Jahre lang durfte ich dort wohnen. Mehr als ein Mal habe ich mich gefragt, was die alten Mauern erzählen würden, könnten sie denn reden. Dass es tatsächlich gelingen kann, das Haus zum Erzählen zu bringen, habe ich mir nicht vorgestellt, spätestens aber seit sein Ende als Forsthaus beschlossene Sache war, gab es nur ein Anliegen: Das alte Forsthaus zum Sprechen zu bringen und viele der Geschichten, die es im Laufe seiner Existenz erlebte, vor dem Vergessen zu bewahren.

Wenn nun ein Erzähler schon sehr betagt ist, ist der Zuhörer verpflichtet Nachsicht zu üben: Zwar hat sich das alte Haus nach Kräften bemüht, alles wahrheitsgemäß und vollständig wiederzugeben, aber längst nicht alle Geschichten hat es sich bewahren können, sie sind für immer verschwunden. Über andere dagegen, ist es nicht bereit zu sprechen, damit muss sich der Leser abfinden. Manches liegt ihm so klar vor Augen, als hätte es sich erst gestern ereignet, anderes dagegen taucht aus dem Nebel der Erinnerung nur verschwommen auf. Da das alte Haus aber Gefallen am Erzählen fand, hat es da oder dort improvisiert, ergänzt oder, das gilt besonders für die Namen: umgeformt. War es doch nicht sein Anliegen eine forstgeschichtliche Abhandlung zu schreiben, sondern einfach nur seine Geschichte zu erzählen in der Art, wie es gute Geschichtenerzähler tun: Ihre Zuhörer an die Hand nehmen und sie in eine andere Welt führen, ohne sie dabei zu langweilen, denn das wäre ein unverzeihlicher Fehler.

Die Spurensuche konnte nicht immer und in jedem Fall erfolgreich zu Ende geführt werden – gut so, denn es muss ja immer noch etwas zum Suchen und Forschen übrig bleiben.

Forsthausgeschichten

Ein Forstmeister hier in meinen Mauern, ohne seine Familie, dergleichen hätte ich nie für möglich gehalten. Ich habe immer gedacht, mein Leben würde stets in den gleichen jahrhundertelang bewährten Bahnen laufen. Sicher weiß auch ich um die Vergänglichkeit aller irdischen Dinge, aber ich wähnte mich noch eine Ewigkeit davon entfernt. Verjüngt und verschönt, wie ich jetzt bin, scheinen solche Gedanken auch abwegig, aber ich fühle mich alt, obwohl ich schon lange nicht mehr so prächtig renoviert und noch nie so aufwändig ausgestattet war. Seit mehr als 240 Jahren bewohnen Forstleute meine Zimmer, das tun sie noch immer. Sie arbeiten hier, verdienen ihr Geld, administrieren den Wald. Noch nie in der Vergangenheit aber arbeitete ein Oberförster oder ein Forstmeister hier ohne seine Familie. Wie kann ich noch ein lebendiges Forsthaus sein, wenn?
O, Pardon! Es ist doch reichlich unhöflich von mir und wohl meiner Altersvergesslichkeit anzulasten, ich habe mich noch nicht vorgestellt! Ich bin ein altes Spessartforsthaus, erbaut noch zu Kurmainzer Zeiten, danach Königlich Bayerisches Forstamt und jetzt dem Freistaat Bayern gehörig. Wie lange wohl noch? Diese Frage beschäftigt mich viel zu oft und die Kälte, die dann durch meine alten Mauern zieht, ist schlimmer als die der strengsten Winter. Nicht, dass ich empfindlich wäre gegen Kälte, ich habe schon äußerst grimmige Winter erlebt, einmal fror trotz meiner dicken Mauern sogar meine Wasserleitung ein, aber jene Kälte ist bedrohlicher, lässt mich ächzen, raubt mir die Standhaftigkeit. Dann fühle ich mich älter, als ich es vielleicht je werde.
Die Einsamkeit ist es wohl, die solche Ängste weckt. Wenn jetzt das Forstamt seine Türen schließt, die Putzfrau ihre Arbeit getan hat, ist es hier still wie in einem Grab.

Kein Kindergeschrei, kein Kinderlachen, kein Hundegebell, bestenfalls das Rattern der Maschinen, die sie Computer nennen, aus den Büros. Nichts Lebendiges mehr in meinen alten Mauern. Am schlimmsten sind die Wochenenden, dann knarren und stöhnen meine alten Balken vor Kummer. Wenn wenigstens noch Samira und ihre Nachkommen mein Dachgebälk bewohnten! Nom de Dieu! Sie können nicht wissen, wer Samira ist! Samira, die prächtigste und klügste aller Schleiereulen, Mutter einer großen Sippe, von der immer eine in meinen Mauern wohnen blieb. Nie werde ich ihre Augen vergessen! Das linke Auge funkelte im Mondschein in einem warmen Orange, als hätte sie Uhu-Blut in ihren Adern, und verstärkte noch ihr geheimnisvolles Wesen. Ganz nebenbei war sie die treueste und weiseste Freundin, die ich je hatte. Sie war meine Lehrmeisterin und sie fehlt mir mehr denn je. Von Samira habe ich auch viele der Geschichten, die sich nicht innerhalb meiner Mauern abgespielt haben. Geschichten aus den Wäldern, Geschichten vom Dorf, nicht zu vergessen, sonst würde Samira mich rügen und mir Standesdünkel vorwerfen. Ich sagte ja schon, sie war meine Lehrmeisterin. Viele ihrer Nachkommen begleiteten mich durch die Jahre und wenn ich in meinen Erzählungen von Samira spreche, so handelt es sich zwar immer um eine Eule, nicht immer aber um dieselbe.

All die Geschichten sind mir anvertraut. Ich habe sie selbst miterlebt oder erzählt bekommen. Jetzt, da ich begreife, dass all das endgültig vorüber ist, ist mir Angst um diese Geschichten. Sie werden verloren gehen, ich spüre es. Deshalb wird es Zeit, sie zu erzählen. Jedenfalls die Geschichten, die man erzählen kann. Die anderen, die nicht zum Erzählen taugen, werden für immer in meinen Mauern verschlossen bleiben. Vieles aber sollte erzählt

werden. Ich weiß, dass viele Menschen Freude an Geschichten aus Forst und Wald haben. Ich habe erlebt, wie die Kinder meiner letzten Forstfamilie vor jenem Kasten saßen, den sie Fernseher nennen, und sich von einer Art Märchen fesseln ließen, mit Namen *Forsthaus Falkenau.* Frau Forstmeister erheiterten diese Geschichten ungemein. Am meisten faszinierte sie der Zustand der Dienstkutsche, Pardon, das heißt jetzt Dienstwagen. Sie bestaunte einen weißen Geländewagen, zu ihrer Verblüffung immer strahlend sauber und gepflegt. Verständlich ihr Erstaunen, besah man sich das Waldauto ihres Gemahls. Bei diesem war nur nach einem starken Gewitterregen die ursprüngliche Farbe zu erkennen und sein Interieur glich eher einem Wildsaukessel. Sie machte sich sogar die Mühe, an den Sender zu schreiben, mit der Bitte, das Geheimnis des immer sauberen Waldautos preiszugeben. Bedauerlicherweise erhielt sie keine Antwort, sodass sich auch am Zustand des eigenen Wagens nichts änderte. Aber ich eile voraus. Ich sollte mich um Ordnung bemühen beim Erzählen, das bin ich meinen Zuhörern schuldig.
Legen wir also die Sedimente der Erinnerung frei und lesen aus dem Tagebuch eines alten Forsthauses, das die Jahrhunderte überdauert hat. 1760 ist das Jahr meiner Entstehung und ich darf wohl sagen, dass ich das prächtigste Haus im Dorf war. Parbleu! Da fängt es schon an: *Das Dorf* gab es damals gar nicht! Es waren vielmehr zwei eigenständige Dörfer, das Ober- und Unterdorf, aus denen das heutige Dorf dann viele Jahre später entstand. Hoch über den Dörfern also, an einem der sonnigsten Plätze, wurde ich gebaut, mit Ställen für das Vieh, Backofen, Scheune, Waschhaus und zwei großen Gärten vor und hinter dem Haus. Ich entsinne mich nicht mehr so recht, ob die Obstgärten gleich von Anfang an dabei waren. Genau weiß ich aber, dass der steile Hang in viele

Terrassen unterteilt wurde, damit Getreide und Kartoffeln angebaut werden konnten. Errichten ließen mich die Kurmainzer Fürstbischöfe für ihre Forstbeamten.
Wolfgang Mantel, aus der berühmten Forstdynastie der Mantel, war der erste Bewohner meiner Mauern. Daran erinnere ich mich genau. Mit großem Eifer widmete er sich nicht nur seiner Arbeit, sondern bemühte sich, um eine eigene Kirche für die beiden Dörflein. Großzügig unterstützte er das Vorhaben und zehn Jahre nach meiner Entstehung gab es endlich im Unterdorf eine Kirche. Um den großzügigen Spender zu ehren, wurde sie dem heiligen Wolfgang geweiht. Kirche und Forsthaus waren von jetzt an die Wahrzeichen des Dorfes und überragten die armseligen Häuslein. Das gab den Untertanen das Gefühl, nicht von aller Welt vergessen und verlassen ihr armseliges Dasein fristen zu müssen. Peter Mantel, der Sohn von Wolfgang, führte die Arbeit seines Vaters fort. *Er hat nicht nur den Holz- und Wildfrevel in den hochherrschaftlichen Wäldern zu unterbinden, er muss die Untertanen auch daran hindern verschwenderisch und verderblich mit dem eigenen Gehölz umzugehen, dass solches dadurch äußerst zu Grunde gerichtet werde.* Würde Peter Mantel heute in sein Revier gehen und sehen, wie verschwenderisch Holz genutzt wird, er wäre echauffiert.
Nebenbei, Sie finden die Sprache blumig. Natürlich, eine so nüchterne Verwaltungssprache wie heute gab es damals nicht. Davon hätte sich damals wohl kaum einer angesprochen gefühlt, man hätte sie als unhöflich und ungehobelt empfunden. So wie es heute ganz cool ist, seine Sprache immerfort mit englischen Worten zu schmücken, war damals Französisch »Le dernier crie«! Das ging so weit, dass die Bürgermeister hier am Ort mit *Maire* unterzeichneten, Forstmeisters waren stolz auf ihr Chaiselongue und die Hunde hießen nicht mehr Feldmann

oder Gsell, sondern Moustache, Quivala, La Trace und La Futaie. Eine Verfremdung der Sprache durch Anglizismen klagt ihr heute? Damals beschwerte man sich, dass alles verwelscht werde!
Es war eine ganz andere Zeit damals, als ich jung war, und ich überlege angestrengt, wie ich Ihnen diese Zeit nahebringen kann. So viele Geschichten kommen mir in den Sinn, dass ich nicht weiß, wo ich beginnen soll.
Ich bräuchte ein Stichwort, einen Dirigenten, der das Ganze zu einer vernünftigen Komposition verwandelt. Was mich erinnert, dass in meinen Mauern durchaus auch kulturell einiges geboten wurde. Es gab einen Musizierkreis, zu dem sich mein Forstmeister und zwei Lehrer regelmäßig trafen und musizierten. Gelegentlich war auch noch der Herr Doktor aus Stadtprozelten dabei. Es konnte sich durchaus hören lassen, was dieser Kreis da auf die Beine stellte. Undenkbar heute, nicht nur, weil hier kein Forstmeister mehr wohnt, auch kein Lehrer hat hier im Dorf sein Zuhause. Selbst wenn sie noch alle hier wären, es hätte gewiss keiner Zeit für dergleichen Tätigkeiten. Das bisschen freie Zeit, das den Menschen heute noch bleibt, schenken sie meist dem Fernseher. Er fordert ihre Aufmerksamkeit beständig und nachhaltig, und er liefert auch die Musik. Tatsächlich, ja, er liefert so gut wie alles, ohne dass der Mensch sich in irgendeiner Art und Weise darum bemühen müsste. Das Einzige, was er dafür fordert, ist ständige Aufmerksamkeit. Eine gefährliche Sache, der sich die Menschen völlig arglos ausliefern. Aber ich schweife schon wieder ab, Sie wissen, ältere Wesen tun dies oft beim Erzählen. Es ruht einfach daher, dass wir zu viele Geschichten mit uns herumtragen, die dann alle auf einmal ans Licht drängen.

Meine Existenz verdanke ich dem großen Wald, dem Spessart. Vor undenklich langer Zeit war dieser Wald königlicher Besitz und dem König zur Jagd vorbehalten. Ein königlicher Bannforst, der unter besonderem Schutz stand. Straßen, Dörfer oder gar Städte gab es damals nicht. Hier herrschte der Wald. Irgendwann später, es soll so um die Jahrtausendwende gewesen sein, waren die Mainzer Fürstbischöfe die wichtigsten und mächtigsten Grundbesitzer im Spessart. Diese waren, wie viele Souveräne der damaligen Zeit, versessen auf die Jagd. Alleine, nur auf sich selbst gestellt, vermochten sie jedoch nichts auszurichten, denn die Art, wie damals gejagt wurde, erforderte nicht nur gute Jäger, sondern viele, viele Hilfskräfte. Also beschlossen die Landesherren, ein wenig ihres Waldes zu opfern und einige wenige Dörfer zu gründen. Da keiner ihrer Untertanen darauf versessen war, in der Waldeinsamkeit zu siedeln, wo raues Klima und denkbar arme Böden ein sicheres Auskommen von vornherein in Frage stellten, erfolgte die Besiedelung zwangsweise. Kleine Flächen des Waldes wurden gerodet und Dörfer angelegt. Die Häuser zogen sich entlang der schmalen Täler und zu jedem Anwesen gehörte ein Streifen gerodetes Land, der sich vom Tal bis auf die Höhe zog und den Grundbesitz seiner Bewohner bildete. Außerdem gestand man den Siedlern noch einige lebensnotwendige Nutzungsrechte am Wald zu. Brennholzrechte, Gras- und Streurechte waren notwendig, um die ärmliche Landwirtschaft am Leben zu halten. Damit war es aber auch schon aus mit der landesherrlichen Fürsorge für die Untertanen und jahrhundertelang war deren Auskommen *zum Leben zu wenig und zum Sterben zu viel.* Das erging den Menschen aus dem Oberdorf, die damals noch den Grafen von Rieneck unterstanden, genauso wie denen aus dem Unterdorf, die bereits von Kurmainz beherrscht wurden. Ab dem 16. Jahrhundert gab es sechs reitende Förster für den ganzen Kurmainzer Spessart und einer davon, ich erwähne es nicht ohne Stolz,

lebte in meinem Dorf, in Altenbuch. Ob im Ober- oder im Unterdorf, kann ich nicht sagen.
Dann kam der große Krieg, der dreißig lange Jahre das Land verwüstete, Leben kostete, Not und Leid brachte. Wann immer nötig, flohen die Menschen in den Wald, um ihr Leben zu retten. Zuweilen lebten sie dort mehrere Jahre, lichteten die Bestände und bauten darunter ihre Feldfrüchte an. Längst gab es keine Aufsicht mehr, die ihnen das verwehrt hätte. Der Wald ließ seine Menschen nicht im Stich, wenngleich er nach dieser Zeit übel dran war. Ausgeplündert, stellenweise lichter Weideflächen gleich oder gar gänzlich gerodet, erinnerte nicht mehr viel an den einstmals dunklen, stolzen Wald.
Johann Philip, genannt der Neuerer, erließ 1666 eine Waldordnung, die zum ersten Mal eine planmäßige Waldbewirtschaftung ermöglichte. So fortschrittlich waren diese Gedanken, dass sie viele Jahrhunderte lang die Grundlage für alle nachfolgenden Erlasse und Gesetze bildeten. Zum ersten Mal wurde das *Nachhaltigkeitsprinzip* formuliert und postuliert, etwas, worauf Generationen von Forstleuten bis in heutige Tage zu Recht stolz sind. Das Mantra der Forstwirtschaft gewissermaßen: Es darf nur so viel Holz genutzt werden, wie auch wieder nachwächst, damit auch die Nachkommen ihr Auskommen vom Wald haben. Um das zu gewährleisten, bemühte man die Wissenschaften, stellte komplizierte Formeln auf, und die Forstwirtschaft begann, ein anspruchvolles Wissensgebiet zu werden. In Aschaffenburg wurde eine forstliche Lehranstalt gegründet, der Vorläufer der forstlichen Fakultät. Die Grundlage für eine lange Tradition umsichtiger Waldarbeit wurde nicht zufällig in Unterfranken gelegt, denn hier finden sich die artenreichsten Wälder ganz Bayerns. Gefördert vom Staat, der sich der Bedeutung seiner Wälder als Rohstofflieferanten wohl bewusst war, genoss

die Forstwirtschaft das politische Wohlwollen, das sie heute so schmerzlich vermisst. Es dauerte natürlich seine Zeit, bis der Wald sich erholt hatte. Es braucht einen langen Atem, um mit dem Wald zu arbeiten. Strenge Aufsicht und planmäßiges Wirtschaften zeigten ihre Früchte erst hundert Jahre später, und da begann meine Zeit.
1760 wurde das Forsthaus erbaut, hoch über den Dörfern thronend, an einem der sonnigsten Plätze. Es ist wohl nicht übertrieben, wenn ich sage, dass ich das prächtigste Haus am Ort war. Heute ist das anders. Die neuen Häuser sind groß und komfortabel, aber damals, da waren es kleine Hütten, die sich krumm dem Bachlauf entlang zogen, als wollten sie sich so exakt wie möglich der Landschaft anpassen, um nicht weiter aufzufallen. Mit meinem ersten Bewohner, Wolfgang Mantel, aus der berühmten Forstdynastie der Mantels, die viele Generationen lang Forstleute hervorbrachte, zog auch seine Familie ein. Ich sagte schon, dass das bis in die jüngste Zeit hinein immer so gewesen ist.
Es waren die letzten Jahrzehnte unter Kurmainzer Verwaltung angebrochen und ganz langsam auch die Vorboten einer neuen Zeit. Die Menschen begannen die selbstverständliche, allumfassende Herrschaft ihrer Souveräne in Frage zu stellen. Freiheit, Gleichheit, Brüderlichkeit, diese revolutionären Schlagworte hatten sich hier zwar noch nicht breitgemacht, aber es gab zunehmend andere Formen des Aufbegehrens. Hier hielten sich die Leute nicht weiter mit Theorien auf, sie ließen Taten folgen. Wenn mir und den Meinen der Hungertod droht und der Wald voller Wild ist, so nehme ich mir, was ich brauche, war die aus der Not geborene Rechtfertigung für die Wilderei. Einen gab es, der nahm sich mehr, als er brauchte und bedurfte des Waidwerks nicht weniger dringend als seine Fürsten:

Der Erzwilderer Johann Adam Hasenstab

Held der kleinen Leute, Zauberer, Tausendsassa, unbesiegbarer, tolldreister Bursche, der alle Landesherren und deren Diener auf vielerlei Art an der Nase herumführte. Für ihn war die Jagd längst mehr als ein Broterwerb, er konnte nicht mehr ohne sie sein. Ebenso wenig ohne den ständigen Nervenkitzel der Gefahr. Wie sonst ist es zu erklären, dass er all die hilfreichen Hände, die man ihm anfangs entgegenstreckte, ausschlug. Eine sichere Stellung im Dienste der Abtei Bronnbach als klösterlicher Jäger, noch nicht einmal der Abt, ein väterlicher Freund und Förderer, vermochte es, den Hasenstab auf dem rechten Weg zu halten. Er trieb es immer toller, und als es ihm gar gelang, der Verbannung der australischen Strafkolonie zu entfliehen, war er der größte Held in den Dörfern des Spessarts.

Ein solcher Held kann nicht in Würde altern. Ein Hasenstab mit gichtigen Knochen, den Rücken am Kanonenofen? Niemals hätte er ein solches Leben akzeptiert! Er forderte anderes vom Schicksal, und das Schicksal bot ihm eine angemessene Herausforderung: Johann Sator, Kurfürstlich-Mainzischer Revierjäger zu Bischbrunn, ein harter, eigenbrötlerischer Mann, dem die Erfüllung seiner Pflicht und seiner Arbeit über alles ging. Schon vor Hasenstabs Verbannung in die Strafkolonie hatte er alles darangesetzt, seinen Widersacher zu schnappen. Er war auch der Einzige, der behauptete, die Acta Hasenstab sei, auch nach der Verbannung, noch lange nicht geschlossen.

»So bin ich denn zufrieden, dass der Hasenstab so weit weg ist und wir nicht länger damit rechnen müssen, ein gefährliches oder unglückliches Zusammentreffen mit ihm zu haben«, war die Meinung von Wolfgang Mantel.

»Der Rest seiner Leute wird ohne ihren Anführer nicht mehr viel fingern.«
»Niemals wird einer wie der aufgeben!« Schmallippig, mit zusammengekniffenem Mund, trug Sator seine Bedenken vor, und keiner schenkte ihm Glauben.
»Der gute Sator ist besessen von der Hatz nach dem Hasenstab. So hat er schon Hirngespinste«, vertraute Mantel seiner Frau an.
»Ihm fehlt eine Frau, eine Familie. Er ist so verbissen in die Arbeit und in die Jagd, dass es seinem Gemüt schadet. Ein harter Mann, von allen gefürchtet, von keiner Seele geliebt, was bleibt ihm schon, als sich in Gedanken der Rache zu flüchten. Du weißt wohl, dass die Leute beginnen, ihre Hunde nach seinem Namen zu benennen. So können sie nach dem Hunde treten, ihn beschimpfen und tatsächlich einen ganz anderen im Sinne haben.«
Wolfgang Mantel war sprachlos. Wie immer wusste sein Weib so viel mehr von den Leuten als er selbst.
»Der Sator erfüllt seine Pflicht und jagt den Wilderer und seine Bande. Wie kann das solchen Grimm erzeugen?«
»Es ist nicht nur des Hasenstabs wegen. Beim Anlegen der großen Kultur auf der Eichhöh hat er die Leute mit der Fron so geschunden, dass einige bereit waren, ihn zu lynchen.«
»Ha, das würde wohl keiner wagen!«
»Wohl nicht so leicht. Die Leute sind friedlich und gottesfürchtig. Sie begehen nicht leichtfertig ein schweres Verbrechen. Zumal ihnen schnell der Mut genommen ist, wenn Sator auftaucht, die Reitgerte gegen die Stiefel schlagend, einen Blick aus stechenden Augen, niemals ein gutes Wort führend.«
»Du scheinst ihn ebenfalls nicht sehr zu estimieren, meinen Kollega?«
Ein leichtes Nicken bestätigte seine Annahme.

»Er dauert mich aber auch. Was ist das für ein Leben, ohne Familie, ohne Freunde, ja gänzlich ohne Liebe, nur der Pflicht verschrieben?«
Wolfgang Mantel schloss seine Frau in seine Arme.
»Gott sei's gedankt, dass es uns nicht an Liebe gebricht, auch an Liebe für unsere Nächsten. Dennoch, dennoch hätte auch ich den Hasenstab stellen müssen, wäre es zu einem Treffen gekommen.«
»Du hast das immer gefürchtet, nicht wahr, mein Teuerster?«
»Ja, und nicht nur aus Furcht, mein Leben zu verlieren.«
Das war das erstaunlichste Bekenntnis, das Mantel je in meinen Mauern äußerte, und als ich es des Abends spät mit Samira erörterte, war diese nicht überrascht.
»Er ist ein feinfühliger Mensch, der sieht, wie die Leute um ihr Auskommen kämpfen. Er ist aber auch Diener seines Landesherren, seiner Pflicht und Treue verbunden. Warum meinen Sie wohl, ist es ihm eine solche Herzensangelegenheit, das Dorf zu fördern?«

Im Sommer 1772 schon ging die Kunde, Hasenstab sei zurück und treibe neuerlich sein Unwesen. Die Schlinge um des Wilderers Hals, der für vogelfrei erklärt ist, zog sich langsam zu. Ein Hofratsschreiben aus Mainz legte zehn Reichstaler als Kopfgeld fest, zusammen mit der ernsten Mahnung an alle kurfürstlichen Jäger im Spessart, dem gefährlichen Treiben des Wilderers endgültig ein Ende zu setzen.
Mantel weigerte sich zunächst zu glauben, dass dem Hasenstab die Rückkehr geglückt sei. Erst das Hofratsschreiben machte es auch für ihn unmöglich, die Sache weiterhin zu ignorieren.
Sator magerte um Etliches ab. Seine Augen hatten einen fiebrigen Glanz. Vielerlei wurde gemunkelt und erzählt: Er könne keinen Schlaf mehr finden, sei vom Bösen

besessen, ja er habe gar in seiner Gier, den Hasenstab zu fangen, einen Pakt mit dem Bösen geschlossen. Der wilde Jäger habe ihm Freikugeln gegossen, Kugeln, die ihr Ziel nie verfehlen und mit deren Hilfe er den Hasenstab zur Strecke bringen wolle. Der Preis für solche Freikugeln war hoch. Man musste seine Seele dem wilden Jäger verkaufen, einen Pakt mit dem Bösen schließen. Beide, Sator und Hasenstab, Jäger und Gejagter, standen jetzt in dem Ruf, über Freikugeln zu verfügen.
Was keiner wusste, Sator hatte noch eine sehr alte Rechnung zu begleichen. Als Jägerjunge, noch vor seiner Freisprechung, bevor er wehrhaft gemacht worden war, also als vollwertiger Jäger anerkannt war, fand er auf einem seiner Pirschgänge nicht nur einen frisch gewilderten Hasen vor, sondern wurde von der dazugehörigen Bande von Wildfrevlern geschlagen und übel zugerichtet. Es war nicht Hasenstabs Bande, aber der Hass auf alle Wilddiebe war fortan stärker als alles andere in Sators Leben. Der Gedanke, die Schmach um einen möglichst hohen Preis zu sühnen, beherrschte sein Leben.
Von den Dörfern der Wertheimischen Grafschaft aus führte Hasenstab unverdrossen seine Beutezüge in die Kurmainzer Wälder. Seinen Sohn, der im April 1773 geboren wird, ließ der katholische Hasenstab evangelisch taufen, eine weitere Provokation gegen den Kurmainzer Kirchenstaat.
Täglich ging Sator seinen Pirschgängen nach. Morgens vor Sonnenaufgang, abends bis spät nach Sonnenuntergang, Schlaf schien er kaum mehr zu brauchen. Er spürte, es war nur eine Frage der Zeit, bis er sein Ziel endlich erreichte. Am Donnerstag, dem 3. Juni 1773, kam es zum entscheidenden Treffen im Kropfbachtal und – Sator war der Schnellere, seine Kugel traf.

Aber selbst über den Tod hinaus war der Ärger mit Hasenstab für die Kurmainzer nicht ausgestanden. Als Sator am zuständigen Amt in Stadtprozelten Meldung gemacht hatte, stellte der Oberamtmann fest: *Ein außergewöhnlicher Fall.*
Stumm und mit verkniffenem Gesicht beobachtete Sator die nun einsetzende Betriebsamkeit. Eine Leichenschau war zu veranlassen, denn es handelte sich ja um keinen normalen Todesfall. Die Leiche musste abgeholt und ordentlich bestattet werden, die Obrigkeit wollte keinesfalls den Groll des Volkes noch größer werden lassen.
Sators Genugtuung währte also nicht lange. Aufgebracht räsonierte er bei Mantel über den Aufwand, mit dem der Wilderer auf Staatskosten beerdigt wurde.
»Ein Fuhrwerk mit zwei Paar Ochsen, um ihn nach Breitenbrunn zu bringen, sechs Mann zur Totenwache im Wald, ein Staatsbegräbnis, wie es dem gemeinen Mann wohl kaum je so prächtig gewährt wird. Der Lehrer kommt mit Schulbuben und sie erweisen dem Frevler noch die Ehre des Leichensingens! Hätten sie ihn im Wald gelassen, die Wildsauen hätten ihn wohl verräumt! Zwölf Gulden und vierundfünfzig Kreuzer, nur um diesen Strauchdieb unter die Erde zu bringen, mehr als ein Viertel meines Jahressalaires!«
»Johann, versündige dich nicht! Lass dem Hasenstab seinen Frieden, damit auch du endlich Frieden finden kannst. Du weißt sehr wohl, warum das Fuhrwerk vierspännig sein musste!«
Hat ein Toter schwere Sünde auf sich geladen, so lassen sich böse Geister auf den Sargdeckel nieder und drücken so fest, dass die Fuhr mit nur einem Gespann nicht zu bewältigen ist. Der Aberglaube hatte auch die Obrigkeit fest im Griff.

Hasenstab war »unversehen« ums Leben gekommen. Durch sein plötzliches Ende hatte er die heiligen Sterbesakramente nicht empfangen können. Seine Angehörigen und Freunde wussten, was ihre Pflicht sei: Der armen Seele Hasenstabs zu gedenken, für sie zu beten, um sie zu erlösen. Deshalb setzten sie das Gedenkkreuz und deshalb setzten sie es an den Weg. Ein jeder der des Weges kommt, soll für Hasenstabs arme Seele beten, auf dass sie Ruhe finde. Dreimal, so erzählt man, ließen die Behörden das Kreuz entfernen und dreimal wurde es wieder gesetzt.
Hasenstabs rastloses Leben war zu Ende. Auch Sator gelang es nicht, Frieden zu finden, nicht für den Rest seines Lebens, noch im Tode, wie die Leute glaubten. Sein Geist ging um, er musste sühnen, ob für die Ermordung des Hasenstab oder für seine unmenschliche Härte, keiner würde es je erfahren. Untrennbar blieb sein Name mit dem seines einstigen Widersachers verknüpft.

Hier sind wir nun schon mitten im schwierigsten Thema: Jagd und Wilderei. Wie eine Sache erklären, zu der Außenstehende so schwer Zugang haben? Am besten wohl, ich erzähle, wie es gewesen ist, gelegentlich werde ich erklären müssen, vielleicht auch rechtfertigen. Es ist zu wichtig, um es zu verschweigen.
Ich sagte schon, ursprünglich war der Spessart königlicher Bannwald und dem König allein zur Jagd vorbehalten. Er genoss besonderen Schutz, und es ist sicher, dass es den Spessart als großes zusammenhängendes Waldgebiet heute nicht mehr gäbe, hätte nicht von Beginn an die Jagdleidenschaft seiner jeweiligen Souveräne seinen besonderen Schutz durch die Jahrhunderte garantiert. In Kurmainzer Zeit, deren letzte Jahrzehnte ich noch selbst erlebt und von der ich vieles erzählt bekommen habe, wurden große Prunkjagden mit Heerscharen von Helfern

abgehalten. Kurfürstenplan, Kurfürstenbaum, mit diesen alten Abteilungsnamen haben bis in die heutige Zeit die einstigen Herrscher bleibende Spuren ihrer Jagdleidenschaft hinterlassen. Der Kurfürstenbaum an der Grenze vom Krausenbacher zum Altenbucher Revier erinnert daran, dass dort 1791 anlässlich einer hochherrschaftlichen Jagd der kalte Imbiss eingenommen wurde.

Die allerletzte Prunkjagd im alten Stil ist noch zu Kurmainzer Zeit. Sie findet statt zu Ehren des Königs von Neapel, der ebenfalls ein Liebhaber der Spessarter Jagden war. Ist ein so hoher und wichtiger Gast zugegen, ist auch der Aufwand für die Jagden außerordentlich.
Peter Mantel steht dem Jäger im Krausenbacher Forst hilfreich zur Seite. Es gibt viel zu tun, um einen erfolgreichen Ablauf der allerhöchsten Jagden zu gewährleisten. Zuerst ergeht die Aufforderung an alle fronpflichtigen Untertanen, sich für die Jagdtage bereitzuhalten. Es werden wohl hundert und mehr Hand- und Fuhrfronden nötig sein. Das Jagdzeug, das erst vor kurzem für teures Geld neu angeschafft worden war, muss aus dem Jagdschloss zu Rothenbuch herangeschafft und nach Anweisung des Jägermeisters und der Jäger aufgestellt werden. Die Schießstände für die allerhöchsten Fürsten und ihre Gäste müssen eingerichtet werden. Schließlich, und das ist das Allerwichtigste, muss dafür gesorgt sein, dass genügend Wild zum Abschuss zur Verfügung steht. Es wäre unmöglich, Letzteres dem Zufall zu überlassen. Das Rotwild und die Sauen werden durch Anfüttern rechtzeitig in kleinere Areale gelockt, aus denen ein Entkommen nicht mehr möglich ist. Vor allem die Sauen werden durch dieses Einpferchen so bösartig, dass es immer schwieriger wird, Treiber zu finden, die es vermögen, die Tiere an den Schießständen

vorbeizutreiben. Die schweren Unfälle häufen sich und die Untertanen versuchen, sich vor der Fron zu drücken.
Am Morgen des Jagdtages in aller Frühe kontrolliert Peter die Anwesenheit der Treiber. Mitten unter den Männern stehen auch drei schmächtige Kinder.
»Was habt ihr hier zu suchen? Das ist Sach für starke Leut!«
»Für den Lotter Schorsch, den Haber Jörg und den Bichlers Hannes semmer da«, ist die leise Antwort.
»So, die Drückeberger meinen, wenn sie uns ihre Knaben oder Mägdlein schicken, kommen sie davon? Sie werden genauso abgstraft, wie wenn sie gar nicht da wären! Lauft nach Haus und sagt Bescheid! Noch ist Zeit, noch kann der Vater kommen und die Sach ist vergessen.«
Jetzt treffen auch die Hunde ein. Sie sind seit gestern nicht mehr gefüttert, um sie scharf zu halten. Ihre Jagdleidenschaft lassen sie in wildem Gebell und Geheule freien Lauf. Einige von ihnen werden ihr Leben lassen, im Kampf mit den wütenden Sauen.
Die ersten Wagen mit dem Jagdzeug machen sich auf den Weg. Die Leute werden eingewiesen und an die verschiedenen Sammelpunkte geschickt. Bis auf den Lotter Schorsch sind jetzt auch alle anwesend. Am Treffpunkt im Wald dann letzte Anweisungen, letzte Absprachen. Auch für den reibungslosen Abtransport des erlegten Wildbrets ist schon gesorgt. Gäbe es hier Pannen, würde das Fleisch verderben, eine schmerzliche Einbuße für den Kellermeister. Von Etappe zu Etappe, von Dorf zu Dorf, stehen die Fuhrdienste bereit. Aufgeregt ist Peter und aufgeregt sind auch alle seine Kollegen.
Endlich kündigt Hörnerschall die Ankunft des Serenissimo und seiner Gäste an. Der alte Kurfürst ist nicht mehr bei bester Gesundheit. *Die Gicht, jenes dämonische Weib mit seinen Reizen,* hält ihn in ihren Netzen gefangen. So wird er gleich von der Kutsche in die Sänfte verladen. Gnädig

nehmen die hochherrschaftlichen Gäste die Hoch- und Jubelrufe zu ihrem Empfang entgegen, nicht ahnend, wie viele Fäuste der Wut sich in den Taschen ihrer Untertanen ballen. Der Kurfürst und die begleitenden Damen in der Sänfte, die übrigen Gäste zu Fuß erreichen ihren Stand, die Büchsenspanner stehen bereit. Letzte Absprachen und dann erklingt das Signal zum Eröffnen des Treibens. Die Treiber sind erleichtert, dass wenigstens einige von ihnen mit Saufedern ausgerüstet sind, langen Stangen, an deren Ende ein Blatt zum Abfangen der Sauen sitzt, um sich im schlimmsten Falle wehren zu können. Peter ist zuversichtlich, haben sie doch einen starken Sechzehnender im Fang, der gleich zu Beginn des Treibens, so ist es abgesprochen, am Kurfürstenstand vorbeikommen soll.
Aber es gibt eine Verzögerung. Der Hirsch lässt sich nicht treiben, mutig wendet er sich der Hundemeute zu und signalisiert mit gesenktem Haupt seinen Angriffswillen. Ein schnelles Signal aus dem Jagdhorn verhindert, dass die Hunde geschnallt werden. Nur zwei Bracken, Spezialisten für diese Aufgabe, werden von der Leine gelöst. Vorsichtig, sich geschickt aus der Reichweite des Geweihs haltend, umkreisen sie den Hirsch und endlich gelingt es einem, sich am Schlegel festzubeißen. Das Tier fährt herum, schüttelt seinen Peiniger ab und sprengt los. Von jetzt an läuft alles nach Plan. Der Hirsch passiert den Stand des Serenissimo, aber es fällt kein Schuss. War das Tier zu schnell, konnte Ihro Gnaden nicht zu Schusse kommen? Durch einen schmalen Korridor wird der Hirsch erneut ins Treiben eingeschleust und die Hatz beginnt von vorn. Diesmal kracht der Schuss, und es ist ein guter Schuss. Das Tier ist zur Strecke gebracht. Der Schütze ist Ihro Gnaden, der König von Neapel, wie sich später herausstellt.

Da der Hirsch später als ursprünglich abgesprochen den Stand des Fürstbischofs passierte, fand dieser es unter seiner Würde, ihn zu erlegen. Einen Fürst lässt man nicht warten und einen Erzbischof erst recht nicht! Der Serenissimo ist ungehalten. Zum einen schmerzen ihn die gichtigen Knochen bei diesem feuchtkalten Wetter, zum anderen bereut er, den prächtigen Hirsch nicht doch geschossen zu haben. Der kalte Imbiss mit dem vorzüglichen Wein hebt seine Stimmung etwas. Das affektierte Lachen der Damen schallt durch den stillen Wald. Einige der hohen Gäste ziehen die Würfel aus der Tasche, um schnell noch etwas zusätzlichen Nervenkitzel beim Einsatz der blanken Gulden zu haben. Die Jäger aber wissen: Jetzt gilt es, den Durchlauchtigsten zufrieden zu stellen. Glücklicherweise befinden sich noch einige starke Tiere im nächsten Treiben. Fünf Sauen, darunter drei mächtig starke Keiler, bringt er noch zur Strecke, dazu einen Zehner und einen geringen Sechser mit einer abnormalen Stange. Zwei der Treiber werden verletzt, einer davon schwer. Peter Mantel kann es ermöglichen, dass der fürstliche Leibarzt die Wunde des Treibers versorgt. Fürsorglich lässt er ihn mit dem Wagen ins Dorf bringen und befiehlt, den Bader zu verständigen. Die Kosten trage das zuständige Amt in Stadtprozelten.
Noch zwei weitere Tage klingen die Hörner durch den Altenbucher und Krausenbacher Forst, bis sich endlich der Jagdtross wieder nach Rothenbuch zurückzieht, um von dort aus die Wälder Richtung Lohr zu durchstreifen. Die Jäger vor Ort sind sehr erleichtert. Erleichtert, den jagdlichen Ehrgeiz des Serenissimo und seines Gefolges ausreichend befriedigt zu haben, froh, dass keine weiteren schlimmen Unfälle zu vermelden sind und glücklich, dass die gewohnte Ruhe wieder einkehrt. Der verletzte Treiber ist wohl noch nicht über den Berg, aber Peter weiß ihn beim Bader in guten Händen. Der hat Erfahrung mit derlei

Blessuren, weiß um deren Gefährlichkeit, was Wundbrand und Eiter angeht.

Dass Peter Mantel in die Fußstapfen seines Vaters treten würde, war selbstverständlich. Selbst wenn ihm Jagd und Forst nicht am Herzen gelegen hätten, hätte es keine Alternative gegeben. Aber Peter war von Kindsbeinen an mit dem Vater im Forst unterwegs, hatte von klein auf Zeit und Gelegenheit, sich mit den Aufgaben vertraut zu machen und in die Pflichten hineinzuwachsen. Als Bub beschäftigte er sich besonders gern mit Tieren. Eine wahre Orangerie an Viehzeug hielt er sich, allen voran Hunde. Gelegentlich zog er einen Frischling auf und hielt sich allerhand Vögel. Obwohl es schon so lange her ist, erinnere ich mich besonders an Jakob. Jakob, eine Rabenkrähe, klug ebenso wie frech. Nein, frech trifft es nicht gut, Jakob war von einer boshaften Betriebsamkeit, wie ich sie nie mehr wieder erlebt habe bei einem Tier – und deshalb, deshalb soll Jakobs Geschichte hier erzählt werden:
Samira ist verstimmt. Schon seit Wochen ist sie nicht mehr die Alte, spricht sogar davon, sich eine neue Bleibe zu suchen. Nun, ich hoffe, sie meint es nicht ernst mit diesem Vorsatz. Natürlich kann ich verstehen, dass ihr Jakob reichlich auf die Nerven geht. Andererseits, Jakob treibt sein Unwesen tagsüber, wenn Samira schläft, und eher selten kommt er hier auf dem Dachboden vorbei, um zu stören. Taucht er allerdings auf, stört er sie so nachhaltig, dass sie ihren Schlafplatz verlässt. Nachts, wenn Samira aktiv ist, schläft Jakob wohlverwahrt im Hühnerhaus. Der Grund für Samiras Verstimmung liegt wohl auch an der Aufmerksamkeit, die Jakob sich nimmt. Er steht sofort überall im Mittelpunkt. Ihm fehlt völlig die vornehme Zurückhaltung und Contenance meiner guten Freundin. Anfangs konnte Jakob noch nicht einmal

fliegen, und es war reichlich aufwändig, ihn aufzupäppeln. Jetzt ist er in den Flegeljahren, und es ist mir ein Plaisir, mich an seinem Schabernack zu erfreuen.
Nach kurzer Zeit schon war Jakob der Herrscher des Hofs. Er beherrscht alle: Den Hofhund, die Katze und vor allem die Hühner. Sehr bald zeigte sich Jakobs Schläue, die ihn zusammen mit seiner unbändigen Neugierde und seinem unermüdlichem Tatendrang den anderen Tieren haushoch überlegen macht. Arbeitet die Mutter im Garten, spielen die Kinder im Hof oder hackt ein Waldarbeiter Holz, Jakob ist immer dabei, aufgeregt auf und ab schreitend, genau beobachtend.
Sein Nachtquartier ist im Hühnerstall, auf der obersten Stange, ursprünglich der Platz des Hahns. Einmal nur hat dieser versucht, seinen Platz zu verteidigen, worauf Jakob ihn blitzschnell am Kamm packte und den Kopf zu Boden zog. In dieser demütigenden Stellung hielt er ihn, im Angesicht all seiner Hennen, eine kurze Weile fest. Das genügte, die Machtverhältnisse sind seither geklärt. Jetzt rücken Hühner und Hahn respektvoll zur Seite, wenn Jakob abends als Letzter würdevoll die Hühnerleiter hochsteigt. Auch am Futtertrog wartet das Hühnervolk demütig, bis Jakob sich bedient hat, erst dann wagen sie sich dorthin.
Die dummen Hennen haben allerdings immer noch nicht begriffen, dass es klüger wäre, nach dem Eierlegen den Schnabel zu halten. Ihr stolzes Gackern ruft Jakob herbei, der sie am Kamm vom Nest zieht und das frisch gelegte Ei raubt. Für Jakob bedeutet das beträchtlichen Ärger mit Frau Forstmeister, aber noch genießt er Schutz und Fürsprache der Kinder.
Minka hält sich ebenfalls an die Rangordnung und gewährt Jakob an der Futterschüssel Vorrang. Döst sie, nach Katzenart, tagsüber träge in der Sonne, kann Jakob der Versuchung nicht widerstehen, im Vorbeifliegen

schnell für Ruhestörung zu sorgen: In den Schwanz hacken, am Fell zupfen, es scheint ihm ungemein Spaß zu machen, die anderen zu terrorisieren. Einzig beim Hund ist er etwas vorsichtiger, da der ihm trotz seiner blitzschnellen Flucht einmal eine Schwanzfeder ausgerissen hat.
Wie überhaupt seine Geschicklichkeit bewundernswert ist. Zugeworfene Leckerbissen, egal aus welcher Richtung und welchem Winkel, verfehlt der sichere Pinzettengriff seines Schnabels nie. Vom ersten Strahl der Sonne am Morgen bis zur Dämmerung am Abend ist der Bursche ruhelos geschäftig. Er legt Futterdepots an und verlegt sie sofort, wenn er glaubt bei dieser Arbeit beobachtet worden zu sein. »Gschafftlhuber«, nennt Samira ihn verächtlich. Mehr und mehr ahmt die Krähe die Tätigkeiten ihrer Menschen nach. Jakob gärtnert leidenschaftlich, sehr zum Ärger von Frau Forstmeister, reißt wahllos Blumen aus, hackt Früchte an, immer die erntereifen versteht sich, und bringt sich so ernsthaft in Schwierigkeiten. Mehr als einmal stand sein Schicksal deshalb auf Messers Schneide, und nur die Fürsprache der Kinder rettete sein Leben. Die haben ihren Spaß mit Jakob, wenngleich auch sie seinen spitzen Schnabel fürchten. Geschickt imitiert er Mutters Rufe nach den Kindern, irritiert den Hund, indem er ihn beim Namen ruft.
Einmal begleitete Jakob die Frau Forstmeister sogar in die Kirche zu einer Hochzeitsmesse. Vor dem Kirchenportal gelang es ihr noch, den neugierigen Vogel mit energischem Schimpfen zu vertreiben. Doch kaum hatte sie in der Bank Platz genommen, kam Jakob im würdevollen Spreizschritt den Gang entlanggeschritten wie ein Hochzeitsgast im Frack. Sein Gefieder schillerte in Blauschwarz, und es schien, als gehöre er zu den geladenen Gästen. Aufmerksam beobachtete er die Vorbereitungen zum Gottesdienst, verlor aber dann

glücklicherweise rechtzeitig das Interesse und verließ die Kirche freiwillig, vor Beginn der Messe.
Ich versuche, Samira zu besänftigen. Es kann nicht mehr lange gut gehen mit dem Flegel. Jakobs Sammlertrieb, sein Hang zur Bosheit, vermehrt die Zahl seiner Feinde und wird ihn noch ernsthaft in Gefahr bringen. Der Bursche schaufelt, fürchte ich, an seinem eigenen Grab. Neuerdings werden Silberlöffel, Schmuckstücke und so manch andere Gebrauchsgegenstände vermisst.
Zwei Tage später nur, dringt er gar im Sturzflug durch das geöffnete Fenster bis in den Laufstall der kleinen Marie, raubt ihr eine Brotrinde und fliegt davon. Alles geht so schnell, dass die Mutter, obwohl im Zimmer dabei, nicht eingreifen kann. Maries empörtes Brüllen bringt die Rinde nicht wieder. Seit diesem Zwischenfall ist Jakob nicht wieder aufgetaucht, und wir werden ihn wohl auch nicht mehr wiedersehen. Auch Samira, die ihn doch wirklich nicht schätzte, scheint über diese Nachricht nicht glücklich zu sein.

Mehr als zwei Jahrhunderte später hörte ich zum ersten Mal die Geschichte vom Raben ›Hans Huckebein‹. Ein Poet namens Wilhelm Busch hat sie verfasst, und es ist ihm damit eine treffliche Beschreibung eines Rabenlebens unter Menschen gelungen:

›Die Bosheit war sein Hauptpläsier,
D'rum spricht die Tante hängt er hier.‹

Immer, wenn dieser Schlusssatz erklang, wurde Jakob für mich wieder lebendig. Zwar habe ich ihn nie irgendwo hängen sehen, aber ich bin mir sicher, sein Ende war ähnlich tragisch wie das des Hans Huckebein.

Drei Generationen lang bewohnte das Forstgeschlecht der *Mantel* meine Mauern, bis der Enkel von Wolfgang Mantel mit nur siebenunddreißig Jahren an einem

Lungenleiden starb. Revierförster Carben hält für den Personalakt fest, dass der königliche Revierförster Johann Mantel am 17.12.1823 an Lungensucht stirbt. Seit 1808 sei er Revierförster, *mit seltener Treue und Rechtschaffheit und verdient dieser die Achtung und das stille Andenken seiner Vorgesetzten, deren Zufriedenheit und Liebe er sich stets, selbst in der Zeit seiner zwei Jahre andauernden Kränklichkeit noch zu erwerben bestrebte. Sanfte Ruhe seiner Asche!*

Über Trauer und Verzweiflung der Witwe und ihrer Kinder kein Wort, und die Erinnerung daran zählen zu den schlimmsten meiner Tage.

Nicht nur an einen neuen Forstmeister galt es sich zu gewöhnen, nein, es gab auch einen neuen Landesherren. Seit kurzer Zeit hatte der Wald den Besitzer gewechselt: Dem Königreich Bayern unterstand nun der größte Teil des Spessarts. Genau im Sterbejahr von Johann Ernst Mantel schuf das junge Königreich eine einheitliche Forstorganisation. Für den Wald und für die Forstleute begann ein goldenes Zeitalter. Meine Mauern beherbergten damals allerdings noch kein Forstamt, sondern eine Revierförsterey. Forstoberrat Josef von Thoma war einer der Väter dieser Organisation und, falls Ihnen der Name Thoma bekannt vorkommt, so lassen Sie sich auf die Sprünge helfen: Es war der Großvater von Ludwig Thoma, dem Schöpfer der Lausbubengeschichten.

Der Spessart war für seine Besitzer schon immer der Jagd wegen attraktiv. Das war bei Bayerns Königen nicht anders. Einen gab es, der liebte den Spessart vor allem wegen der wilden Hatz auf die Sauen. Jedes Jahr reiste er für zwei Wochen zum Wildschweinjagen an und verlor dabei sein Herz an Land und Leute. Aber auch die Spessarter verloren ihr Herz an ihren Souverän, den Prinzregent, und das meines Wissens zum ersten Mal in ihrer Geschichte, denn bis dahin hatten sie wenig Gründe, ihre Landesherren zu lieben. Viele Geschichten aus dieser Zeit sind mir so deutlich im Gedächtnis, als wären sie erst gestern passiert. Aber davon später.

Noch immer ist der Wald Eigentum von Bayern, nur ist Bayern jetzt kein Königreich mehr, es ist ein Freistaat, und der Wald Eigentum des Volkes. In jüngster Zeit frage ich mich manchmal, ob das Volk den Wald eigentlich noch will: Er kostet Geld, statt Geld zu bringen, Holz ist aus dem Ausland sehr viel billiger zu bekommen.
Seit die beiden großen Stürme über unsere Wälder hinweggefegt sind, ist alles nur noch schlimmer. 1990 war es, da sorgten *Vivian* und *Wiebke* dafür, dass in zwei stürmischen Februarnächten der dreifache Jahreshiebsatz als Sturmholz geworfen wurde, und in einigen Gemeindewäldern, zum Beispiel in Mönchberg, war es gar der zehnfache. Um diese Jahreszeit war der jährliche Holzeinschlag schon überwiegend abgeschlossen. Die Möglichkeit, den Holzmarkt durch eine Reduzierung des Einschlages zu steuern, bestand also nicht mehr. Meine Forstleute arbeiteten Tag und Nacht, um des Desasters Herr zu werden. Für viele von ihnen waren die Auswirkungen dieser Stürme so bedrückend, dass bis heute die alten Ängste bei jedem stärkeren Sturm neu geweckt werden. Ganze Bergrücken dehnten sich gespenstisch nackt in die Täler hinunter. Die Holzpreise sanken in den Keller, die Aufarbeitung des Schadholzes war gefährliche Arbeit und somit teuer. Damals gab es noch eine Art Solidarität und Verantwortung gegenüber dem nichtstaatlichen Waldbesitz: Man ließ den privaten Waldbesitzern den Vorrang bei der Vermarktung mit der Begründung, für die privaten Waldbesitzer hänge die Existenz als Unternehmen ab, der Staat müsse sich also zurückhalten. Etwa ein Jahrzehnt später, kritisierten tragischerweise einige Waldbesitzer genau dieses

Verhalten und warfen den staatlichen Forstleuten mangelnde Kompetenz für eine effiziente Krisenbewirtschaftung vor.
Dann die Jagd …, wer, beim heiligen Hubertus, hat heute noch etwas mit Jagd am Hut? Also, wäre es nicht viel besser, den Wald zu verkaufen? Ich weiß, dass es solche Überlegungen gibt, ich habe meine Informationen, und das ist es, was ich so sehr fürchte. Es weht der Wind des globalen Finanzmarktes, der vor allem das Geld im Auge und den Wald in seiner vielschichtigen Gesamtheit aus den Augen zu verlieren droht.
Die Leute in den Dörfern lieben den Wald, da ist mir nicht bang. Sie wissen, der Wald ist nicht nur eine Holzfabrik und alles, was er uns sonst noch schenkt, steht nur dann ausreichend zur Verfügung, wenn der Wald nicht wie eine Stätte industrieller Produktion angesehen wird, bei der Gewinnmaximierung oberstes Prinzip ist. Naturgemäß wirtschaften, die Nachhaltigkeit sichern. Sie wissen schon, das forstliche Mantra.

Umso haarsträubender die Gerüchte, die jetzt die Runde machen. Es heißt, der neue Landesfürst, Pardon, das heißt jetzt ja Ministerpräsident, habe ehrgeizige Pläne, was die Sanierung des Haushaltes angeht. Sparen sei oberstes Gebot und das bedeute, dass sich die Regierung bemühe, sich von möglichst vielem abzunabeln, was nicht rentabel sei. Große Unruhe unter meinen Forstleuten, denn der Wald schafft es nicht, in die schwarzen Zahlen zu kommen.
Vor zwei Jahren erst feierten wir das große Jubiläum der Staatsforstverwaltung: Zweihundert Jahre Bayerische Staatsforstverwaltung! Das Fest wurde mit erheblichem Aufwand begangen: Fahnen wurden gedruckt und gehisst, die Forstleute trugen Hemden mit eigenem Aufdruck, es wurde gefeiert, und man legte größten Wert auf

Öffentlichkeitsarbeit. Das ganze weite Aufgabenfeld von Waldpädagogik bis Holzeinschlag, von Naturschutz bis Jagd, um nur einige Schlagworte zu nennen, wurde in vielen Aktionen der Öffentlichkeit vorgestellt.
Die Politiker, auch unser Landesherr, wurden nicht müde, die Forstleute und ihre Verwaltung zu loben. *Vorbildlich, verantwortungsvoll und zukunftsweisend* waren häufig gebrauchte Adjektive ihrer Lobeshymnen. Auch dass sich die Verwaltung, im Gegensatz zu allen anderen Administrationen, während der letzten zwanzig Jahre freiwillig verschlankt hätte, obwohl der Aufgabenbereich gewachsen sei. Heute wissen wir, worunter diese Lobesreden einzuordnen waren: Blablamus!, wie es ein alter, weiser Forstmann immer scherzhaft auszudrücken pflegte.
Noch immer wirken die Folgen der großen Stürme nach, die Holzimporte aus dem Ausland sind konkurrenzlos billig. Natürlich, dort werden auch nicht so strenge Maßstäbe an Waldbau, Nachhaltigkeit, Naturschutz und Arbeitssicherheit gelegt. Die Forstverwaltung kümmert sich außerdem um den gesamten Waldbesitz. Sie betreut die staatlichen Wälder ebenso wie die Gemeindewälder und den Kleinprivatwald. Es herrschte immer die Auffassung, dass die Betreuung und Administration aus einer Hand die beste sei. Seit etwa dem fünfzehnten Jahrhundert übrigens, und diese Erkenntnis reifte durch die Arbeit in der Praxis. Nun also steht die Gewinnmaximierung an erster Stelle. Nicht, dass wir das nicht alles schon mal gehabt hätten, nein, neu ist das nicht. Gerade deshalb beunruhigt es mich aber nicht wenig. Denn, wann immer die Pfennigfuchser das Sagen hatten, ging es dem Wald nicht gut. Die Gerüchte jetzt sind so ungeheuerlich, dass es mir die Fundamente erschüttert. Die Rede ist nicht mehr nur davon, Forstämter auflösen zu wollen, nein, man scheut nicht davor zurück, Worte wie

Privatisierung des Waldes in den Mund zu nehmen. Den Wald verkaufen, ihn in eine Aktiengesellschaft umwandeln? Und ich dachte, man habe aus der Geschichte gelernt!
Nachdem nicht einmal das weltberühmte, zumindest in forstlichen Kreisen weltberühmte, Eichen-Forstamt Rohrbrunn einer Eliminierung entging, wie soll es dann mit mir weitergehen?
Eine seltsame Geschichte, das mit Rohrbrunn. Rohrbrunn war unumstritten der Herrscher unter den Spessartforstämtern. Zu Beginn der bayerischen Zeit herrschte Rivalität zwischen uns, die unterschwellig, jetzt muss ich es zugeben, bis zuletzt fortdauerte, ja, die durch die Gefahr, selbst auf der Strecke zu bleiben, nochmals angeheizt wurde. Altenbuch und Rohrbrunn hatten weltberühmte Eichenbestände, Rohrbrunn allerdings den größeren Teil. Beide hatten wir attraktive Jagden, doch auch hier war Rohrbrunn um Nasenlängen voraus. In beiden Forstämtern gab es die ruhmreiche Vergangenheit der Prinzregent-Jagden, in Rohrbrunn jedoch hatte Seine Majestät sein Jagdschloss. Der Forstweiler Rohrbrunn, heute in zentraler Lage an der Autobahn mit viel Raum und Umland für alle nur möglichen Spezialaufgaben, schien wie geschaffen für den Forstamtstyp der neuen Art. Die Karten standen also nicht gut für mich. Dennoch überlebte ich und nicht mein berühmter Bruder im Herzen des großen Waldes.
Verständlich also, dass ich nach der letzten Runde der Auflösungen dachte, jetzt erst einmal auf der sicheren Seite zu sein. Die Forstverwaltung hatte ihren Teil beigetragen, ihre Opfer gebracht. Nun kommt es noch schlimmer, so schlimm, dass die Forstleute bereit sind, zum Äußersten zu greifen: Sie wollen auf die Straße gehen und demonstrieren. Ich bin überrascht! Vor fünfzig Jahren noch wäre ich äußerst schockiert gewesen! Was, parbleu,

ist mit der Loyalität gegenüber dem Dienstherrn? Opponieren, und das noch in aller Öffentlichkeit? Undenkbar?
Jetzt denke ich gänzlich anders. Ich würde die Forstleute und Waldarbeiter nur zu gerne begleiten auf ihrem Weg in die Landeshauptstadt. Transparente werden gemalt, Spruchbänder entworfen, die Spessarter Waldarbeiter wollen gar eine ausgestopfte Wildsau mitführen. So manche aus den Spessartdörfern, die gar nicht direkt mit Wald oder Waldarbeit zu tun haben, schließen sich dem Protest an. Sie kämpfen um den Erhalt ihres Forstamtes.

Es ist noch immer ungewohnt und für mich sehr anrührend, dass ausgerechnet die Leute vom Dorf heute ihr *Forschtamt* und ihre *Forschtmaster* so ins Herz geschlossen haben. Das war nicht immer so, beileibe nicht! Jahrhundertelang waren die Forstmeister, die Wild- und Laubmeister, die Förster und die Jäger, die meist gehasstesten Leute im Dorf und nicht nur hier im Dorf.
Ich denke an die Schwierigkeiten, die der königliche Revierförster Vay von Krausenbach durchzustehen hatte. Man zählte das Jahr 1847, kurz vor der Revolution also, und es mag sein, dass die Unzufriedenheit bereits so sehr gärte, dass die Leute radikaler wurden.
Entzündet hatte sich die Auseinandersetzung an der Lieferung von Rechtholz für die örtliche Schule. Das Holz war privat verkauft worden und der neuerlichen Forderung nach Holz war Vay nicht bereit, nachzukommen. Der Vorwurf, *das Forstpersonal habe an dem Übel und der Armut der Unterthanen Freude,* sollte von der Unterschlagung ablenken und Vay zum Misanthropen stempeln.
Der Dorfvorsteher und dessen Schwiegersohn, der Lehrer am Ort, taten sich besonders hervor. Die Beschwerden und *Denuntiationen* waren, *weil sie sich lediglich als*

Erzeugnisse der Leidenschaft ergaben, und entblößt von gehöriger Begründung waren, vom königlichen Ministerium abweisend befunden worden. Da Denunziation nicht weiterhalf, griff man zu drastischeren Mitteln, um Vay einzuschüchtern: Sie setzen eine Waldhütte in Brand und sie verbrennen eine Schrotflinte, zwei Höhenmesser, mehrere forstliche Fach- und Lehrbücher. Insgesamt entsteht ein Schaden von über einhundert Gulden. Nachts fallen Schüsse direkt vor dem Haus des Revierförsters, sodass die Nachbarn herbeieilen und Hilfe anbieten. Das Treiben zeigt Wirkung, denn Vay fühlt sich hilflos, *sieht mit Zagen die Nächte kommen und erwartet besorgt bei anbrechendem Tage schlimme Kunde.* Die Zwischenfälle ereignen sich immer sonntags, wenn Mitglieder der Frevlerbande zu Hause sind und zuvor beim Vorsteher Geier, der zugleich Wirt ist, Branntwein zechen. Die Täter können nicht dingfest gemacht werden, und Vay fordert die Versetzung des Lehrers, *um das schlimme Beispiel des Lehrers, welches unter der Spessart Bevölkerung Wurzel fassen und schädlich werden könnte, zu beseitigen.* Über ein Jahr ziehen sich die Vorfälle hin und erst nachdem sich auch die große politische Wetterlage verändert hatte und die herkömmlichen Machtstrukturen wieder fest etabliert sind, widerfährt dem Revierförster Gerechtigkeit.

Noch zu Königs Zeiten war auch dieser Vorfall mit des Forstmeisters ältestem Sohn: Er hieß Wilhelm und begleitete den Vater schon im zarten Kindesalter zur Jagd. Sein Vater war sehr stolz auf ihn und Wilhelms Selbstbewusstsein entsprechend ausgeprägt. Wilhelm war ein Lausbub, nein, eher schon ein Tunichtgut wie aus dem Bilderbuch. Er diente allen Müttern im Dorf als abschreckendes Beispiel: ›Werd mir bloß net so wie der!‹, war ein geflügeltes Wort. Schon im zarten

Kindergartenalter wurde Wilhelm vom Nikolaus in den Sack gesteckt und im Keller eingeschlossen, um ihm die Schneid abzukaufen und sein Selbstbewusstsein auf ein gesundes Maß zurechtzustutzen. Wilhelm nutzte seinen Aufenthalt, um über die eingemachten Obstvorräte seiner Mutter herzufallen. Zunächst öffnete er nur ein Glas Birnen, um sie aufzuessen, dann öffnete er wahllos beinahe alle Gläser. Die mitleidigen Erwachsenen, die ihn aus seiner misslichen Lage befreien wollten, wurden böse überrascht und verhinderten, dass er sein zerstörerisches Werk vollenden konnte.
Unterwegs mit Pfeil und Bogen, musste sein Vater für seine Schießkünste löhnen, denn es erwischte einen Ganter. An seinem Weißen Sonntag, ausgesandt, die Gäste zum Mittagstisch herbeizuholen, traf er in der Auffahrt zum Jägerhof auf seinen Lieblingsfeind und sofort begannen die beiden sich derart zu keilen, dass zwei erwachsene Männer nötig waren, um sie wieder zu trennen. Der gute Anzug war ramponiert und die Kerze entzwei. Strafen gab es nur zögerlich, denn im Grunde seines Herzens war der Herr Forstmeister stolz auf seinen wilden Sohn.
Einmal, Wilhelm stand unter Hausarrest, kamen seine Anhänger, um ihn abzuholen. Es war ein kalter Wintertag, die ›Fischbach‹ trug gutes Eis und die Buben wollten schlittern gehen. Einige wenige hatten sogar das Glück, eigene Schlittschuhe zu besitzen. Sie warfen Steinchen an sein Fenster, und Wilhelm fand auch gleich eine Lösung, sich aus der misslichen Lage zu befreien. Er befahl seine Getreuen nach hinten in den Garten, warf seine Schlittschuhe hinaus, schob eine Leiter aus dem Zimmer durch das Fenster nach draußen, die Freunde hielten das andere Ende und Wilhelm kletterte über die Leiter in die Freiheit.

Auch Sexualkundeunterricht für die Dorfbuben erteilte er, in unserer Scheune auf dem Heuboden. Er hatte sich ein medizinisches Lehrbuch seines Vaters stibitzt und brannte darauf, sein Wissen weiterzugeben. Vorher jedoch sortierte er gewissenhaft aus: Die jüngeren Burschen erhielten Platzverweis, nur die etwa gleichaltrigen kamen in den Genuss der Aufklärung.
Er hatte ein eigenes Pferd und seine begeisterten Berichte über seine Jagd- und Reiterlebnisse waren für viele seiner Mitschüler vor allem Angeberei.
»Der alt Aagebber«, hieß es, und die Lage zwischen Wilhelm und seinen Mitschülern wurde immer bedrohlicher. Kaum einer der Dorfbuben wagte, ihn im direkten Zweikampf zu fordern, denn obwohl er eher klein war, war er doch mutig und stark. Im Übrigen hätte das großen Ärger gegeben, den Sohn des Forstmeisters anzugreifen. Man hätte die geballte Dorfautorität, bestehend aus Bürgermeister, Lehrer, Pfarrer und Forstmeister, gegen sich gehabt, was bedeutet hätte, zu Hause von den eigenen Eltern nochmals eine Abreibung zu kassieren. Aber irgendwann machte sich der Zorn Luft. Als Wilhelm mit dem Pferd durchs Dorf preschte, flogen Steine. Aus dem Hinterhalt natürlich und der Täter war nicht zu ermitteln. Große Empörung im Forsthaus, auch ich erregte mich über den Vorfall. Wie konnten sie nur, dieses unzivilisierte Pack! Damals fehlte mir noch die Weisheit des Alters. Wilhelms Mutter begriff schneller, wo das Problem lag.
»Musst nicht so renommieren, Bub!«, mahnte sie ihren Sohn und der muntere Draufgänger wurde daraufhin ein wenig vorsichtiger.
Ich ergriff immer Partei für meine Leute. Samira, mit der ich den Vorfall besprach, war ganz anderer Meinung.
»Können Sie sich nicht vorstellen, wie Wilhelms Verhalten auf die anderen wirken muss? Der reiche Sohn

des Forstmeisters, vom Schicksal begünstigt nur durch seine Geburt. Ein ganzer Kerl zwar, doch auch ein ganzer Angeber. Er macht sich keine Gedanken um die Schwierigkeiten seiner Mitschüler. Ihre Armut, ihr hartes Leben können ihm nicht unbekannt sein, er hat es ja täglich vor Augen. Wenn Kinder schon arbeiten müssen wie die Großen und mit Sorgen konfrontiert sind wie Erwachsene, was Wunder, wenn sie mit der gleichen Härte reagieren wie ihre erwachsenen Vorbilder?«
Ich ließ dergleichen nicht gelten.
»Samira, ich bitte Sie! Wollen Sie Armut als Generalabsolution gelten lassen? Auch wer arm ist, hat die Pflicht, ein gottesfürchtiges Leben zu führen und Gesetz und Ordnung zu wahren. Da könnte man dann ja auch die ganze Wilderei rechtfertigen.«
Nicht rechtfertigen, meinte Samira, aber erklären. Damals war ich für dergleichen Gedanken nicht zu erreichen und mit Stolz und Hochmut sah ich herunter auf das Dorf zu meinen Füßen. Den Forstleuten war unbedingte Loyalität zu ihrem Dienstherren eine Selbstverständlichkeit. Es war bereits ein außergewöhnliches Privileg, ihrem Kreis anzugehören, das nur durch gute Leistung in der Ausbildung, durch moralisch einwandfreie Lebensführung und gute Gesundheit erlangt werden konnte. Keine Einstellung ohne gutes Leumundszeugnis, und das betraf den Waldarbeiter ebenso wie den Forstmeister. Ja, selbst auf die Bereiche, die heute als ganz privat empfunden werden, hatte der Dienstherr Zugriff. Für eine Eheschließung beispielsweise bedurfte es der Genehmigung. Wie das vor sich ging? Nun, ganz formell und bürokratisch:
Dem k. Forstgehilfen Ludwig Franz in Altenbuch wird im Namen Seiner Majestät des Königs entsprechend dem Gutachten des k. Forstamtes durch Kollegialbeschluss die dienstaufsichtliche Genehmigung zur Eheschließung mit

Fräulein Anna Franz, Tochter des Militärbüchsenmachers Nikolaus Franz in Zweibrücken erteilt.
Solche Eingriffe ins Privatleben sind heute unvorstellbar, dabei sind gerade einmal einhundertzwanzig Jahre verstrichen seit dieser amtlichen Mitteilung.
Die Forstleute waren jahrhundertelang vor allem ›Forstpolizey‹. Es war ihre Aufgabe, die Machtansprüche der Herrschenden nach außen abzusichern. Sie lebten mitten unter den Leuten in den kleinen Dörfern, Armut und Machtlosigkeit der Bevölkerung ständig vor Augen und mussten doch die Belange ihrer Dienstherren strikt durchsetzen. Diesen Zwiespalt zu ertragen war nur möglich, in dem sie sich eindeutig auf eine Seite stellten, sich mit ihr identifizierten. Der Hinweis in einer *Dienst=Instruction* aus dem Jahre 1893 zeigt, wie gründlich die Forstleute ihrer Aufgabe nachgingen, ja dass sie zuweilen sogar übers Ziel hinausschossen. Es findet sich dort die Anweisung: *Forstfrevler sind übrigens nicht zu misshandeln!* O ja, der Machtmissbrauch – eine Versuchung, vor der auch die Forstleute nicht alle gefeit waren.
Der Graben zwischen Dorfbewohnern und Forstleuten wurde immer tiefer, die Fehden immer schlimmer, und es war nur eine Frage der Zeit und der Not, bis es zu den ersten tödlichen Zwischenfällen kam: Die Wilderei, Sie wissen schon.
Natürlich gab es auch Ausnahmen, solche, die sich als Förderer des Dorfes erwiesen, solche, die es wagten, menschliche Gefühle wie Mitleid zu zeigen, ohne zu befürchten, es würde ihnen als Schwäche ausgelegt. Wolfgang Mantel, der erste Bewohner meiner Mauern, unternahm große Anstrengungen, um eine Kirche hier im Dorf bauen zu lassen. Von einer Kirche werden die Leute auch nicht satt, werden Sie jetzt vielleicht geringschätzig denken. Vorsicht mit solchen Urteilen! Es war alles

gänzlich anders damals. Das Dorf lag so abgeschieden von der Welt, dass eine eigene Kirche als Voraussetzung für die spätere eigene Pfarrei von großer Bedeutung für das Dorf war. Es war ein Schritt weg vom Makel der Unterentwicklung, vom Ruf, unzivilisierte Wilde zu sein. Die Religion war gleichzeitig auch seelischer Halt für die Leute, und ein eigener Pfarrer eine Autoritätsperson von großer Wichtigkeit. Aus Dankbarkeit gegenüber dem Spender wurde die Kirche dem heiligen Wolfgang geweiht, dem Namenspatron von Forstmeister Mantel. Eine Besonderheit hatte die kleine Dorfkirche: nach dem Eingang auf der rechten Seite befand sich der »Jägerstuhl«, eine kunstvoll geschnitzte Bank, die nur den örtlichen Forstleuten zur Benutzung vorbehalten war. Ähnlich ihrem Dienstherrn und Souverän, weigerten sich auch die Forstleute, mit dem ›gemeinen Volk‹ in einer Bank den Gottesdienst zu feiern. Mehr als hundert Jahre später noch verteidigen sie ihr Privileg hartnäckig. Es muss einen Aktenvermerk über diesen Zwischenfall geben. Ich erinnere mich noch, als Revierförster Roth aus Breitenbrunn aufgebracht Meldung erstattete.
An Michaeli war er mit seiner Familie zum Sonntagsgottesdienst in die Kirche gekommen. Den Jägerstuhl fanden sie besetzt vom Bretschers Jörg mit seiner ganzen Sippe. Da der Jörg einen Sack voll Kinder hatte, blieb kein Platz mehr frei. Roth fixierte den Jörg mit strengem Blick, aber der grinste nur herausfordernd zurück. In einem Gotteshaus, unmittelbar vor Beginn der Messe, ist es schwierig, sein Recht durchzusetzen. Mit zornesrotem Kopf fügte sich Roth ins Unvermeidliche und ging mit seiner Familie in eine andere Bank. Roth wusste sehr wohl, dass diese Provokation gewollt war. Längst hatte er den Jörg im Verdacht zu wildern, aber beweisen konnte er ihm bisher nichts. Jörgs Botschaft an den Förster

war unmissverständlich: Was du kannst, kann ich schon lange!
Anno 1898 richtete Roth also die schriftliche Beschwerde an Herrn Pfarrer Hochdörfer, dass der Jägerstuhl, der doch nur dem Forstpersonal und dessen Angehörigen vorbehalten sei, von Altenbücher Einwohnern eingenommen werde. Die Antwort des Pfarrers stellte die soziale Hierarchie wieder her: *»... die Beschwerde wurde in der hiesigen Kirche zur Beachtung vorgelesen. Auch wenn kein Recht vorliege, so wäre der Pfarrer und gewiß jeder Pfarrer mit dem größten Vergnügen bemerk, dem königlichen Forstpersonal sammt Angehörigen einen Ehrenplatz zur Benutzung bereit zu halten.«*
War er nicht mutig, der Jörg? Genutzt hat es nichts, aber es war ein Zeichen, ein, ›ihr kriecht us net ganz klaa‹, ihr kriegt uns nie gänzlich klein. Der Förster hatte sein Recht gewahrt, seine Autorität wiederhergestellt. Damals wäre Großzügigkeit mit Schwäche gleichgesetzt worden. In diesen harten Zeiten war Menschlichkeit unter Umständen ein lebensgefährlicher Luxus.

Zu Beginn des 19. Jahrhunderts war es trostlos hier. Zwar hatten wir ab 1810 endlich eine eigene Pfarrei, aber Kriege und ständiger Wechsel der Souveräne machten eine Verbesserung unmöglich. 1812 mussten auch noch für die *›französische Gawallery‹,* Ausgaben verbucht werden. Die Mütter sperrten ihre Töchter weg und waren sehr erleichtert, als die Soldaten nach zwei Tagen wieder abzogen. Der Maire, so nannte sich der Bürgermeister in der napoleonischen Zeit, hat sorgenvoll die leere Gemeindekasse zugeklappt, nicht wissend, wie der Not Herr zu werden sei. Es gab nur mehr eine Möglichkeit für seine Leute, um zu überleben: als Bettler! Jeden Tag zog ein Strom Bettler hin zu den am Main gelegenen Dörfern und kleinen Städtchen, um das Überleben zu sichern.

Auch für die Forstleute begann eine schwierige Zeit. Es wechselte mehrmals der Landesherr und somit ihr Dienstherr. Besoldung kam, wenn überhaupt, nur unregelmäßig, ihre Anstrengungen, den Wald vor Übergriffen zu schützen, waren sehr viel halbherziger. 1814 dann, als Land und Leute zum Königreich Bayern kamen, traten langsam geordnetere Verhältnisse ein. In dieser Zeit bewohnte Revierförster Carben meine Mauern und das zugehörige Forstamt war in Stadtprozelten. Es war in diesem Sommer, als mehrere schlimme Unwetter das Dorf heimsuchten. Also schrieb Carben, der zugleich auch der Gemeindeschreiber war, ins Protokollbuch der Gemeinde: *Im Jahr 1824 d 18ten Julliy haben wir in dem Orth Altenbuch ein vörgterliches Kiesell Wetter gehabt das in der ganzen Gemarkung alles zertrümmert und zerschlagen hat.*

Klingt nicht besonders spektakulär für Eure Ohren, war aber nichts weniger als eine lebensbedrohliche Katastrophe. Die Ernte kaputt, das Saatgut fürs nächste Jahr zerstört und keine Möglichkeit, der drohenden Katastrophe zu entkommen. Was, wenn nicht Hilfsbereitschaft und Barmherzigkeit der umliegenden Gemeinden die schlimmste Katastrophe abgewendet hätte? Korn, Dinkel, Weizen und Kartoffeln, aber auch Geld wurde gespendet, um wenigstens das Saatgut für das nächste Jahr bereitzustellen. Der schlimme Hungerwinter, der folgte, wurde vor allem den Kindern und Alten zum Verhängnis und die Kreuze auf dem Kirchhof wieder mehr.

Zwei Jahre später, 1826 wurde der Wildpark fertig gestellt und die Bewohner atmeten auf. Ein 11 000 Hektar großes Waldgebiet war mit einem Zaun aus rohen Eichenspältern umgeben. Die angrenzenden Felder sollten so vor Wildschäden bewahrt werden. König Ludwig I. hatte den

Spessart für die Hofjagden der Wittelsbacher vorgesehen. Schon als Prinz hatte er seine Liebe zur Saujagd entdeckt und nur im Spessart konnte er ihr ausgiebig frönen. In den Jahren 1819, 1826 und 1840 kam er zur Hofjagd in den Spessart. Außerhalb des Parkes bestand strenges Abschussgebot für das Wild. So wuchs der Wildstand im Park rasch an und etwa um 1840 entschloss man sich, durch verstärkte Abschüsse, den Wildstand wieder zu reduzieren, da die Schäden untragbar wurden. Außerdem verringerte man die Fläche des Parkes um die Hälfte. Der Aufwand für Wartung und Instandhaltung verringerte sich so auf ein erträgliches Maß. An jedem Parktor prangte ein gusseisernes Schild mit der Aufschrift: *Warnung.* Rechts und links davon befanden sich der kleine Kopf einer Wildsau und eines Jagdhundes. Dann folgte der Text:

Gusseisernes Warnschild am Parktor

Das Offenlassen
der Parktore
wird bis zu 60 Mark
oder mit Haft bis
zu 14 Tagen bestraft
Kgl. Forstamt

Sechzig Mark, mehr als ein Monatslohn oder vierzehn Tage Haft, nur weil ein Tor nicht geschlossen wurde? Vergessen Sie nicht, das Auswechseln des Wildes aus dem Park war existenzbedrohend für die Anwohner, es gab keine Alternative zur eisernen Disziplin. Um diese Zeit etwa bekam der Forsteleve, Vay Josef, der am Forstamt praktische Erfahrung sammeln sollte, den Auftrag, die *Straftarife zur Beschützung des Wildzaunes im Spessart* mit Ölfarbe an die Holzpfosten zu schreiben, nicht etwa auf Bleche, denn die würden sowieso nur abgerissen. Seufzend ging Vay ans Werk, denn ein schönes Schriftbild zu fertigen, war nicht eben seine Lieblingsbeschäftigung.

Straf=Tarif
Den Schutz des Wildzaunes im Spessart
betreffend.
I. Zu einer Geldstrafe von 6 fl wird
verurteilt, wer eine Latte frevelt.
II. Zu einer Geldstrafe von 3 fl wird
schuldig erkannt, wer eine Zaunstreben
oder eine Wind=stäuper (-stänger)
entwendet.
III. Zu einer Geldstrafe von 1 fl 30
Kr: ist verfallen, wer nächtlich den
Wildzaun übersteigt.
IV. Zu einer Geldstraf von 1 fl ist
fällig erklärt:
a) wer eine Beschädigung an
Zaunstreben, Windsteuper und Latten
verübt.

b) wer einen Nagel entwendet.
c) wer die Thore des Wildzaunes offen lässt.
d) wer einen Hund frey laufen lässt.
e) wer bey Tag den Zaun übersteigt.

6.ten October 1825, Stadtprozelten
Königl. Landgericht
Knorr Landrichter

Für Ihre Ohren mag es amüsant klingen, dass der Nachttarif für das Übersteigen des Zaunes um dreißig Kreuzer höher lag als der tagsüber. Wer nachts unberechtigt über den Zaun stieg, hatte meist nichts Gutes im Sinn. Die höhere Strafe sollte abschrecken und dreißig Kreuzer waren viel in damaliger Zeit.
Auch die Fertigung des Zaunes war reglementiert. Vier Zoll lang sollten die Spälter sein und ohne Spitze, denn das wäre nur unnötiger Holzverlust. Der Macherlohn sollte erst ausgezahlt werden, wenn das Material vom Revierpersonal inspiziert worden war. Die stolze Summe von 137 Gulden und 13 ¼ Kreuzer verschlang 1827 der Parkzaun.
Besondere Sorgfalt sollten die innerhalb des Parkes gelegenen Kulturzäune genießen. Da der Wildstand im Park durch konsequente Hege langsam wieder anwuchs, war eine erfolgreiche Verjüngung des Laubholzes nur hinter Zaun möglich.
Ab Mitte des 19. Jahrhunderts wurde die Arbeit am Zaun veraccordiert. Die neuen Anweisungen zur Accordierung und Fertigung von Zaunmaterial von 1874 zeigen, dass der Zaun allen Anforderungen Rechnung trug, und die Forstverwaltung als Verwalter des Wildparkes Routine hierbei erworben hatte. Die Pfosten sollen zwei Meter lang, viereinhalb Zentimeter dick und siebzehn Zentimeter breit sein. Die Zaun- oder Vorrichtlatte ist, der längeren

Haltbarkeit wegen, aus Eichenheister-Holz zu fertigen, für die übrigen können auch Buchen oder Fichtengestänge

Spessartparkzaun im Kropfbachtal

Verwendung finden. Alle eineinhalb Meter wird ein Pfosten gesetzt, der fünfzehn Zentimeter tief eingegraben wird. An die Pfosten kommen sieben Latten, die unteren vier im engeren Abstand, die oberen drei etwas weiter. Die mit Pflöcken gekennzeichnete Zaunlinie ist genau einzuhalten. Der Oberförster selbst teilt die kostbaren Drahtstifte aus. Genau abgezählt, jeweils fünfundzwanzig Stück auf drei Meter Länge.
»Wenn die Stift nicht reichen, dann habt ihr nicht Acht gegeben. Wir ziehen jeden zusätzlich verbrauchten Stift vom Lohn ab.« Damit ist klar, dass Veruntreuung oder auch bloße Unachtsamkeit zu Lasten der Accordanten, also der Waldarbeiter, geht.
»Dass ihr mir ja das Abfallholz aufschafft! Wenn sich davon einer bedient und ich komm ihm auf die Schliche, braucht er sich hier nicht mehr sehen lassen. Auch für euch gilt das Wegegebot, also will ich keinen von euch irgendwo im Wald erwischen, wo er nichts zu suchen hat!« Natürlich, auch dem Holz- und Wildfrevel galt es vorzubeugen.
Die mit Ölfarbe gepinselten Vorschriften des braven Vay wurden 1910 durch komfortable Eisentafeln ersetzt. Forstmeister Dietrich holte Angebote bei den Firmen Rexroth in Lohr, Handloser in Wertheim und Philipp Kurtz, dem Haslocher Eisenwerk, ein. Das Haslocher Eisenwerk lieferte schließlich fünfundsiebzig Warntafeln, das Stück zu drei Mark fünfundsiebzig.
Nachlässigkeiten bei der Kontrolle, auch von Seiten des Forstpersonals, ließ man nicht durchgehen. *Mit tiefschuldigster Ehrfurcht* zeigt im Januar 1872 der Forstwart Trumbach aus Schollbrunn an, dass der Zaunwart Johann Kohlwisser aus Schollbrunn seiner

Arbeit nur sehr unzuverlässig nachgehe. Bei Kontrollgängen habe er die Tore nach Altenbuch hin offen vorgefunden. So sei es nicht verwunderlich, *wenn das Forstpersonal Nachts in der größten Kälte auf dem Verpasse steht und nichts Ungehöriges gewahr wird und dennoch nach kurzer Erholung die Spuren der Wilderer im Park trifft.* Der Zaunwart erhält unverzüglich eine Abmahnung und die Aufforderung, seinen Dienst selbst zu versehen, und die Aufgabe nicht seinem vierzehnjährigen Sohn zu übertragen, welcher zu gar nichts fähig ist.

Der Wildpark bewährte sich. Weit über hundert Jahre lang hielt er das Wild von den Feldern ab und die spärliche Ernte der Spessartbauern blieb erhalten. Nach dem ersten großen Weltkrieg gab es erstmals Klagen über Wildschäden, auf der Feldflur durch Parksauen verursacht. Damit Hand in Hand die Forderung, mehr Treibjagden durchzuführen. Mein Forstmeister hält dem Bürgermeister entgegen, dass die Tore nicht mehr sorgfältig geschlossen würden. Besonders durch die im Zwieselgrund ständig verkehrenden Holzfuhrleute, die die Tore ständig offen ließen.

1920 gar stellen die drei Forstmeister von Altenbuch, Bischbrunn und Rohrbrunn einen Antrag auf Strafverfolgung wegen Amtsbeleidigung gegen einen Kommerzienrat aus Darmstadt. Dieser hatte in der renommierten Zeitung *Der Deutsche Jäger* einen polemischen Artikel veröffentlicht, wo er die Verwaltung des Spessarter Wildparkes krasser Nachlässigkeit bezichtigte und von *Schweinerei* sprach, was ja nun nicht unbedingt falsch war, aber der Herr Kommerzienrat verstand unter Schweinerei eine Ungeheuerlichkeit.

Angepöbelt in den Errungenschaften der Revolution entsprechenden Weise, wehrten sich die drei Forstmeister energisch ihrer Haut. Die Sauen seien mitnichten aus dem Park, sondern aus dem Sinngrund eingewechselt. *Zwar*

habe der Geist der Revolution die Leute dazu gebracht, den Zaun an einigen Stellen zu zerstören, aber der Zaun wurde zügig ausgebessert und steht jetzt wieder unter strengem Schutz.
Der Erste Weltkrieg war verloren, die Revolution hatte Kaiser und König zum Abdanken bewogen und, wie immer in solchen Zeiten, gab es Menschen, die die neu erworbene Freiheit falsch verstanden. Dass sie sich durch Beschädigung des Wildzaunes selbst am allermeisten schadeten, begriffen die ›Helden‹ erst, als die Sauen die Felder verwüsteten. Die Klagen kamen ebenso prompt wie zuvor Beweise ihrer vermeintlichen Kühnheit. Angesichts der Not in der Nachkriegszeit taten die Parkforstämter alles, was in ihrer Macht stand, die Schäden schnell zu beheben und den Zaun auszubessern.
Was den Herrn Kommerzienrat aus Darmstadt betraf, so beeilte der sich tunlichst zu versichern, sein Schreiben sei nicht zur Veröffentlichung bestimmt gewesen. Er wisse überdies inzwischen, dass *die Herren Staatsförster ihre Aufgabe mit aller Rücksichtnahme und mit Takt zu erfüllen bestrebt sind.* Mit diesem Bekenntnis, abgedruckt im Deutschen Jäger, gaben sich auch die drei Forstmeister zufrieden. So schnell ließen sich bayerische Forstleute nicht ans Bein pinkeln, auch wenn sie inzwischen nicht mehr *Königlich* waren! Der Park war jedenfalls wieder in Funktion, und die polizeilichen Vorschriften aus dem 19. Jahrhundert wurden immer wieder neu für gültig erklärt und von der Bevölkerung respektiert. Erst nach dem zweiten großen Krieg kam für den Park das Ende und damit die alten Probleme wieder, doch davon später.

Beim Erzählen vom Wildpark bin ich der Zeit schon wieder weit vorausgeeilt. Nicht erst nach dem Ersten Weltkrieg kam eine Revolution, schon viel früher, 1848 kam die Revolution, von der man freilich hier im Dorf wenig spürte. Freiheit und Brüderlichkeit, mehr Rechte für die Bürger, das alles war nicht wirklich wichtig. Hier ging es vor allem um Brot und Kartoffeln, Schuhe und Kleider für die Kinder und darum, nicht frieren zu müssen, obwohl der große Wald das Dorf umhalste. Eines aber brachte diese Revolution auch den Spessartern: Die Befreiung vom Jagdfron! Ein wichtiges Signal und eine Erleichterung für die Leute. Sie mussten nicht länger Hunde für die herrschaftlichen Jagden durchfüttern, keine Fuhr- und Spanndienste mehr leisten und nicht mehr als Treiber für das Jagdglück der Landesherren sorgen. Wie alle Menschen, die hart für ihren Lebensunterhalt arbeiten müssen, begrüßten es auch die Spessarter, jetzt ungestört ihrer eigentlichen Arbeit nachgehen zu können. Das Jagdrecht auf fremdem Grundeigentum wurde aufgehoben, die Jagd wurde Gemeingut des Volkes. Der Wilddiebstahl als Verbrechen wurde beseitigt, es gab nur noch den Wildfrevel. Kein Wilddieb wurde mehr in ein Fass eingesargt, auf einen Hirsch gebunden oder in Fesseln gelegt. Kein Souverän konnte es sich mehr leisten, ungestraft Felder und Gärten durch Wild verwüsten zu lassen, keiner konnte mehr Scharen von Bauern durch Jagdfron zu Treibjagden befehlen, die tagelang dauerten.

Für die Ideen der Revolution begeisterten sich vor allem die Jungen. Die Forstschüler an der Forstschule zu Aschaffenburg, temperamentvolle, begeisterungsfähige junge Männer, organisierten sich verstärkt in den Burschenschaften in der Hoffnung, mehr politische Rechte für den Bürger zu erreichen. Zwei Forsteleven, die hier in meinen Mauern ihren praktischen Dienst ableisteten und meinem Forstmeister ans Herz gewachsen waren, ob ihrer offenen Art und ihres gewinnenden Charakters, hatten besondere Schwierigkeit. Bevor Forstmeister Schäfer sie dem Revier Altenbuch zuwies, studierte er aufmerksam

ihre Personalakten. Er schmunzelte und doch ließ er, Strenge vortäuschend, einige Worte der Ermahnung fallen.
»Schneider, Sie sind Pfarrerssohn und ich lese hier von vierundzwanzigstündigem Arrest wegen Misshandlung eines Schuhmachers? Desgleichen bei Ihnen, Schwingenstein, zwölfstündiger Carzer wegen nächtlicher Exzesse auf der Straße?«
Die beiden beeilten sich mit hochrotem Kopf zu versichern, dass die Zwischenfälle weit harmloser gewesen seien, als die Strafen vermuten ließen.
»Nun, so lange Sie hier in Altenbuch sind, erwarte ich untadeliges Benehmen. Lassen Sie sich um Himmels willen nicht von den Dorfburschen provozieren und halten Sie sich von den Dorfschönheiten fern, sonst bekommen Sie hier gewaltig Ärger!«
Die beiden versprachen dies nicht nur, sie hielten sich auch daran, denn sehr schnell spürten sie, dass die Dorfburschen ihnen an Mut und Heißblütigkeit mindestens ebenbürtig waren.
Wieder zurück an der Schule, besuchten sie eifrig die Versammlungen der Arminia und Germania, Burschenschaften mit politischen Zielen. Dies, und der Besuch des Hambach-Festes in Hanau, wurde ihnen und einigen ihrer Freunde beinahe zum Verhängnis. Es folgten peinliche Befragungen und Verhöre, es drohte die Demission von der Lehranstalt, die Nichtzulassung zur Prüfung, der Verlust des Stipendiums und der Entzug von Geldern für Exkursionen. Zwar versuchten die jungen Leute alles, sich zu entlasten. Der Arminia und der Germania seien politische Tendenzen ganz fremd gewesen, die Teilnahme am Hambacher- Fest habe ausschließlich dem Vergnügen gedient. Man habe gegessen, getrunken und getanzt, und es habe keinen politischen Hintergrund gegeben. Auch habe man zu

keiner Zeit eine schwarz-rot-goldene Cocarde oder Bänder getragen oder gar politische Reden gehalten.
Ohne die Fürsprache der ›alten‹, schon etablierten Forstleute, wäre es für die Burschen und ihre Kameraden wohl nicht so glimpflich abgelaufen. Auf absolute Loyalität, auch beim forstlichen Nachwuchs, legte der künftige Dienstherr, also die Staatsgewalt, größten Wert.

Für meine Forstleute brachen schwere und gefährliche Zeiten an. Die einstmals so lichtscheuen Wilderer zeigten sich öffentlich, bildeten Banden und führten am hellen Tag Treibjagden auf freier Bahn und in den Parks durch. Es traf sich nicht selten, dass auf der einen Seite des Berges die Herrschaftlichen und auf der anderen Seite die Freibeuter jagten. Revierförster Mott ging nur noch in Begleitung von zehn bis zwanzig Mann auf seine Rundgänge durch den Park.
Einmal, als er entgegen aller Warnungen allein loszog, traf er auf eine Bande übermütiger Freibeuter. Reuevoll dachte er an die Bitten seiner Frau, doch Begleiter mitzunehmen. Es waren keine Einheimischen, die da auf der Pirsch waren, es war die Bande, die im fürstlich Löwenstein'schen Gebiet ihr Unwesen trieb. Mott war auf eine Tracht Prügel oder Schlimmeres gefasst.
»Würde der königliche Revierförster uns die Ehre erweisen, mit uns zusammen auf die Pirsch zu gehen?«
Mott blickte seinen Kontrahenten überrascht an. Zeichen von Spott oder Häme konnte er nicht entdecken. Er fühlte sich sehr unwohl in seiner Haut, wagte aber nicht, das höfliche Angebot rundheraus abzulehnen. Die Überzahl ließ es nicht zu. Seither hat er seine Pirschgänge nicht mehr alleine durchgeführt.
Das Wildbret wurde öffentlich angeboten, und der Markt war so gesättigt, dass der Preis unter sechs Kreuzer pro Pfund fiel. Die Untertanen gewannen an

Selbstbewusstsein, immer häufiger gab es Übergriffe nicht nur, was die Wilderei betraf.
1866, ein folgenschweres, aufregendes Jahr! Es herrschte wieder Krieg draußen in der großen Welt. Preußen führte Krieg gegen Österreich und seine Verbündeten. Der Krieg streckte seine Finger auch in unser entlegenes Dorf. Heimkehrende preußische Soldaten mit Kanonenwagen mussten im Dorf einquartiert werden. Natürlich mussten sie auch verpflegt werden, doch wovon, wenn es kaum für die eigenen Leute reichte? Die Not war groß und schon im Winter, der so kalt war, dass *die Vögel in der Luft erfroren,* kam es zu zahlreichen Holzfreveln. Noch immer war Holz ein knappes, kostbares Gut. Wälder, wie Sie sie heute kennen, gab es damals nicht. Der Waldboden war leergefegt, jeder Ast, jedes Stück Holz, ja sogar die Zweige wurden gesammelt für Brennholz. Die Forstleute hatten alle Hände voll zu tun, den Wald vorm Plündern zu schützen und das Wild vor hungrigen Mägen. Sie hatten guten Grund, um ihr eigenes Leben zu fürchten und versuchten alles, um die Wilderei schon im Keim zu ersticken. Schon Ernst Mantel hatte wenige Jahre vor seinem Tod ein langes Traktat geschrieben, wie denn die Gefahr der Wilderei einzudämmen sei. Alle, die sich von Berufs wegen viel im Wald aufhielten, also Waldarbeiter, Köhler, Schweinehirten und so weiter, sollten nicht ohne ein Leumundszeugnis Zutritt zum Wald bekommen. *Da nicht selten Köhler, Holzhauer sich mit diesen verdächtigen Wildereyen abgeben welche sich mehrester Zeit im Walde aufhalten und das sowohl bey Nachts als Tag.* Erst nach Vorlage eines *ausweißlichen Adests* über ihr Betragen, das vom *Revierforstpersonale* und vom *Beths-Vorstand* (Pfarrer) auszustellen ist, sollten diese Personen Zugang zum Wald haben. Jedoch ... *im mindesten Falle eines Verdachts solche von dem Revier unverzüglich abzuweisen wären. Und einen Zweifel nicht,*

es werden sich dergleichen verdächtigen Leuthe eines ehrlichen Wandels befleißen der ihnen immer ein angemessene Verdienst gestadtet.

Nun, Papier ist geduldig und grau ist alle Theorie. Als Forstwart Vogel vom Sylvan in der Nacht des fünfzehnten Mai 1866 zu einem Pirschgang aufbrach, war er, wie immer, äußerst wachsam. Schon seit längerer Zeit fand er die Spuren von Wilderern in seinem Revier. Die Übergriffe wurden häufiger, die Dreistigkeit wuchs. Eine vergessene Schlinge, ein verluderter Hase oder die blutige Spur von noch größerer Beute. Gestern hatte ihm sein Hund eine solche Spur verwiesen. Unter einem Reisighaufen versteckt, lag eine tote Wildsau. Vogel verständigte sich mit Oberförster Lamprecht aus Altenbuch, um die Wilddiebe abzupassen. Er wusste, die Beute musste geborgen werden.
»Diesmal krieche mer se! Des Ding is gstellt wie e Figgemühl«, versicherte er seinem Chef zuversichtlich. Während er durch die Dunkelheit pirschte, war er dankbar, seinen Hund an der Seite zu haben. Saul war ein zuverlässiger Beschützer und verfügte über die besseren Sinne. Eine mögliche Gefahr konnte er früher wahrnehmen. Trotzdem waren Vogels Nerven zum Zerreißen gespannt. Vorsichtig näherte er sich dem vereinbarten Treffpunkt am Jagdhäuschen Dianalust. Saul begann leise zu knurren, Vogel blieb stehen und starrte in die Nacht. Vor ihm am Dianahäusle bewegte sich etwas. Er ließ den Schrei eines Käuzchens ertönen, das vereinbarte Erkennungszeichen.
»Gott zum Gruß!« Die Stimme von Oberförster Lamprecht klang gedämpft durch die Nacht. Erleichtert erwiderte Vogel den Gruß und zusammen machten sie sich auf den Weg. Ein gutes Stück die Eichhöh-Straße entlang, dann Richtung Krausenbacher Forst, auf einem schmalen

hangparallelen Weg knapp unter der Hangkante. Die rabenschwarze Nacht war einem ersten fahlen Dämmerlicht gewichen, und die Anspannung der beiden Forstleute hatte sich etwas gelegt. Sie umschlugen das Versteck, um den Wilderern den Rückweg abzuschneiden. Unweit des Müllerntores, im Brettbrunn, versteckten sie sich.
Irgendwann sträubte Saul die Nackenhaare und begann leise zu knurren. Drei Gestalten, dunkel gekleidet, das Gesicht rußgeschwärzt, kamen ihnen entgegen. Einer von ihnen hatte einen Rucksack über der Schulter, das Gewehr in der rechten Hand. Die Männer zerrten die Sau hinter sich her, bis an den Wildzaun, der die Verjüngung schützte. Mit vereinten Kräften schafften sie das schwere Tier über den Zaun und zwei der Männer sprangen hinterher. Saul fasste dies als Bedrohung seines Herrn auf und begann jetzt laut zu knurren. Die Forstleute hatten ihre Gewehre im Anschlag, den Hahn gespannt, ihr Atem ging flach. Das Knurren des Hundes hörten auch die Männer und verharrten, der letzte von ihnen just oben auf dem Zaun. Da krachte ein Schuss und der Mann fiel getroffen über den Zaun zu Boden. Seine Kumpane ergriffen die Flucht. Lamprecht und Vogel sahen sich an. Beklemmung in den Gesichtern, von Triumph oder Befriedigung keine Spur. Sie warteten eine kurze Weile, die gekrümmte Gestalt, die dort etwa fünfzig Meter vor ihnen auf dem Boden lag, scharf im Auge behaltend. Dann näherten sie sich vorsichtig. Lamprecht beugte sich nieder und drehte den Mann auf den Rücken. Die Augen waren schon gebrochen, an der rechten Brustseite rann das Blut heraus. Lamprecht faltete dem Gestorbenen die Hände und schloss ihm die Augen. Saul schnüffelte an dem Toten, setzte sich auf die Hinterläufe und ließ ein lang gezogenes Geheul hören. Den beiden Männern fror das Blut in den Adern.

»Halt's Maul, blöder Köter!«, grollte Lamprecht in Richtung Hund.
»Lungenschuss. Er war sofort tot, hat nicht leiden müssen wie viele der Kreaturen, die in der Schling verenden.«
Vogel stand noch immer wie betäubt daneben. Die Sonne stieg glutrot am Horizont auf. Die Vögel hatten ihr morgendliches Konzert angestimmt und eine friedlich feierliche Stimmung umgab die beiden Forstleute und ihren ehemaligen Widersacher. Lamprecht stand auf, zog seinen Hut vom Kopf und sprach ein Gebet für die Seele des Wilderers. Auch Vogel sprach das Gebet, seine Lippen bewegten sich, aber es war kein Ton zu hören. Seine Augen waren starr, er stand neben dem Toten, aber schien doch unendlich weit weg. In seinem Kopf jagten sich die Gedanken.
»Grad war er noch lebendig, jetzt ist er tot. So schnell geht das und so einfach. Wie oft hab ich schon ein Stück Wild erlegt und jetzt … liegt hier ein Mensch! Hat er wohl ein Weib zu Haus, Kinder? Damit ist wohl zu rechnen, er ist noch jung.«
»Es könnt ein Holzhauer sein«, unterbrach Lamprecht seine Gedanken und wies auf das kleine Holzhauer-Beil, das der Tote im Gürtel trug. Auf jeden Fall war er nicht alleine, seine Kumpane waren entkommen. Vogel und Lamprecht sahen sich schweigend an, sie wussten genau, was das für sie bedeutete.
»Von mir erfährt keiner, wer den Schuss getan hat.« Lamprecht nickte seinem Kollegen beruhigend zu.
»So halt ich's!«, bestätigte Vogel mit heiserer Stimme, das Gesicht aschfahl.
»Wir sollten jetzt aufs Amt und Meldung machen.«
Die Kunde von der Erschießung des Wilderers verbreitete sich wie ein Lauffeuer. Der Wildfrevler, Blutfink genannt, war ein Holzfäller aus Weibersbrunn. Sein richtiger Name war Johann Peter Amrhein, er hinterließ vier

minderjährige Kinder. Wie sich herausstellen sollte, hatten zwei Weibersbrunner Männer, unter ihnen Anton Fleckenstein, genannt der Ruße-Anton, den Johann Amrhein gebeten, ihnen beim Abtransport einer gewilderten Sau zu helfen. Der Tote war also nicht der Wildschütz, sondern nur der Gehilfe.
Noch tragischer aber das Schicksal seiner Familie. Seine Frau Therese erfuhr erst am nächsten Tag vom Tode ihres Mannes, als sie den Arzt in Rothenbuch aufsuchte, um August, den jüngsten Sohn, impfen zu lassen. Weder der Ruße-Anton noch sein Kumpan hatten den Mut aufgebracht, der Theres' die grausame Nachricht zu überbringen. Sie stand jetzt ganz allein mit vier unmündigen Kindern und musste sehen, wie sie die Familie über Wasser hielt. Erst am sechsten Tag nach dem Todesfall und nach langer Rücksprache mit den Gesinnungsgenossen erstatteten die beiden Wilderer Anzeige. Oberförster Lamprecht und Forstwart Vogel kamen nach Aschaffenburg in Untersuchungshaft.
Der Zwischenfall beunruhigte die Behörden nicht wenig. Die Angst vor Aufruhr, davor, dass die Aufregung der Bevölkerung *in eine bedenkliche Gärung* übergehen könne, führte zu einem intensiven Briefwechsel zwischen der Kammer des Inneren, dem Bezirksamt Marktheidenfeld und dem Forstamt Stadtprozelten.
Also trafen sich der Gendarmerievorstand, der Bezirksamtmann und der Forstmeister von Stadtprozelten zu einem Krisengipfel.
»Wir haben den Blutfink möglichst schnell unter die Erde schaffen lassen, um zu verhindern, dass sich die Unruhe noch weiter ausbreitet, und die Bande Zeit hat, irgendetwas auszuhecken.« Forstmeister Schäfer klopfte seine Pfeife bedächtig aus.
»Die Leute aus Altenbuch haben großen Anteil an der Sache genommen und obwohl alles schnell und ohne

großes Aufsehen vonstattenging, kam ein Trupp Männer aus Weibersbrunn gezogen und schwor blutige Rache.« Er wandte sich an den Gendarmerievorstand.
»Wir brauchen Hilfe. Das Forstpersonal ist bedauerlicherweise durch *die Einziehung in den Militärdienstverband* stark reduziert und geschwächt.«
Der Gendarmerievorstand nickte zustimmend. »Verstärkung ist bereits angefordert.«
»Die drohende Kriegsgefahr hat ohnedies eine *allgemeine Aufregung bei der unteren Bevölkerungsklasse hervorgerufen,* deren Gefährlichkeit nicht zu unterschätzen ist.« Auch der Bezirksamtmann hatte seine Stirn in sorgenvolle Falten gelegt. Der drohende Bruderkrieg zwischen Preußen und den Verbündeten, Bayern und Österreich, warf seine Schatten voraus.
»Es ist verständlich, *dass Ereignisse, die so in Existenzbedingungen der Bevölkerung eingreifen, eine gewisse Aufregung verursachen.«*
Wenige Tage später kamen Lamprecht und Vogel wieder frei. Zu Vogels Schutz wurde das Forsthaus Sylvan in den Patrouillenbezirk aufgenommen, die Gendarmeriestation in Rohrbrunn um drei Mann verstärkt. Bis zu dreimal täglich patrouillierten die Gendarmen rund um den Sylvan, und trotzdem fühlte sich Vogel alles andere als sicher. Klagen, dass Banden aus Weibersbrunn, bis zu achtzehn Mann stark, der Wilderei dreister denn je nachgingen, sorgten nicht gerade für eine Entspannung der Lage. Die Aufforderung der Kammer des Inneren, *der Wilderei, welche sogar in Rotten verübt werde, solle mit aller Kraft und Energie in einer Weise begegnet werden, dass dem Gesetz Ansehen und Geltung verschafft werde,* erfolgte auf dem Fuße. Dann wieder die Beschwichtigung des Amtmannes, alles bleibe ruhig, die Behörden haben die Lage unter Kontrolle und weitere Maßnahmen durch

allerhöchste Verordnungen würden die Bevölkerung erbosen.
Der Fall Blutfink *hat sowohl in der Presse als auch in den Augen von Unbetheiligten eine äußerst verschiedenartige Beurtheilung erfahren.* Die erste Meldung in der Aschaffenburger Zeitung bedauert das Opfer und betont, dass er sich *des besten Leumundes zu erfreuen hätte.* Ein zweiter Artikel distanziert sich von diesem Urteil, informiert, dass sich das Opfer in Begleitung der berüchtigtsten Wilderer von Weibersbrunn befunden hätte und dass er Wildererutensilien mit sich geführt hätte: Zündhütchen, Pulverhorn und Fuchsschwanz, um sich unkenntlich zu machen. *Nur ein Wilderer wird dergleichen Gegenstände mit sich führen.* Die Darstellung jenes traurigen Vorfalls sei nur geeignet, *Erbitterung gegen einen ehrenwerthen Stand* hervorzurufen. Damit war das Weltbild wieder zurechtgerückt.
Für Samira und mich gab es kein anderes Gesprächsthema mehr.
»Tragische Geschichte mit dem Blutfink, aber die beiden haben nur ihre Pflicht erfüllt, wer auch immer jetzt geschossen haben mag, wenn er nicht den ersten Schuss getan hätte, hätten es womöglich die Wilderer getan. Sie haben einen erdenklich schlechten Ruf, die Männer um den Ruße-Anton. Sie waren schon etliche Male unter Polizeiaufsicht und sind bekannt für ihre Gewalttätigkeit.«
»So wäre es wohl gekommen, aber das macht die Sache für die beiden nicht leichter. Einer von beiden muss damit leben, einen Menschen getötet zu haben.«
»Man munkelt ja, es sei Vogel gewesen.« Ich war froh, meinen Forstmeister nicht als Hauptverdächtigen zu sehen.
»Vogel behauptet, ein reines Gewissen zu haben. Wem letztlich der Schuss ausgekommen ist, wird vielleicht nie ganz geklärt. Stellen Sie sich die Anspannung vor, unter

der die beiden standen! Schließlich mussten auch sie um ihr Leben fürchten. Wahrscheinlich sollte der tödliche Schuss niemals losgehen. Es ist wohl auch nicht das Entscheidende. Viel wichtiger wäre es, sich um die Witwe und ihre vier Kinder zu kümmern. Not und Elend wird sich bei ihnen noch beharrlicher einnisten und irgendwann, wenn einer der Buben erst einmal alt genug ist, wird vielleicht auch er keinen anderen Ausweg wissen, als zu wildern, um sich und seine Geschwister vor dem Verhungern zu retten. Dann wird es heißen: ›Der Apfel fällt nicht weit vom Stamm.‹ Im Übrigen fürchte ich, dass die Geschichte noch nicht zu Ende ist: Sie sinnen auf Rache, die Weibersbrunner! Die Art, wie der Blutfink ums Leben gekommen ist, erbost die Leute.«

»Samira! Ist Ihnen etwas zu Ohren gekommen? Gibt es eine konkrete Gefahr?«

»Es wird viel gemunkelt und erzählt. Die Schwierigkeit ist, Echtes von Erfundenem zu unterscheiden, und selbst wenn, wie sollten wir, lieber Freund, daran etwas ändern? Weder Sie noch ich haben die Möglichkeit, einzugreifen. Es ist, nebenbei, auch nicht im Mindesten unsere Aufgabe. Überlassen wir das der höheren Macht.«

Natürlich hatte meine kluge Freundin Recht, aber mir gefiel der Gedanke überhaupt nicht, tatenlos zuzusehen, wie das Verhängnis sich zusammenbraute. Die Dinge nahmen dann aber doch ihren Lauf. Schon am Vormittag des nächsten Tages gab es einen Zwischenfall im Jägerhof. Toni, der Sohn unseres Kutschers, plärrte Zeter und Mordio, da ihn sein Vater offensichtlich verprügeln wollte.

»'es Maul hältst, nix sagst?«, scholl die wütende Stimme seines Vaters über den Hof.

»Wohl sach ich's, ich musses doch sache, süsst gschiecht was ganz Schlimmes!«

Da schritt Lamprecht ein.

»Toni, was gibt's zu erzählen? Raus damit, Bub!«
»Sie sache, vo Weibersbrunn käme Männer zum Sylvan gezoche und wolle de Blutfink räche.« Toni zog geräuschvoll die Nase hoch und wischte sich die Tränen ab.
Lamprecht fasste ihn hart am Arm.
»Kannst du laufen, Bub? Laufen, als wär der Leibhaftige hinter dir her?« Toni nickte und sah ihn ernst an.
»Lauf ins Bettelloch, da sind die Holzhauer. Geh zum Schorsch und sag ihm, er soll sofort zum Sylvan hoch und dem Vogel Bescheid geben. Fort muss er, auf der Stell. Soll seine Frau packen und fort. Sieh zu, dass die andern nichts mitkriegen von deiner Botschaft, verstanden? Ich lass jetzt einspannen und wart an der Chaissendrehe auf ihn.«
Toni nickte eifrig und war schon über alle Berge.
»Und jetzt zu dir, mein Freund.« Lamprecht wandte sich seinem Kutscher zu.
»Verdienst du nicht alle Tage dein gutes Brot, hier in königlichen Diensten? Wieso wolltest du nicht, dass der Toni mir die Auskunft bringt? Ja, wieso hast du sie mir nicht selbst gebracht, wie es deine Pflicht und Schuldigkeit wär?«
»Ich möchte kaan Ärcher mit die Leut. Es is schlimm der Judas zu sei!«
»Lieber wär's dir, noch einen Toten zu beklagen? Wir reden noch darüber, mein lieber Freund und Kupferstecher! Wenn du dem Buben auch nur ein Haar krümmst oder ihm nur ein böses Wort gibst, kannst hier einpacken! Und jetzt spann an, aber so schnell wie noch nie in deinem Leben!« Mit grimmigem Gesicht ging Lamprecht sein Gewehr holen und alles Nötige vorzubereiten.
Am Abend berichtete ich Samira von Vogels Rettung.

»An die vierzig Mann sind aus Weibersbrunn herübergekommen. Einige mit Gewehren, andere mit Mistgabeln, Hauen und Beilen. Sie wollten den Vogel lynchen oder erschießen, um den Tod des Blutfinks zu rächen.«
Samira sträubte die Federn.
»Ich wusste, dass die Geschichte noch nicht zu Ende ist. Hätten die Leute genug zu essen, wäre all das nicht nötig. Weder Wilderei noch Tod, weder die elende Pflicht, den Henker zu spielen, noch die Angst und die Bedrohung.«
Bedrückt schwiegen wir eine Weile.
»Samira, glauben Sie, auch für Lamprecht besteht Gefahr?«
Einige Male schon hatte ich mir diese bange Frage gestellt.
»Halte ich nicht mehr für sehr wahrscheinlich. Wenn, dann wären sie direkt vom Sylvan zum Jägerhof gezogen. Noch einmal werden sie sich nicht auf den Weg machen. Ihre Wut ist verraucht. Zwar haben sie Vogel nicht lynchen können, aber sie haben ihn immerhin vertrieben.«
»Er war so glücklich hier! Er liebte seinen Spessart über alles. Ob es ihm in Kleinrinderfeld gefällt?«
»Wo liegt eigentlich dieses Kleinrinderfeld?«
»Weit von hier, in der Nähe von Würzburg, hörte ich Lamprecht erzählen.«
»So ist er wenigstens in Sicherheit.«
»Lamprecht meinte, dort sei auch die Gefahr der Wilderei weit geringer als hier. Er werde nicht weiterhin gegen Wilderer zu kämpfen haben.«
»Gut so! Er wird genug damit zu tun haben, gegen die eigene Erinnerung zu kämpfen.«
»Lamprecht wird ihn vermissen, er hat gerne mit Vogel gearbeitet. Dieser hat zuverlässig und ohne viel Aufhebens seine Arbeit getan.«

Für den Kutscher hätte die Sache beinahe ein böses Ende genommen, denn Lamprecht wollte ihn in seiner Wut und Enttäuschung über die mangelnde Loyalität entlassen. Erst Tonis Fürsprache änderte seinen Sinn, er hatte den Buben ins Herz geschlossen und außerdem war Vogels Rettung ja auch Tonis Verdienst.

Es gab noch andere, die Vogel vermissten. Allen voran die *Armen Schulschwestern*, die seit einigen Jahren hier im Dorf eine Station eröffnet hatten. Die Armut im Dorf nahm solche Ausmaße an, dass die Königlich Bayerische Regierung, so fern sie auch war, nicht länger die Augen davor verschließen konnte. Die Schwesternstation war eine Art soziales Notprogramm mit dem Schwerpunkt der Krankenpflege und des Schulwesens. Diese Nonnen waren wirkliche Heldinnen. Als sie 1858 hier ankamen, gab es niemanden, aber wirklich niemanden, der sie willkommen hieß. An einem kalten Winterabend klopften sie an die Tür des Wirtshauses ‚Zum Adler'.
»Wer ist da?«
»Die Schwestern sind da.«
»Wir brauchen keine Schwestern nicht«, war die entmutigende Antwort, und von da an begann für die armen Schwestern ein harter Kampf um ihre Daseinsberechtigung und ums Überleben. Nicht umsonst nannten sie sich die *Armen Schulschwestern*, denn der Orden besaß wenig eigenes Vermögen. Als Gegenleistung für ihre Dienste sollten die Schwestern von der Bevölkerung miternährt werden. Doch wovon sollten die Altenbücher drei oder vier Schwestern miternähren, wenn sie selbst am Verhungern waren? Was Wunder also, wenn die Schwester in ihrer Chronik über Vogels Schwierigkeiten berichtet und wehmütig festhält: *»Wir verlieren einen Freund und Gönner.«*

Die Schwestern waren ins Schwesternhaus gezogen und hatten nicht viel mehr als das berühmte Dach über dem Kopf. Frau Lehrer und Frau Oberförster spendeten an Hausrat, was unbedingt nötig war. Die hundert Gulden, die das Mutterhaus als Startkapital mitgeschickt hatte, waren sehr schnell aufgebraucht. Die ersten Jahre waren Hungerjahre, auch für die Nonnen. Dazu die Feindseligkeit der Dorfbewohner, besonders der Männer. Die Schwestern begannen nicht nur in der Krankenpflege und der Kindererziehung zu arbeiten, sie versuchten auch, auf den moralischen Lebenswandel Einfluss zu nehmen. Uneheliche Kinder waren hier fast schon die Regel. Entweder fehlte es den eigentlich heiratswilligen Eltern am nötigen finanziellen Grundstock oder es ... Nun, es fällt mir nicht so leicht darüber zu sprechen. Ich fürchte, Sie werden sich kaum vorstellen können, wie die Leute damals zu leben hatten. Die kleinen Häuser waren meist hoffnungslos überfüllt. Oft wohnten Seitenverwandte mit im Haus. Ein Bett musste für vier, fünf, manchmal noch mehr Kinder genügen. Alt und Jung schliefen nicht nur in einem Zimmer, sondern nicht selten auch im selben Bett. Die bayerische Regierung schickte einen Experten, den Sozialmediziner Rudolf Virchow, der 1852 Spessart und Odenwald bereiste, und die erschütternden Fakten enthüllte: *Die Beispiele welche ..., uns an sexueller Immoralität entgegentraten ... waren in höchsten Maasse abstossend. Wittwen sowohl, als ledige Frauenzimmer mit 3, 4 unehelichen Kindern und zwar so, dass gleichzeitig Mutter und Tochter in dieser Weise producierten, gehörten nicht zu den Seltenheiten. ... Wenn es fast die Regel ist, dass ... z.B. Knaben und Jünglinge mit der Tante in demselben Bette schlafen, ... dass die Jungen die geschlechtlichen Genüsse der Alten unmittelbar vor Augen haben, so ist es nicht zu verwundern, dass der Sinn für geschlechtliche Erregung früh geweckt und bei günstiger*

Gelegenheit früh zur Aeusserung gebracht wird. Moralische Schlaffheit, Mangel an Erziehung und sittlicher Gewöhnung, seien weitere Ursachen für diese Missstände und nicht etwa der *excessive Genuss der Kartoffel!*
In einem Physikatsbericht des Bayerischen Landgerichtsbezirkes Stadtprozelten aus dem Jahr 1861 können wir es in nüchternem Beamtendeutsch nachlesen: *... die im Ganzen ärmliche Leib- und Bettwäsche, den geringen Sinn für Pflege der Haut, die im Allgemeinen ärmliche, fast durchgängig vegetabilisch und noch dazu schlecht bereitete Nahrung, all diese Momente, und noch mehr bedingen eine Schwäche der Lebenskräfte und daraus resultierende elende Sprösslinge, welche in Elend, Schmutz und unpassender Nahrung heranwachsen, jene schwächliche, verkümmerten Figuren werden, wie wir solche bei den jährlichen Conscriptionsvisitationen so oft zu sehen Gelegenheit haben.*
Sicher, man mühte sich auch amtlicherseits, der Armut Herr zu werden und die Missstände zu verbessern. So wurde die Schafhaltung, als bessere Nutzungsmöglichkeit der ertragsschwächsten Wiesen, gefördert. Es gab Pläne, den Obstanbau zu fördern, was besonders in den höher gelegenen Spessartdörfern immer wieder durch die Frostgefahr in Frage gestellt war.
Aber ich schweife ab. Ich wollte ja eigentlich erklären, woher die Feindseligkeit der Dorfbewohner gegen die Schwestern rührte, wieso vor allem die Männer fast nichts unversucht ließen, die Nonnen aus dem Dorf zu vertreiben. Sie weigerten sich, ihnen Wiesen zu verpachten, rissen im Schwesterngarten das Gemüse, das so hoffnungsvoll zu wachsen begonnen hatte, wieder aus und hielten die vertraglich vereinbarten Verpflichtungen, wie Naturalentlohnung und Ähnliches, nicht ein. Nun, die Schwestern sahen es als ihre Aufgabe, den moralischen

Missständen ein Ende zu setzen. Über die Erziehung, vor allem der Frauen und Mädchen, gewannen sie zunehmend an Einfluss. Die Männer sahen ihre sexuelle Freizügigkeit in Gefahr und hatten aus ihrer Sicht allen Grund zur Feindschaft. Es gab nicht viel Vergnügliches in diesem elenden Leben.
Für die Frauen hatte die Sache noch eine zweite Seite. Beinahe jedes Jahr ein Kind auszutragen, dazu die harte körperliche Arbeit in der Landwirtschaft, ein Drittel oder die Hälfte seiner Kinder früh sterben zu sehen, war oft mehr, als in einem Menschenleben zu ertragen war. So hatten viele Frauen nur ein kurzes, hartes Leben. Religiöse Strenge und karitative Fürsorge durch die Nonnen zeigten nach und nach Wirkung. Die Frauen waren zugänglicher für die Anweisungen. Um der Sache nachdrücklich Erfolg zu verleihen, arbeitete man bald schon mit den wirksamen Mitteln der religiösen und gesellschaftlichen Ächtung. Unehelich geborene Kinder bekamen so ausgefallene Vornamen wie Kallistus, Aurius oder Hyacinth. Sie waren damit lebenslang gebrandmarkt und nicht mehr, wie früher, als selbstverständlich akzeptiert.
Ich weiß das deshalb noch so genau, weil die Berichte einige Tage auf dem Arbeitstisch von Lamprecht herumlagen. Der Bezirksarzt war mit Lamprecht befreundet und sie diskutierten auch des Öfteren darüber, wie Abhilfe zu schaffen sei.

Auch der eigene Berufsstand hatte ein eher kärgliches Auskommen. 1862 noch wurden für die Revierförster Mantel aus Breitenbrunn und die Forstwarte Vogel vom Sylvan und Ranzenberger vom Kropfbrunn je drei Hektar Wald gerodet, um das Dienstland zu vergrößern und damit die Möglichkeit zur Selbstversorgung zu verbessern. Die Rodung mussten die Forstleute auf eigene Kosten durchführen, das anfallende Holz durften sie behalten. Für

die Forstgeschichtler unter meinen Zuhörern: Es waren dies die Abteilungen IX/3 Innerer Brunnenfloß, VI/8 Hollerschlag und V/2a Salzstein.
Die Schwierigkeiten der Parkförster schließlich, die in der Einsamkeit wohnen, weit entfernt von Ortschaften und deshalb gezwungen seien, den Feldbau selbst zu betreiben, da die Bauern zu entfernt seien und deshalb ihre Mithilfe zu teuer. Auch müssten sie ihre Kinder in Kost und Logis bringen, um ihnen den Schulbesuch zu ermöglichen. Freiherr von Mehlingh, Kämmerer der Königlich Bayerischen Regierung, schuf daraufhin eine Stiftung *für Erziehung der Kinder des exponierten k.b. Forstpersonals.* 1865 wurde die Stiftung ins Leben gerufen. Ein Stipendium belief sich auf die stolze Summe von sechzig Gulden. Drei Stipendien wurden in der Regel pro Jahr vergeben. Anspruch auf Hilfe hatten:
– unbemittelte Revierförster und Forstwarte auf Einöden oder Weilern, mit mindestens einem Kind zwischen acht und achtzehn Jahren, damit die Kinder auf eine Schule oder Lehranstalt gehen können und auch für Kost und Logis gesorgt sei
– Einzel- oder Doppelwaisen von Bediensteten der genannten Kategorien
– Ausnahmsweise einem Hofrathbediensteten auch zur Bestreitung der Kosten für Haltung einer Erzieherin im Hause verbrieft werden, wenn derselbe mehrere Töchter hat.
Der Forstwart vom Sylvan, er schrieb sich Laudensack, stellte 1878 einen Antrag auf Unterstützung seiner beiden schulpflichtigen Söhne. Ob er bewilligt wurde, weiß ich nicht mehr zu sagen. Sicher bin ich mir aber, dass Förster Chaselon vom Kropfbrunn in den Genuss der Stiftung kam. Er hatte drei blitzgescheite Buben, Georg, Johann und Paul, und erst auf Drängen des Schullehrers und des Herrn Pfarrers entschloss er sich, sie auf ein Gymnasium

zu schicken. Forstmeister Dietrich musste seine ganze Überredungskunst aufbieten, um Chaselon zu überzeugen, dass er durchaus berechtigt sei, den Antrag auf ein Stipendium für seine Buben zu stellen, denn der Förster hatte erhebliche Skrupel, als Bittsteller zu gehen, wie er sich ausdrückte. In den Jahren 1905, 1906 und 1907 erhielt die Familie aus der Mehlingh'schen Stiftung jährlich einhundert Mark. Und wie es die Stiftung verfügte, *wurde das bewilligte Stipendium im ganzen Jahresbetrage im Monat Oktober jeden Jahres ausgezahlt.* Johann, Georg und Paul bekamen eine solide Ausbildung und wuchsen zu tüchtigen jungen Burschen heran.
Es waren Dinge wie diese, die die Forstleute eng an ihren Dienstherrn banden, die sie sich verantwortlich und solidarisch fühlen ließen.

Wie die Leute hier im Dorf ihr Auskommen fänden, beschäftigte meine Forstmeister, wenn überhaupt, nur am Rande. Dennoch wurden sie durch bestimmte Ereignisse immer wieder damit konfrontiert, schließlich lebten sie im Dorf.
Eines dieser Ereignisse war Rosa. Rosa war die Freundin von Klara, Lamprechts Tochter. Ein aufgewecktes, lustiges Kind, aus ärmlichen Verhältnissen zwar, aber immer sauber und ordentlich. Ihr Vater war als Holzfäller bei der Arbeit von einer Buche erschlagen worden, als Rosa noch sehr klein war. Der jüngere Bruder des Vaters hatte nach dem Tod der Eltern Haus und Hof geerbt und seither waren Rosa und ihre Mutter nur die geduldeten armen Verwandten, die es mit durchzufüttern galt. Sie waren als zusätzliche Arbeitskräfte willkommen, weniger aber als zusätzliche Esser. Rosas Mutter tat alles in ihrer Macht Stehende, um Rosas harte Kindheit durch Liebe und Geborgenheit zu erleichtern. Klara und Rosa waren bis zum Ende der Schulzeit unzertrennlich. Dann kam

Klara ins Internat zu den Englischen und Rosa zu einem Bauern in die Grafschaft als Magd. Als Klara in den ersten Weihnachtsferien zu Hause war, ertönte eines Nachmittags der klagende Ruf eines Käuzchens. Es gab nur ein Käuzchen, das so schrie, und dieses Käuzchen war mitnichten ein Käuzchen, sondern Rosa. Natürlich hatte Klara das alte Signal sofort wiedererkannt und war in den Hof gelaufen, unter den großen Kastanienbaum.

»Rosa, ich dachte, du bist …« Sie konnte den Satz nicht zu Ende bringen, denn Rosa warf sich ihr schluchzend an den Hals.

»Helf mir Klara! Du bist die anzig, die mer helfe kann. Ich geh net zurück auf den Hof vom Schmieds-Bauer, eher geh ich in de Maa.«

Klara nahm die Freundin in den Arm und versuchte sie zu beruhigen.

»Komm mit ins Haus, dann kannst du mir erzählen.« Aber dieser Vorschlag versetzte Rosa in panische Angst.

»Nein, nein, des geht net! Es derf kanner wisse, dass ich da bin. Sie schaffe mich zurück und ich geh da nimmer hie!«

»Es ist keiner daheim. Wilhelm und mein Vater sind auf der Treibjagd, da wird es spät, bis sie kommen, und meine Mutter ist noch zu einem Besuch bei Frau Lehrer. Du kannst unbesorgt sein, niemand erfährt, dass du hier bist.«

Widerstrebend folgte Rosa ins Haus. Im Licht der Lampe sah Klara die Freundin entsetzt an. Ihr Gesicht war blau geschlagen, die Augen hatten den Ausdruck eines gehetzten Tieres. Spätestens jetzt waren Klaras Beschützerinstinkte endgültig geweckt.

»Wer immer dich so zugerichtet hat, ein zweites Mal wird er keine Gelegenheit dazu bekommen, das versprech ich dir!«

»Das war nur der Onkel, der war stocknarrisch, weil ich hamkomme bin und gsacht hab, ich geh nimmer zurück«, winkte Rosa ab.
Klara ging in die Küche, um der Freundin eine heiße Milch mit Honig zuzubereiten. Heiße Milch mit Honig war gut bei Husten und Erkältung, sicher half das auch, die Seele zu beruhigen. Langsam beruhigte sich Rosa auch wirklich und begann zu erzählen. Sie sah Klara dabei nicht an. Stockend, immer wieder zögernd, kam die bedrückende Geschichte zu Tage: Nicht die harte Arbeit habe sie vom Hof vertrieben, nein, der Schmieds-Bauer selber, die alte Sau! Er habe ihr unter den Rock gefasst, sie in den Busen zu zwicken versucht. Immer schwieriger sei es geworden, vor seinen Nachstellungen zu fliehen. An den Feiertagen schließlich habe er, nach reichlich gutem Essen und Wein, versucht, ihr im Keller Gewalt anzutun. Sie habe ihm ihr Knie zwischen die Beine gerammt, nur so habe sie entkommen können. Dann sei sie einfach davongelaufen, den ganzen langen Weg über in panischer Angst, er könne sie zurückholen. Klara war sprachlos. Mit Geschichten dieser Art war sie noch niemals konfrontiert worden, das gehörte nicht zu ihrer Welt. Sie nahm die Freundin in die Arme und hielt sie eine lange Weile fest.
»Niemals gehst du dahin zurück!« Grimmig gab sie Rosa das Versprechen ihres Beistandes und spürte dabei die Wut auf den Peiniger der Freundin in jeder Faser ihres Körpers. Unten fiel die Haustüre ins Schloss. Rosa fuhr zusammen.
»Das wird die Mutter sein«, beruhigte Klara. »Ich werde jetzt gleich mit ihr reden und du musst nichts, gar nichts befürchten. Du bist hier sicher!«
Klara hielt Wort. Sie hatte ein langes Gespräch mit der Mutter. Frau Oberförster wusste nicht, was sie mehr entsetzte, Rosas schlimme Erlebnisse oder die Tatsache, dass ihr behütetes Töchterlein mit diesem Geschehen

konfrontiert worden war und damit Einblick in Dinge hatte, die sie ihm doch liebend gern erspart hätte. Dann aber siegte auch bei ihr der Beschützerinstinkt. Sie versicherte Rosa, dass sie hier sicher sei, versorgte die Mädchen mit einem leckeren Abendbrot und wartete ungeduldig auf die Rückkehr ihres Gatten. Als Lamprecht und sein Sohn nach Hause kamen, hörte man Stimmen die Dorfstraße heraufklingen. Leute hatten sich versammelt mit Fackeln und Lichtern.

»Ich brauch den Hund. Sie suchen nach Rosa, du weißt schon Klaras Freundin. Sie wird seit dem frühen Abend vermisst. Sie drohte, ins Wasser zu gehen oder dergleichen. Ich weiß nichts Näheres, es war keine Zeit für lange Erklärungen.«

»Du brauchst den Hund nicht.« Frau Oberförster fasste ihren Mann am Arm, zog ihn in die Stube und begann zu berichten. Lamprecht war bestürzt, aber er war ein Mann.

»Das muss doch aus der Welt zu schaffen sein. Es ist wichtig für das Mädchen, seine Stelle nicht zu verlieren. Wenn man …«

»Du hast wohl nicht verstanden! Es ist viel wichtiger für das Mädchen, etwas ganz anderes nicht zu verlieren!« In scharfem Ton wurde Lamprecht zurechtgewiesen. Jetzt erst schien er zu verstehen.

»Du meinst, so ein gewissenloser Lump, hat versucht … will Rosa …«

Ratlos sah er seine Frau an. Mit derlei Dingen konfrontiert zu werden, war ihm mehr als unangenehm. Er fühlte sich hilflos. Gegen Holz- und Wildfrevler konnte man kämpfen, von wilden Sauen ließ man sich beileibe nicht die Schneid abkaufen, aber das hier …

»Du gehst jetzt zu den Leuten und gibst Bescheid, dass Rosa in Sicherheit ist. Rosas Mutter ist übrigens bereits eingeweiht. Sag ihrem sauberen Schwager, wir würden uns um Rosa kümmern, es wird uns schon was einfallen.

Außerdem muss man mit dem Pfarrer reden, damit nicht andere Mädchen zu diesem Bauern geschickt werden und ähnlich Schlimmes oder gar noch Schlimmeres erleben.«
Lamprecht sah seine Frau an. Er hatte schon den Mund geöffnet zu einer Erwiderung, ließ es dann aber bleiben. Mit dem Pfarrer reden! Glaubte sie denn ernsthaft, das würde diese Probleme aus der Welt schaffen! Unangenehm, im höchsten Maße unangenehm, diese Geschichte. Er fasste sich an den Kragen und öffnete den obersten Knopf.
»Nun, für heute wollen wir sehen, dass wir Rosas Geschick erst mal zum Besseren wenden, für das Übrige ist anderntags Zeit. Hol mir die Rosa. Wir gehen zu ihrem Onkel und reden Tacheles mit ihm.«
Rosa war entsetzt und weigerte sich zu tun, was Lamprecht von ihr verlangte. Erst als Klara sich erbot, sie zu begleiten und ihr immer und immer wieder versicherte, sie wieder mit zurückzunehmen, war sie halbwegs bereit. Sie hielt Klaras Hand umklammert, dass es diese schmerzte.
»Da iss ja des Weib, des elendi, des uns so Ängst mäicht«, polterte der Onkel los.
»Johann, Ihr habt für dieses Kind die Verantwortung, seid sein Vormund, wieso wollt Ihr es zwingen, dorthin zurückzugehen?«
»Ja, sie kann doch net einfach vor de Ärbet davoolaafe! Es iss freilich kaa Zuckerschlecke, in Stellung zu sei, aber sie muss doch ihr Brot verdiene, Bangert verwöhnt's!«
»Es iss net die Ärbet! Des, was der Schmieds-Bauer von mir will, kann ich em net gebbe, ehr geh ich in de Baach!« Rosa schrie ihrem Onkel ihre ganze Verzweiflung entgegen.
Lamprecht sah Rosas Onkel streng an.
»Nun, ich denke, damit ist alles gesagt. Ihr solltet Euch schämen, Johann! Rosa bleibt so lange bei uns, bis ich

eine andere Möglichkeit für sie finde, ihr Brot zu verdienen.«
Rosas Geschick wendete sich zum Besseren. Als Klara nach den Ferien zurück ins Internat fuhr, war auch Rosa in der Kutsche. Sie ging nach Aschaffenburg zu einer älteren Cousine von Lamprecht, um dieser den Haushalt zu führen. Rosa belohnte die Hilfe durch lebenslange Treue. Nach dem Tod der Cousine wechselte sie zur frisch vermählten Klara ins Haus, half, den Haushalt zu führen und die Kinder großzuziehen. Geheiratet hat Rosa nie.

Der Nachfolger von Oberförster Lamprecht war Oberförster Hopf. Wenn ich zu Beginn sagte, dass hier nie Forstleute ohne ihre Familie wohnten, so muss ich mich jetzt berichtigen. Hopf war nicht verheiratet, seine Familie war seine Mutter, die ihm den Haushalt führte. Er wohnte nur drei Jahre hier, denn von ihm sagen die Akten, *er habe sich weder privat noch dienstlich hier wohl gefühlt.* Und ich versichere Ihnen, die Akten haben recht!
Es gab eigentlich immer nur diese zwei Lager unter meinen Forstleuten: Die Einen, die hier die Erfüllung ihrer beruflichen Träume fanden, gänzlich aufgingen im Beruf und denen dies die nötige Zufriedenheit schuf, die Nachteile ihres Wohnsitzes, wenn nicht zu vergessen, so doch gelassen zu ertragen. Zum anderen diejenigen, die die Abgeschiedenheit des Dorfes fürchteten, denen Armut und Wildheit der Bewohner unheimlich waren. Es waren dies die Salonlöwen unter den Forstleuten, die Karrierebewussten, die ihren Aufenthalt hier nur als kurzzeitiges Verweilen auf dem Weg zu anderen Aufgaben betrachteten. In einem aber waren sich beide Lager einig: Es gab nicht sehr viele Forstbezirke, deren Wald so wunderbar war. Waldbaulich eine ständige Herausforderung an forstliches Geschick und Wissen, ästhetisch eine Schönheit allein durch seine Existenz, und

jagdlich eine Bewährungsprobe für alle, die Dianas Kuss hörig gemacht hatte.
Nun, Hopf zählte zum zweiten Lager. Schon bei seiner Ankunft war er entsetzt über die lange Anreise, die Abgeschiedenheit des Dorfes. Der erste Eindruck besserte sich nicht, als er Land und Leute näher kennen lernte. Die Forstlaufbahn hatte er eigentlich nur eingeschlagen, weil sein kinderlos gebliebener Onkel dies wünschte und ihm die Ausbildung finanzierte. Hopf hatte weder ausgeprägte jagdliche Passion, noch hatte er jene Spur von Verwegenheit und Abenteuerlust, die viele Forstleute auszeichnet. Er tat seine Arbeit korrekt und zuverlässig, war ein eher zaghafter, fast ängstlicher Mensch und wäre wohl mit einem Posten in der inneren Administration glücklicher gewesen.
Waldfrevel ahndete er unerbittlich, und das brachte ihm auch einige Händel mit den Spessartbauern ein. Schon bald nach seinem Amtsantritt strengte er eine Klage wegen *Berufsbeleidigung* gegen zwei Bewohner aus Faulbach an. *Der königliche Oberförster von Altenbuch solle sie am A... lecken,* dieser ungeheuerlichen Beschuldigung konnten sich die beiden erwehren und wurden freigesprochen. Oberförster Hopf war damit nicht zufrieden. Er strengte weitere Untersuchungen an. Cölestin Störmer und Ferdinand Leier hatten die Annahme eines Holzabfuhrscheines verweigert und behauptet, sie hätten dieses Holz nie verlangt. Wenn nun Oberförster Hopf das Gegenteil behaupte, so sei er *der größte Lügenbeutel!* Als die beiden diesen Vorwurf im Beisein des Bürgermeisters beim Sühnetermin wiederholten, hatten sie natürlich verloren. Sie wurden zu einer Geldstrafe verurteilt, zu zahlen an die Armenkasse. Auseinandersetzungen zwischen Hopf und den Spessartern, die vor dem Amtsgericht in Stadtprozelten oder gar vor dem Königlichen Landgericht in

Aschaffenburg ausgefochten wurden, ziehen sich wie ein roter Faden durch seine gesamte Dienstzeit in Altenbuch. Hopf war der Überzeugung, nur so die Waldfrevel in den Griff zu bekommen. Da seine Persönlichkeit wenig natürliche Autorität ausstrahlte, versteckte er sich hinter seiner Amtsgewalt, um sein Ziel zu erreichen. Die Leute nahmen es zähneknirschend hin und versuchten umso eifriger, sich schadlos zu halten.
Sein Vorgänger Lamprecht hatte ihm den Forstaufseher Lorenz Laudensack als zuverlässigen, ortskundigen Mann ans Herz gelegt, der Wald und Leute lange und gut genug kannte. Selbst als Sohn eines Forstwarts geboren, war er mit den Aufgaben im Forst eng vertraut. In Reichmannshausen bei Schweinfurt war das Revier seines Vaters, und mit seinem Vater zusammen kam er im Jahre des Herrn 1876, am ersten November, nach Altenbuch. Er wuchs Lamprecht schnell ans Herz und so förderte dieser den jungen Forstwart. Zunächst als Waldarbeiter, später dann als Zaunwart und Waldaufseher, hatte Lorenz Gelegenheit, seinen Fleiß und seine Zuverlässigkeit unter Beweis zu stellen. Ganz gegen den Willen seines Vaters Johann übrigens, der immer fürchtete, sein Sohn könne in der Auseinandersetzung zwischen Forstpolizey und Spessartbewohnern Schaden nehmen. Eigentlich hatte Johann sich sehr gefreut, als sein Sohn in den Spessart versetzt wurde. Es war eine Auszeichnung, in einem solch herrlichen Revier arbeiten zu können. Johann hatte aber selbst lange genug Erfahrung sammeln können und wusste um die Gefährlichkeit der Aufgabe. In seinem eigenen Revier war das Problem der Wilderei eher unbedeutend, aber er erkannte schnell, dass hier im tiefen Spessart die Leute, durch die Not getrieben, sehr viel risikofreudiger waren. Hand in Hand damit stieg die Gefahr für Leib und Leben der Forstleute.

Lorenz hatte sein Herz an den Wald verloren und wahrte die Interessen seines Dienstherrn eifrig und kompromisslos. Keine Gnade bei Verstößen gegen die bestehenden Vorschriften, egal, ob es sich um die Nachbarin handelte, die er beim unerlaubten Grasschneiden ertappte, oder um den Freund, der sich des Holzfrevels schuldig machte. Ganz besonderen Eifer entwickelte er, wenn er Spuren von Wilderern in seinem Bezirk entdeckte. Er war einer der geschicktesten und umsichtigsten Jagdgehilfen, Inhaber der *Kriegsgedenkmünze für Combattanten von 1870/71.* In seine Beurteilung schrieb ihm sein Vorgesetzter Hopf: *In Berücksichtigung, daß demselben ein großer eigener Bezirk zugewiesen, daß derselbe die Geschäfte des Zaunwarts nebenbei allein zu versorgen, beim Zerwirkgeschäft thätige Hilfe leisten muß, kurz dessen Arbeitskraft in höchstem Grad in Anspruch genommen ist, dürfte demselben eine wohlverdiente Gehaltsmehrung zugewendet werden.*
Zu Lorenz' Enttäuschung zeigte Hopf kein großes Interesse an der Jagd. Als er bei ihm vorstellig wurde mit Vorschlägen, wie die Wilderer zu stellen seien, reagierte Hopf zunächst ausweichend, dann wies er ihn ärgerlich ab. Lorenz Laudensack ahnte nicht, dass es Angst war, die Hopf lähmte. Für ihn selbst war das Problem damit keineswegs erledigt, er war zuversichtlich, auf eigene Faust zum Ziel zu kommen. Sein Vater ahnte wohl, wie sehr sich die Lage zuspitzte, und bat ihn immer wieder um Vorsicht.
»Musst net grad du sein, der die Wilderer stellt. Musst a net so hart sei, zu die Leut, kannst net amal weggugge, wenn'st aan siehst mit ä paar Prücheli Holz?«
»Amal weggugge, immer weggugge! Und scho tanzn die Mäus auf'm Tisch.«

Lorenz hatte seine Dienstpflicht längst verinnerlicht und handelte danach. Durch seine belastende Zeugenaussage wurden die Brüder Geiger 1880 zu sechs Wochen Haft verurteilt. Die schlimmen Befürchtungen seines Vaters traten ein: Zwei aus dem Dorf, durch Lorenz' Verdienste überführt! Nach der Haftentlassung ließ besonders Johann Geiger keinen Zweifel aufkommen, dass er noch eine Rechnung offen habe.
»Wenn ich ihn erwisch, brenn ich ihm aans druff. Ich fürcht weder Vater noch Sohn, noch sonst aan von dem Jächerpack.«
Das kam auch Hopf zu Ohren. Ihn bestätigten die Vorfälle in seiner Überzeugung, in einer der gefährlichsten, wildesten und verrohtesten Gegenden des ganzen Königreiches gelandet zu sein. Er fühlte Leib und Leben bedroht. Unterstützt in dieser Annahme wurde er noch von seiner Mutter. Auch deren erklärtes Ziel war es, so schnell wie möglich wieder von hier wegzukommen.
»Ich bitte dich, mein Lieber! Welch besseren Beweises hätte es noch bedurft als diesen. Sie kehren ihre wahre Natur zu Tage. Ruchlose Gesellen sind das, zu allem fähig! Sieh zu, dass dies nicht dein Schicksal wird: Meuchlings erschossen, in der Blüte deiner Jahre!«
»Verwegenes Gesindel, etliche davon Faulenzer, die in Wirtshäusern herumsitzen und trinken, und es ist völlig ungewiss, woher sie das Geld dazu nehmen«, bekräftigte der Sohn, und von nun an betrieb er eifriger denn je sein Vorhaben, von hier wegzukommen. Rechtzeitig vor dem nächsten folgenschweren Zwischenfall wurde er versetzt. Jetzt wissen Sie, was es bedeuten kann, wenn es heißt, *er fühlte sich weder persönlich noch dienstlich wohl in Altenbuch.*

Noch jemanden gab es, der große Angst um Laudensack ausstand. Aurelia, eine junge Witwe aus dem Dorf, die

Laudensack seit kurzem poussierte. Sie war nur kurz verheiratet, als ihr Mann an der fallenden Krankheit starb. Aurelia half gelegentlich im Jägerhof, in der Landwirtschaft oder arbeitete im Wald als *Kulturfrau.* Sie wissen nicht, was das ist, eine Kulturfrau? Nun, wie auch. Es ist eine Waldarbeiterin, die meist zum Säen und Pflanzen oder zur Pflege der Verjüngungen gebraucht wird, besser wurde, denn heute werden sie so gut wie nicht mehr gebraucht. Zu teuer, Sie wissen schon.
Lorenz verliebte sich in die hübsche junge Frau, deren Zuverlässigkeit und Ehrlichkeit er schätzte. Es war das erste Mal, dass er es wagte, Zuneigung zu einem Menschen aus seinem Dorf zu fassen, denn der Preis für die Erfüllung seiner beruflichen Träume hieß Einsamkeit. Aurelia gewann sein Vertrauen, und obwohl Lorenz mehr als zehn Jahre älter war, gewann sie ihn lieb. Sie wollten heiraten, und Aurelia würde dann Not und Elend einer Wittfrau endgültig hinter sich lassen. Immer wieder warnte sie ihren Lorenz, er solle vorsichtiger und, wo immer möglich, nachsichtiger sein, der Unmut im Dorf wachse. Aurelias Worte hatten mehr Erfolg als die Ermahnungen seines Vaters, und Lorenz begann tatsächlich, gelegentlich nachsichtiger zu handeln. Der Witwe mit den fünf kleinen Kindern wies er einen besonders guten Platz zum Grasschneiden zu. Der Alten, die beim Leseholzsammeln die zu dicken Prügel ganz unten im Wagen versteckt hatte, legte er noch einige obenauf, größere Vergehen aber, verfolgte er weiterhin unnachsichtig und auch sein Ziel, die Wildfrevel zu verfolgen, hatte er nicht aus den Augen verloren.
Dann kam jener verhängnisvolle Abend, an dem Aurelia und Lorenz zum Kerbetanz gingen. Alles begann so gut. Aurelia und Lorenz vergnügten sich wie lange schon nicht mehr. Sie ließen kaum einen Tanz aus, und was noch mehr zählte, sie waren willkommen. An diesem Abend war

nichts zu spüren von Ablehnung und Misstrauen, die Lorenz sonst oft entgegenschlugen. Die Burschen und jungen Männer luden Lorenz ein ums andere Mal zu einem Umtrunk ein, und ihm tat es sichtlich wohl, dazuzugehören. Als Lorenz eine Freundin von Aurelia zu einem Tanz aufforderte, kam der Wiesners Jörg und zog Aurelia, ohne lange zu fragen, auf die Tanzfläche. Aurelia mochte den Jörg nicht sonderlich leiden. Das lag nicht nur an seinen grobschlächtigen Gesichtszügen. Jörg war als verschlagen und falsch bekannt, einer, der bei Streitereien immer an vorderster Stelle zu finden war.
»Aan Tanz wirst mir ja wohl gönne, dann kannst widder mit deim Liebste tanze. Freilich, Recht tut ihr, wer waas scho, wann mer widder so lustig zamme kumme, wer waas scho, was morche is?«
Aurelia war bei Jörgs philosophischen Gedanken aufgeschreckt.
»Was maanst damit, Jörg?«
»O, nix bsunners. Wie mer halt so säicht«, beschwichtigte Jörg mit einem gekünstelten Lachen.
Vorbei die ausgelassenen Stimmung, vorbei das Glücksgefühl und die Hoffnung, dass die Ängste um Lorenz nur Hirngespinste seien. Aurelia fühlte Kälte hochsteigen. Sofort galt ihre Aufmerksamkeit dem Johann Geiger, der unter den Musikanten war. Doch dessen Miene war gleichgültig, er hatte sich den ganzen Abend über unauffällig benommen. Als Lorenz sie wieder in die Arme nahm und zum nächsten Tanz führen wollte, bemerkte er, dass etwas nicht stimmte. Fragend sah er sie an. Sie zog ihn erst zur Tanzfläche, etwas abseits vieler möglicher Lauscher.
»Mer sollte ham, Lorenz. Der Jörg hat so olbern gered. Und iss dir net uffgfalle, dass all so freundli sinn zu uns heut?«

Das wollte Lorenz zunächst überhaupt nicht wahrhaben. Die Freundlichkeit nur aufgesetztes Theater? Zu sehr hatte auch er die entspannte Stimmung genossen, sich nach langer Zeit einfach nur wohl gefühlt. Er versuchte Aurelia zu beruhigen, den Abend weiter zu genießen. Trotz allem, sein Misstrauen war geweckt. Wann immer ihn die Burschen zum Umtrunk einluden, floss der Alkohol nur scheinbar durch Lorenz' Kehle.
»Wir werde rausfinne, was gspielt wird«, flüsterte er Aurelia zu und mimte zunehmend den Betrunkenen. Als er aus den Augenwinkeln heraus ein rasch gegebenes Zeichen zweier Burschen auffing, das ihren Triumph bestätigte, gab es auch für Lorenz keinen Zweifel mehr. Hier war ein Komplott im Gange, alle Anstrengungen liefen darauf hinaus, ihn außer Gefecht zu setzen. Nun, sollten sie haben, was sie sich wünschten. Er mimte den Betrunkenen sehr überzeugend und ließ sich von Aurelia nach Hause schleppen. Es war einfach zu ahnen, was die Burschen vorhatten. Lorenz sollte außer Gefecht gesetzt werden, damit einige aus ihrer Mitte unbehelligt ihren Geschäften nachgehen konnten. Ihre Geschäfte waren das Wildern.
Aurelia flehte Lorenz an, nicht in den Wald zu gehen. Sie malte ihm in allen Farben alle möglichen Unglücksfälle aus, natürlich vergeblich. Lorenz' Ehrgeiz war geweckt, er nahm die Herausforderung an. Aurelias Bitte, nicht alleine zu gehen, sich wenigstens Verstärkung zu holen, fand Gehör. Ohnehin sei er für den nächsten Morgen in den Querberg zum Verpass auf Wilderer bestellt. Er werde sich dort mit dem Krausenbacher Forstaufseher treffen. Er versuchte, Aurelia so gut es eben ging zu beruhigen, brachte sie nach Hause und versprach, nach dem morgendlichen Pirschgang bei ihr vorbeizuschauen.
Es wurde eine lange Nacht für Aurelia, obwohl die Uhr schon weit nach Mitternacht zeigte, als Lorenz gegangen

war. An Schlaf war nicht zu denken, eher schon an Beten, was blieb sonst, um die übermächtige Angst wenigstens einigermaßen in Schach zu halten. Als die Sonne aufging, machte sich Aurelia blass und übernächtigt an ihre Arbeit. Die spöttische Bemerkung ihrer Mutter, wer sich amüsieren könne, der könne auch arbeiten, überhörte sie einfach, sie hatte nicht die Nerven, darauf einzugehen oder gar zu erklären. Als die Sonne höher und höher stieg und noch immer kein Lorenz aufgetaucht war, um die grässliche Angst zu beenden, hielt es sie nicht länger zu Hause. Nach dem Mittagsläuten lief sie zum Forsthaus und schlug Alarm. Atemlos erstattete sie Rascher Bericht und dieser handelte sofort. Er schickte einige Suchtrupps los, ließ die Waldarbeiter benachrichtigen und beteiligte sich auch selbst an der Suche. Dann ging das Gerücht, man habe frühmorgens einen Schuss gehört, keinen Kugelschuss, wie von einer Försterbüchse, nein, es klang nach einer Flinte, der Schuss eines Wildfrevlers.
Erst am nächsten Tag traf die gefürchtete Nachricht ein. Sie hatten Lorenz Laudensack gefunden. Aus dem Hinterhalt erschossen, in der Waldabteilung Eulsdelle im Altenbucher Forst. An seinem doppelläufigem Gewehr war der rechte Hahn gespannt, aber gesichert. Die andere Hand hielt in der aufgeklappten Jagdtasche ein Notizbuch umklammert. Diesmal waren die Wilderer schneller, sie hatten Lorenz überrascht. Förster Güth von Kropfbrunn war tragischerweise nicht zum Verpass gekommen. Die Unterstützung, auf die Lorenz Laudensack gezählt hatte, also ausgeblieben.
Wie immer gab es nur wenige im Dorf, die das Drama kaltgelassen hätte. Lorenz war, Waldaufseher hin oder her, inzwischen einer der ihren. Natürlich waren auch die näheren Umstände bekannt geworden, und das Dorf spaltete sich, mehr denn je in solchen Fällen, in zwei Lager. Diejenigen, die Lorenz betrauerten, waren bei

weitem in der Überzahl und, wie immer bei solchen Ereignissen, fanden die meisten, er sei ein wackerer Bursche gewesen, habe ja nur seine Pflicht erfüllt und eben scharf durchgreifen müssen. Späte Erkenntnis, zu spät für Lorenz Laudensack. Für zwei Menschen aber bedeutete die Nachricht das Ende aller Hoffnung, die größte Katastrophe ihres Lebens.
Johann, der Vater von Lorenz, hatte, seit der Sohn sich entschloss, Waldaufseher zu werden, in seinem tiefsten Innern immer mit dieser Katastrophe gerechnet und doch war er jetzt, da ihn die Nachricht traf, unvorbereitet, hilflos dem Entsetzen preisgegeben. Auch Aurelia, die das Unglück hatte kommen sehen, wusste nicht, wie ihm standzuhalten. Sie versteinerte, der Verstand weigerte sich zu erfassen, was die Augen sahen. Lorenz lag auf der Bahre, als ob er schliefe, ein wenig blasser als sonst, aber äußerlich fast unversehrt. Am Hals und in der Brust zeugten einige hässliche, blutunterlaufene Flecken von dem Verhängnis. Mit Röller hatte der Wildschütz geschossen, aus kurzer Entfernung und die Bleibatzen hatten die Lunge zerfetzt. Der Vater strich ihm ein ums andere Mal übers Gesicht.
»Dummer Bu, dummer, dummer Bu«, murmelte er immer wieder und in seiner Stimme lag eine ungewohnte Zärtlichkeit.
Aurelia stand an der Bahre, noch immer versteinert. Sie wollte schreien, aber kein Ton kam über ihre Lippen. Sie wollte weinen, aber es gab keine Tränen. Alles, was sie fühlte, war ein schwerer Stein, irgendwo in ihrem Innern, der ihr fast die Luft nahm. Sie hielt die Hand des alten Laudensack umklammert, suchte Halt, wo kein Halt zu finden war.
Einige Wochen nach der Beerdigung kam der alte Oberförster Lamprecht angereist. Obwohl er die

Beschwernisse der Reise fürchtete, hatte er es sich nicht nehmen lassen. Er drückte die Hand des alten Laudensack.
»Verzeiht mir, Johann. Daran trage auch ich Schuld. Ich habe bei dem Burschen die Leidenschaft für Wald und Wild zu sehr geweckt. Hätt ihn lehren sollen, besser Acht auf sich selber zu haben.«
Müde winkte der alte Mann ab. Wozu jetzt noch die Vorwürfe?
»Der Lorenz hat's selber so gwollt. Anners wär er net glücklich gwesn.«
Aber Lamprecht musste sein Gewissen erleichtern. Es drängte ihn zu handeln. Ein längeres Gespräch mit seinem Nachfolger, und es wurde beschlossen, das Andenken an Laudensack für die Nachwelt zu erhalten.
»Sollen denn nur die Wildfrevler ein Denkmal bekommen?«, fragte Lamprecht in Anspielung auf das Hasenstabskreuz.
Sie wählten eine Buntsandsteinsäule mit Inschrift als immerwährende Erinnerung an Lorenz Laudensack. Sie stellt einen abgebrochenen Baumstamm dar, Symbol für ein, durch Gewalt jäh beendetes, junges Menschenleben. Solange kein Souvenirjäger auf die Idee kommt, die Säule zu zerstören, um Teile davon mit nach Hause zu nehmen, so lange wird sie stummes Zeugnis des Geschehens sein.

Dann begann die Fahndung nach dem Täter. Die Kammer des Innern in Würzburg setzte eine Belohnung von einhundertfünfzig Mark zur Ergreifung des Schuldigen aus. Vier Tage später schon werden die beiden Taglöhner, Johann Geiger aus Altenbuch und Josef Mackler aus Krausenbach, als dringend tatverdächtig festgenommen. Josef Mackler wird in Begleitung einer Gendarmerieeskorte an den Tatort verbracht. Er wird mit den Beschuldigungen seines Kumpans konfrontiert, der den Krausenbacher der Tat bezichtigt. Die Spuren der Tat, vor allem die frischen Blutflecken wieder vor Augen, kann er das Leugnen nicht länger durchhalten und gesteht dem Gendarmen Thomann: »Der Johann Geiger, Taglöhner von Unteraltenbuch, hat den Laudensack erschossen und ich war dabei.«

Sie war also beglichen, die offene Rechnung. Wie, das erzählte der Wintersbacher Kumpan. Der Verdacht war sofort auf Geiger gefallen, und schon beim ersten Verhör beschuldigte dieser seinen Gefährten aus Krausenbach als Mörder. Worauf dieser sich von dem einmal gegebenen Versprechen zu schweigen entbunden fühlte und sich seiner Haut wehrte.

Sie seien gemeinsam auf der Morgenpirsch gewesen, der Johann mit einer Flinte, er mit einem Beil bewaffnet. Plötzlich habe der Johann ihm bedeutet, in Deckung zu gehen und sich selbst unter einer großen Fichte versteckt. Gleich darauf habe er einen Schuss und einen Schrei gehört. Wenig später dann, habe der Johann gerufen: *»Ich hab den Laudensack todt geschossen. Dort unten liegt der Lump, der mich sechs Wochen hineingebracht hat. Der zeigt keinen mehr an. So muß man's den Lumpen machen, der Schuß ist mehr als hundert Mark werth.«*

Man habe den Toten unter einer Fichte versteckt. Geiger habe einen Schuss aus Laudensacks Büchse ziehen wollen, um Glauben zu machen, der habe sich selbst erschossen. Darauf habe er sich aber nicht eingelassen. Geiger habe ihm das Versprechen abgenommen zu schweigen, woran er sich auch gehalten habe, bis sein Kamerad ihn der Tat bezichtigte.

Vor dem Schwurgericht in Würzburg wurden mehr als dreiundvierzig Zeugen verhört. Besonders belastend waren die *höchst gravierenden zeugschaftlichen Aussagen des Herrn Oberförsters Hopf.* Hatte er das Gefühl, etwas gutmachen zu müssen, seinem Mitarbeiter die nötige Fürsorge oder auch nur Unterstützung versagt zu haben?

Geiger wurde zum Tode verurteilt, da er die Tat aber von Anfang an beharrlich leugnete, wurde er zu lebenslanger Haft begnadigt. Zerstört war jetzt auch sein Leben.
Es tat gut, Samira um sich zu haben. Auch sie kannte Lorenz und empfand die gleiche Trauer.
»Wieder ein junges Leben zerstört, nein besser zwei. So seht ihr es wohl, theuerste Freundin.«
Bestätigend senkte Samira ihren Kopf würdevoll nach unten.
»Ich weiß nicht, wer das schwerere Los hat. Lorenz ist tot, hat seinen Frieden. Sein Gegner muss mit der Schuld leben, sein Leben lang gefangen in düsteren Mauern. Ich selbst würde den Tod einem solchen Leben vorziehen.«
Eine Kreatur wie Samira, gewohnt an die Freiheit der Lüfte, natürlich wäre es ihr Ende, würde man sie einsperren. Ich beneidete sie um diese Freiheit, hinzugelangen, wo immer man wollte, zu sehen, was vor sich ging in der Welt. Ich erfuhr nur, was sich innerhalb meiner Mauern zutrug, bei allem anderen war ich auf Erzählungen angewiesen. So auch jetzt.
»Es sind noch viel mehr Menschenleben zerstört, auch wenn es keine größere Zahl an Toten zu beklagen gibt. Habt Ihr an den alten Laudensack gedacht? Sein ganzer Stolz war sein Sohn. Nun ist er ganz alleine, am Ende seines Lebens. Noch schlimmer Aurelia, sie hatte auf ein gemeinsames Leben mit Lorenz gebaut, hatte ihn wirklich geliebt. Zum zweiten Mal muss sie jetzt den Verlust eines geliebten Menschen ertragen. Und Geiger, auch er hat – so jung er noch ist – schon Familie und Kinder, die verlieren jetzt ihren Vater und Ernährer.«
»Wie geht es Aurelia? Habt Ihr etwas in Erfahrung bringen können? Seit dem Unglück ist sie noch nicht wieder im Jägerhof gewesen.«
»Nun, wie wird es ihr schon gehen? Langsam beginnt sie zu begreifen, was das Unglück für sie bedeutet: Ein Leben

ohne Lorenz. Mit jedem Tag, der vergeht, lernt sie schmerzlicher, was das heißt. Es scheint mir außerdem, dass sie zunehmend verbittert. Sie zieht sich vollständig zurück.«

»Nun, das ist die Zeit der Trauer, das steht ihr wohl auch zu. Sie wird lernen, ohne Lorenz zu leben, die Zeit heilt alle Wunden.«

»Hoffen wir es.« Samira wiegte skeptisch ihren Kopf.

In dieser Zeit, als Armut und Hoffnungslosigkeit schier übermächtig zu werden drohten, verloren viele die Zuversicht und den Glauben daran, in der Heimat ein menschenwürdiges Leben führen zu können. Immer mehr zog es die Menschen in die Fremde, und wenn ich sage Fremde, so meine ich wirklich die Fremde: Amerika. Auch aus meinem kleinen Dorf wagten einige den Neuanfang in der Fremde. Jeder Abschied war ein kleines Drama, jeder Weggang verstärkte bei den Zurückgebliebenen die Hoffnungslosigkeit. Es waren nicht die Dümmsten, die sich da auf den Weg machten, es waren vielmehr die, denen die Aussichtslosigkeit ihrer Lage klar vor Augen stand und die nicht bereit waren, sich damit abzufinden. Die größte Hürde war, das Geld für die Überfahrt zusammenzukratzen. Agenten und Werber heizten das Auswandererfieber durch Annoncen in den örtlichen Zeitungen an, versprachen *reelle und prompte Beförderung zu abermals herabgesezten Preisen.* Was dies genau bedeutete, erfuhren wir in unserem kleinen Dorf von jemandem, von dem wir es am allerwenigsten erwartet hätten:

Aurelia berichtete in einem Brief an ihre Freundin Anna von ihren Erlebnissen bei der großen Überfahrt. Es war eine ganz und gar unerhörte Sensation, als Aurelia sich entschloss, zusammen mit der Schreck-Familie aus dem Unterdorf in die Neue Welt auszuwandern. Meist waren es junge Burschen oder junge Familien, die diesen Schritt wagten, aber ein Frauenzimmer alleine! Doch je mehr man auch Aurelia die Sache auszureden versuchte, desto verstockter wurde sie und wich kein Jota von ihren Plänen ab. Der alte Laudensack war wenige Monate später seinem Sohn in den Tod gefolgt und hatte seine und seines Sohnes Ersparnisse Aurelia vermacht. Das hätte ihr ein sicheres Auskommen gewährt, die Not wäre zu Ende und doch hielt sie nichts mehr im Dorf, ja nichts mehr in diesem Land. Auf der Flucht vor der Vergangenheit konnte die Entfernung wohl nicht groß genug sein. So hatte Aurelia die Gelegenheit genutzt und sich der Schreck-Famile angeschlossen. Frankfurt, Liverpool, New York: Sechzig Gulden kostete der Traum vom besseren Leben. Da ihre Freundin Anna des Lesens nur unzureichend kundig war, brachte diese den Brief mit ans Forstamt und Frau Forstmeister las den Bericht ebenso wissbegierig, Anna und ich lauschten. Von Frankfurt den Main hinunter, den Rhein entlang bis nach Rotterdam war die Reise wohl noch einigermaßen angenehm. Von Rotterdam über die Nordsee bis nach Hull, wurde es beschwerlicher. Das Schiff, *ein Coloss von Dampfschiff,* war überfüllt und die raue Nordsee dem Befinden der Reisenden sehr abträglich. In Hull wurden sie von deutschen Gastwirten, *welche aber Juden waren,* frei verköstigt und logiert. Dann brachte sie der Zug nach Liverpool. Aber es sollte schlimmer kommen. Auf dem Schiff, das sie über den großen Ozean brachte, waren sie die einzigen Deutschen unter lauter Iren. Die Iren waren bekannt für ihre Rohheit und Unverträglichkeit, nur gut, dass die Spessarter nicht so leicht einzuschüchtern waren. Aurelia und die älteste Tochter der Familie wären aber wohl ohne den Schutz der Familie dem Verderben preisgegeben gewesen. Die Überfahrt wurde zur Qual. Das Schiff überfüllt, Sauberkeit und Ordnung wurden von Tag zu Tag weniger, gegen das ständige Übel der Seekrankheit mit all ihren Folgen galt es immer aufs Neue anzukämpfen, und so sank die Stimmung an Bord des Schiffes zusehends. Im zweiten Stock des Schiffes, wo die Passagiere ohne Kajüte untergebracht waren, herrschte drangvolle Enge. Als das Schiff schließlich noch in einen Orkan geriet, hatten die armen Landratten wohl schon mit ihrem Leben abgeschlossen. *Wir sahen aus, als wären wir schon acht Tage gestorben, ich hatte ein solch elendes Gefühl in mir, dass ich wünschte, wirklich tod zu sein.* Die Folgen waren noch schlimmer zu ertragen. Aurelia berichtet, sie seien mit einem *Sauvolk* zusammen und ihre Unterkunft ein einziges *Stinkloch.* Flöhe und Läuse kannten keine nationale Bindungen und labten sich bald schon nicht mehr nur an den Iren. Mehr als zwei Monate dauerte die Überfahrt, und es waren lange, entmutigende Wochen. Immer wieder schob sie die bange Frage beiseite, ob es nicht doch ein Fehler gewesen sei, sich auf dieses Abenteuer einzulassen. Der Brief endet mit der Bitte an die treue Freundin, ihrer zu gedenken und sie in ihr Gebet einzuschließen. Ein zweiter Brief von Aurelia kam nicht. Stattdessen ein Brief von der ältesten Tochter der Schreck-Familie, zwei Jahre später. Aurelia habe sich wohl schon auf dem Schiff den *Keim einer langsam dahinwürgenden Krankheit* aufgelesen, der mehr und mehr um sich griff. Sie spie Blut und fühlte sich immer schwächer. Sie und der jüngste Spross der Schreck-Familie verstarben in nur zwei Tagen Abstand. Sie habe sich gewünscht, ihre wenigen Habseligkeiten der Freundin zu übersenden. Bei diesen Habseligkeiten fand sich ein Gebetbuch, mit einer kunstvoll geflochtenen roten Haarlocke in der Umschlagtasche. Es war eine Locke von Lorenz Laudensack. Anna vergrub sie am Fuße der Laudensack-Säule.

Das Stigma der Tat lastete noch zwei Generationen lang auf Geigers Familie. Als sein Enkel als Waldarbeiter im Staatswald um Lohn und Brot nachsuchte, verweigerte man ihm die Einstellung mit dem Hinweis auf die kriminelle Vergangenheit des Großvaters.

Doch nicht immer erinnert ein Stein gewordenes Zeugnis an diese schlimmen Ereignisse. Zuweilen finden sich nur noch dürftige Spuren einer solchen Tragödie. Deshalb hätte ich sie jetzt fast vergessen, die Geschichte von ›De Battis‹, obwohl sie doch der erste blutige Zwischenfall in bayerischer Zeit war. Damals war Stadtprozelten das zuständige Forstamt, Sie wissen wohl, im großen Buntsandsteinhaus gleich am Bahnhof, und Altenbuch eine Revierförsterey. Fragen Sie die Alten aus Breitenbrunn nach den Äckern beim *›Debetist‹* und sie werden sie Ihnen wohl noch zeigen können, aber wohl kaum einer wird wissen, wie diese Grundstücke zu ihrem Namen gekommen sind, ist es doch kein Flurname. Wenn Sie in Schobers Buch die *Sagen des Spessarts* lesen, finden Sie die Geschichte vom ›Debatistbaum‹. Ein seltsamer Titel, unter dem man sich wenig vorstellen kann, und doch erzählt sie, ausgeschmückt und blumig, von einem der frühen, blutigen Wildererdramen in unserem Forstbezirk. Der königliche Forstgehilfe De Battis war welscher Abstammung. Wie es ihn oder seine Vorfahren in den Spessart verschlagen hat, weiß ich nicht zu berichten, aber sein Name wandelte sich hier schnell zu ›Debattis‹.
Ende Juli des Jahres 1837 feierte man, wie jedes Jahr, Kirchweih in Schollbrunn. Zur ›Kerb‹ nach Schollbrunn kamen, das hatte Tradition, die Forstleute und Jäger aus der ganzen Gegend, um zu feiern. Ein günstiger Tag für Wilddiebe, um auf die Pirsch zu gehen. Auch Peter Lehmann aus Stadtprozelten, von Beruf Glaser, wollte die

Gelegenheit nutzen. Die Jäger hatten ihn schon seit längerer Zeit im Visier, aber es war ihm immer gelungen zu entwischen. Das verletzte ihre Ehre, heizte ihren Groll an und führte dazu, dass De Battis öffentlich drohte, er werde den Kerl stellen, dann aber werde es einem das Leben kosten. Eine gefährliche Prophezeiung, die nur beinahe richtig war! Es kostete nicht nur einem das Leben! Als Lehmann mit seinem Kumpan auf der vermeintlich ungestörten Pirsch war, wurden sie von De Battis gestellt. Es kam zu einem tödlichen Duell, das nicht nur De Battis', sondern auch Lehmanns Leben beendete. Er schleppte sich mit Hilfe seines Kumpans noch bis Faulbach und starb wenige Tage später. De Battis starb durch einen Schuss in die rechte Brust, der Sage nach unter einem Birnbaum, dem ›Debatistbaum‹. Die nähere Umgebung heißt seit dieser Zeit in Breitenbrunn *›Am Debetist‹*. Ein gutes Stück oberhalb des Gusshofes, nahe des Gemeindewald-Distriktes Schneidershütte, an der Grenze Heräcker–Innere Bergäcker, sind die ›Debetist-Äcker‹, wo De Battis sein Leben verlor. Er hinterließ eine Frau und zwei kleine Kinder. Auch um Peter Lehmann trauerte eine Familie mit kleinen Kindern.

Sie lässt uns nicht los, die Sache mit der Jagd und der Wilderei, aber zuerst gibt es noch Anderes zu berichten. Oberförster Rascher erlebte einen steilen Karrieresprung, als er zum Forstmeister aufstieg. 1885 wird Altenbuch Sitz eines Königlich Bayerischen Forstamtes und Rascher als dessen Leiter der erste Forstmeister. Die Armut im Dorf ist noch immer bedrückend, obwohl es Bemühungen gibt, die Lage der Dorfbewohner zu verbessern. Die Schafhaltung und der Obstanbau werden staatlicherseits gefördert, um zusätzliche Erwerbsquellen zu erschließen. Staatlich nicht lenkbar ist das Wetter, und so sind Missernten aufgrund widriger Witterungen noch immer

katastrophale Schicksalsschläge für die Menschen. 1879 auf 1880 war solch ein folgenschwerer Hungerwinter.
Förster Lutz kam mit der Meldung aufs Amt, ein armer Taglöhner hätte eben die verluderte Sau, die man gestern auf der Nachsuche gefunden und, da sie verdorben, eingegraben hätte, wieder ausgegraben und die am wenigsten unappetitlichen Teile dem heimischen Kochtopf zugeführt.
Betroffen hörte Forstmeister Rascher die Meldung, es schüttelte ihn bei dem Gedanken an das hocharomatische Fleisch.
»Man sollte endlich was tun, für die Leut. Sie sind kreuzbrav und fleißig, aber sie schaffe des nimmer länger: Es Getreid vom Hagel derschlache, die Kartoffel verreckt, ja was solle se denn fresse?«
Lutz war sich seiner rüden Ausdrucksweise durchaus bewusst, aber er wollte nicht länger die Contenance wahren, angesichts der Not seiner Mitbürger.
»Es is ein Wunder, dass net mehr gewildert wird. Könnt mer net irgendwas schaffe, um de arme Leut zu helfe?«
Rascher nickte nachdenklich, natürlich ließ auch ihn das Elend der Dorfbewohner nicht kalt.
»Der Bezirksamtmann von Stadtprozelten muss herkommen. Was nützt es, wenn ich ihm depeschiere und die Lage schildere! Kommen soll er und sich selbst ein Bild machen, wäre doch noch schöner, wenn da gar nichts zu machen wäre!«
So wurde in meinen Mauern eine Suppenanstalt zur Anspeisung der Ärmsten eingerichtet und so manchem Kind half die *Supp' vom Jägerhof* über das Ärgste hinweg. Rascher und Förster Lutz pachteten die Fischbach von der Gemeinde und sorgten so für eine bescheidene, zusätzliche Einnahme im Gemeindesäckel. Rascher hatte eine übergroße Zuneigung zur Geistlichkeit, wie Lutz befand. Die Geistlichkeit im ganzen Umland wurde bedacht mit

Forellen und stets wurden sie gar so billig abgegeben. »Sind recht arm, die Kirchenleut«, meinte der gute Rascher, aber sein Förster war anderer Meinung. Wenn er die Forellen aus dem Fischkasten nahm, sie abschlug, stopfte er sie vor dem Verpacken immer mit etwas nassem Sand, damit sie mehr Gewicht bekämen. Als dies einmal sein Chef zu sehen bekam, erklärte er, dass die Fische so den Versand besser überstünden. Es waren halt Versandforellen!, eine Revolution auf dem Gebiet der Logistik.

Obwohl die Armut im Dorf sich in beinahe jedem Haus eingenistet hatte, und es wahrhaftig dringender Hilfe für die Leute bedurft hätte, sah es der Herr Pfarrer als seine wichtigste Aufgabe an, die kleine Dorfkirche zu erneuern. Ehrgeizige Pläne hatte er, und wie Samira weise bemerkte, schien ihm ein prunkvolles Gotteshaus mehr am Herzen zu liegen, als das Wohlergehen seiner ihm anvertrauten Schäfchen. Blattgold, für die Beschriftung der Kreuzwegstationen beispielsweise, musste es sein, unerschwinglich für die kleine Kirchengemeinde, wie es schien. Mit einer flammenden Predigt rief Hochwürden seine Schäfchen zum Spenden auf.
»Soll das Haus, in dem wir unseren Heiland als Gast empfangen, nicht von ebenso würdiger und prächtiger Art sein wie das anderer Gemeinden auch, oder soll jeder schon beim Betreten des Gotteshauses sehen, dass wir zu geizig dazu sind?«
Als wenn es um Geiz gegangen wäre! *Wo nichts ist, hat der Kaiser sein Recht verloren!,* darum ging es, um nichts sonst. Die Predigt verfehlte ihre Wirkung dennoch nicht. Den Toten wurde das Zahngold herausgenommen, was nebenbei bemerkt nur eine winzige Menge ergab, denn viele der Toten hatten reichlich Zahnlücken, aber nur ganz wenige Goldkronen. Unter Seufzen und Tränen spendete

man die Eheringe, und das war nun wirklich ein harter Opfergang. Wenn man nichts besitzt, und der goldene Ehering nicht nur meist den einzigen Schmuck und Wert darstellt, darüber hinaus auch ein Symbol von großer Bedeutung ist, dann fällt ein solches Opfer nicht nur schwer, nein, es tut auch verdammt weh! Pardon, verzeihen Sie meine rüde Ausdrucksweise, aber die Art wie Hochwürden seinen persönlichen Ehrgeiz befriedigte, erzürnt mich, heute noch mehr als damals. Die Kirche jedenfalls geriet prächtig, aber satt oder gesünder wurde davon niemand.

Auch ich hatte mich seit einigen Jahren verändert: Mein hübsches Walmdach wurde ausgetauscht gegen ein zweckmäßigeres Giebeldach. Das geschah schon zu Beginn der Amtszeit von Oberförster Lamprecht. Die Klagen darüber, dass mein Dach nicht dicht sei und fortwährend Regen und Schnee eindringe, hatten Erfolg, und die Baumeister schufen Abhilfe. Wie schon erwähnt, ich fand mich vorab hübscher. Samira verzog sich während der Bauarbeiten genervt ins Kutscherhaus, zog aber hinterher wieder auf ihren angestammten Platz.
1866, just im Todesjahr des Blutfinks, begannen die königlichen Hofjagden in unserem Wald. Allerdings war der damalige Regent, König Ludwig II., nie selbst dabei. Er hat, so ich richtig gehört habe, nie ein Jagdgewehr angefasst. Im Gegensatz zu seinem Onkel Luitpold, der diese Jagden über alles liebte und sie später jahrelang zelebrierte. Die Jagden unterschieden sich anfangs nicht sehr von den Hofjagden aus Kurmainzer Zeit, etwas weniger Aufwand, weit weniger Jäger und Treiber, weniger Jagdzeug, Ausrüstung und Pomp, das schon. Die Aufgabe, dem Souverän ein begeisterndes Jagderlebnis zu bescheren, blieb unverändert wichtig. Der Wildstand lag, durch mehrfachen Besitzwechsel, die Wirren der

Revolution und das Fehlen einer gut organisierten Verwaltung, darnieder. Nun, Forstmeister Kuhn, selbst ein leidenschaftlicher Jäger, tat sein Bestes, um die Wittelsbacher zufrieden zu stellen und den Wildstand wieder aufzupäppeln. Unter Forstmeister Dietrich erlangten die Hofjagden dann ihren legendären Ruhm.

Viele Forstmeister kamen und gingen. Nicht alle sind in meiner Erinnerung gleich gegenwärtig. An Dietrich aber erinnere ich mich so lebhaft, als wäre er erst gestern von hier weggezogen. Sein Leben als Forstmann, seine Zeit hier in Altenbuch, seine Erlebnisse mit seiner Königlichen Hoheit, dem Prinzregenten Luitpold, zu Zeiten der Hofjagden, sind ein gutes Zeugnis vom Leben hier im Jägerhof zur Glanzzeit der Königlich Bayerischen Forstämter. Deshalb, und weil ich mich sehr gut an ihn und an seine Familie erinnere, werde ich aus dieser Zeit ausführlicher berichten.
Nur wenige hatte die Jagdleidenschaft so gepackt wie ihn. Nur wenige waren deshalb so viel im Revier wie er. *Jägerblut* sei der Grund für diese Leidenschaft und vom Großvater väterlicherseits stamme es. *Nur wer Jägerblut in den Adern habe, könne sie verstehen, die oft so tief verborgenen Reize des edlen Waidwerks in seinen Beziehungen zur Natur,* schrieb er in seinen Erinnerungen. Nun, dem kann ich nur zustimmen, und es ist reichlich schwierig, einem Laien die Faszination des Jagens, des Beutegreifens, zu erklären. Dietrich stammte jedenfalls aus einer Jägerdynastie, und wenn es nicht das Jägerblut war, so war es der Umgang mit der Jagd von klein auf, das Sichbewähren, das Hineinwachsen in Verantwortung, das Meistern der körperlichen und geistigen Herausforderungen, das ihn faszinierte, ihm tiefe Befriedigung verschaffte. Als Gymnasiast weg vom Elternhaus, verzichtete er keineswegs auf das Jagen. Der

Vater verlangte, dass er seine Jagderlaubnis während der Schulzeit zu Hause ließe. Er kannte seinen Sohn, wollte die große Versuchung durch das Jagen unterbinden, sodass dieser sich ganz auf das Lernen konzentriere. Unter dem Vorwand, er habe seinen Jagdschein verloren, verschaffte sich Dietrich einen Ersatz und wurde von Bekannten zur Jagd mitgenommen. Kinder waren auch früher schon einfallsreich, wenn es darum ging, elterliche Gebote zu umgehen.

Dietrichs Rektor, davon in Kenntnis gesetzt, dass sein Schüler jage, hielt ihn für einen Wilderer und beschimpfte ihn als *ganz ruchlosen Menschen.* Als ihm sein Zögling jedoch seine Jagdkarte vorwies, verwandelte sich der Zorn in Sympathie und Dietrich erhielt die Erlaubnis, an Sonntagen und an einem Wochentag auf die Jagd zu gehen.

»So gehst besser auf die Jagd, als anderen Lumpereien nachzuhängen. Einer mit so stürmischem Blut wie du, braucht eine Aufgabe, an der er sich messen kann, sonst tut das kein Gut!« Mit diesen Worten billigte der Rektor, nicht ohne Bewunderung, die Leidenschaft seines Zöglings. Dietrich, dem die Lehrer attestierten, dass er sehr begabt sei, hatte also während seiner ganzen Schulzeit ein *freies, viel der Jagd und der Natur gewidmetes Leben,* denn aus dem einen Wochentag wurden meist zwei. Auch wenn er zugibt, dass er, der Jagdleidenschaft wegen, nach und nach ein eher mittelmäßiger Schüler wurde, so hält er stolz fest, nie gestolpert zu sein.

»Es ist hier ein herrlicher Sitz für einen Waidmann!«, war sein Eindruck, als er mich zum ersten Mal besichtigte. Er gab Regina, seiner Frau, genau Bericht. Das Forsthaus liege am Berge, hoch über dem Dorf, mit großen Obstgärten vor und hinter dem Haus. Reit- und Fahrwege, die von dort in den Wald führen, könne man noch anlegen. Haus, Hof, Stallung, Zwinger und Zerwirkraum seien zwar in kläglichem Zustand, aber dem könne Abhilfe geschaffen werden, da sei er ganz zuversichtlich. Mich machte sein Urteil stolz und glücklich. Endlich wieder einer, der erkannte, was es hier an Schönem gab, der sich nicht von Armut oder Abgeschiedenheit abschrecken ließ und, was noch wichtiger war: dessen Familie sich hier ebenso wohl fühlte!

Tatsächlich war mein Zustand in dieser Zeit, nun ja, nicht der beste. Im Jahre 1865 brannte das Forsthaus Kropfbrunn nieder. Glücklicherweise kam niemand ernsthaft zu Schaden dabei. Aber das Forsthaus im Kropfbachtal musste völlig neu errichtet werden und so kam es, dass für die Investitionen an den übrigen Gebäuden in den folgenden Jahrzehnten ein nur schmales Budget zur Verfügung stand.

Damit es auch seine Familie hier so recht herrlich fände, wurde der Jägerhof jetzt also herausgeputzt. Wie viele Anträge auf Verbesserung oder Reparaturen hatten seine Vorgänger schon gestellt. Dietrich stellte keine Anträge. Er entwarf Pläne und ließ es auf eigene Verantwortung ausführen. Er *arbeitete mehrere Jahre daran, sein Heim, so fern von jedem Verkehr, schön und wohnlich zu gestalten.* Erst neun Jahre später wurde der Vollzug behördlich genehmigt. Da strahlten meine Hoffart und ich längst in neuem Glanz!

Den abschüssigen Hof ließ er durch gemörtelte Mauern terrassieren. Eine Kanalisation wurde gelegt, der Schweinestall zum Pferdestall mit Kutscherzimmer umgebaut, die Wagenhalle wurde erneuert und bekam einen Futterboden zur Lagerung des Mais, ein Wasch- und Backhaus kamen hinzu, die Futterkammer wurde zur Sattelkammer und schließlich wurde das Esszimmer im Obergeschoss erweitert. An der Hausfront gab es einen

Springbrunnen mit Wasserbassin, *worin goldgetüpfelte Forellen, oft mit Karpfen und Schleien stets für den Tisch bereit waren.* Auf der Terrasse gab es noch ein zweites zum gleichen Zweck. Das Dach von Scheune und Stall sprang am Giebel gute zwei Meter vor und der ganze Giebel war von wildem Wein eingewuchert. Unter diesem Dach aus Weinlaub gab es einen kreuzbeinigen groben Tisch, und hier war der bevorzugte Aufenthalt der Familie an heißen Sommertagen. Dem gegenüber hatte der Forstmeister das *Wirtshaus zum kalten Loch* eingerichtet. Ein aus dem Felsen gehauener Ziehbrunnen, längst trockengefallen, wurde zum Felsenkeller umfunktioniert. Ein großer Drahtkorb mit einem Aufzug enthielt die zu kühlenden Lebensmittel und so manch gewaltiger Durst, entstanden auf langer Pirsch, konnte hier gestillt werden.

Der Jägerhof, wie die Leute den Forsthof nannten, war für die drei Buben des Forstmeisters ein prächtiger Tummelplatz. Die ganze Leidenschaft des Ältesten galt den Pferden und der Jagd. Hierin war er ganz nach seinem Vater geraten und schon mit fünf, sechs Jahren begleitete er seinen Papa auf die Pirsch, saß mucksmäuschenstill auf dem Hochsitz, schlief nicht selten ein dabei, da die vorausgegangene Pirsch seine jungen Kräfte aufs Äußerste gefordert hatte. Dem Mittleren lag nicht so sehr das Wild, als vielmehr die Insekten am Herzen. Käfer, Würmer, Schmetterlinge, er hatte bald schon eine umfangreiche Sammlung und war meist in der *anderen Welt* unterwegs, auf der Suche nach neuen Exemplaren. *Die andere Welt* war der Wald, der an den Obstgarten grenzte, für den kleinen Buben schon so entfernt gelegen, dass er diesen Namen aussuchte.

An heißen Sommertagen fuhr die Familie oft hoch zum Jagdhaus ›Dianalust‹, das schon zu Kurmainzer Zeit errichtet worden war. Morgens ging es zeitig mit Kutscher und Dienstmädchen hinauf und erst spät am Abend wieder

zurück. Die Kinder spielten Zirkus oder lernten Reiten und Fahren, denn um das Haus herum gab es eine geräumige Reitbahn. Ein kleiner See mit einem Inselchen, das über einen Holzsteg zu erreichen war und auf dem ein Tisch und eine Bank standen, war einer der Lieblingsplätze der Kinder. Sie spielten dort häufig Schatzräuber oder Robinson Crusoe, und die Mütter taten gut daran, ein zweites Sortiment Wäsche einzupacken, um die Schiffbrüchigen bei Bedarf trockenzulegen. Außerdem gab es zum Vergnügen der Erwachsenen eine Kegelbahn, die auf einer auffallend geraden Schneise vom Jagdhaus weg, Richtung Altenbuch, verlief.
Im Sommer fand dort das Altenbücher Schützenfest statt, der kleine Bruder des Rohrbrunner Schießens, jenes uralten Spessarter Jägerfestes. Beide Veranstaltungen dienten dem Zweck des Leistungsvergleichs. Man wollte sich schließlich fit halten für die kommende Jagdsaison. Außerdem waren es wichtige gesellschaftliche Ereignisse für die abseits der großen Welt wohnenden Forstleute, und man ließ die Gelegenheit zum Feiern und Amüsieren nicht aus. Auch das Hirschknödelfest wurde dort alljährlich gefeiert, immer, nachdem der erste Feisthirsch zur Strecke gebracht war. Dann wurden Freunde eingeladen und von der Hirschleber in einem Feldkessel am offenen Feuer Leberknödel gekocht. Die Buben durften eine Scheibe ausschießen, und es war immer ein fröhliches Fest. Dort und in den Forsthäusern Sylvan und Kropfbrunn hatte der Forstmeister eigene Stallungen für seine Pferde.
Das alles bestimmende Ereignis aber, war die Ankunft des Prinzregenten zur alljährlichen Saujagd. Je näher der Herbst rückte, desto mehr drehte sich alles um dieses Ereignis, um Organisation, Planung und erfolgreiche Durchführung. Die Kinder lauschten gebannt den Gesprächen. Der Älteste mischte sich da und dort schon

fachmännisch ein und Robi, den Jüngsten, interessierte alles, was mit Seiner Königlichen Hoheit zusammenhing.
»Geh, Papa, erzähl, wie ist das, wenn der königliche Oheim kommt?«
»Hoheit, Robi! Du musst ihn mit Königliche Hoheit ansprechen.«
»Gut, und wenn sie kommt, die Hoheit, mit welchem Gespann kommt sie?« Robi hatte die Geschichte von der Ankunft des Prinzregenten schon viele, viele Male erzählt bekommen, doch heute hatte sein Vater weder Zeit noch Geduld dafür.
»Gib Acht, Robert! Bist ja jetzt schon ein großer Junge und wenn du recht brav bist in nächster Zeit, dann darfst heuer mitkommen, den Prinzregenten willkommen heißen.«
Augenblicklich verwandelte sich Robi in ein engelsgleiches Wesen, das kein Wässerchen trüben kann, und mit zuckersüßem Lächeln drückte er sein Einverständnis mit diesem Handel aus.

In der vorletzten Novemberwoche ist es endlich so weit: Begleitet von der Mutter und den Brüdern, treffen sie am Jagdschloss Luitpoldshöhe in Rohrbrunn ein. Luitpoldshöhe, das kleine, aber sehr behagliche Jagdschloss, ist jetzt zur Ankunft des Prinzregenten von zahllosen Kerzen erhellt. Pechfackeln erleuchten Straße und Schlossplatz, wo sich schon viele Menschen versammelt haben. Die Forstleute und Jäger des Wildparks, die Vertreter der Dorfgemeinden, die die Treiber stellen, angeführt von Bürgermeistern, Pfarrern und dem Pastor. Auch ein Schulchor ist da, um Seiner Königlichen Hoheit ein Ständchen zum Willkommen zu singen. Für Robi beginnt jetzt eine lästige Warterei. Die Mama erklärt ihm, dass der Prinzregent von der Bahnstation Marktheidenfeld im offenen Wagen bis nach

Rohrbrunn fahren muss und dass es dunkel sein wird, bis er ankommt. Der ältere Bruder darf den Vater begleiten, der noch letzte Anweisungen gibt. Robi darf gar nichts, noch nicht einmal spielen, denn die Mama befürchtet, er könne den neuen Anzug schmutzig machen. Vor lauter Langeweile und Missmut beginnt er, sich mit seinem Bruder Hans zu streiten. Jetzt wird auch die Mama ungehalten und droht, ihn nach Hause zu schicken. Robi schmollt. Natürlich, immer hat er Schuld! Der Regent interessiert ihn jetzt kein bisschen mehr, er würde jetzt viel lieber zu Hause sein und mit den Hunden spielen. Lange schon wünscht er sich einen eigenen Hund, einen nur für sich, der nicht mit dem Papa zur Jagd gehen muss.

Plötzlich tönen aufgeregte Rufe über den Platz. Auf schneidigen Rossen sprengen die Vorreiter in den Fackelschein. Sie beeindrucken Robi gewaltig. In hellblauen, mit grauem Pelz eingefassten Mänteln und weißledernen Reithosen erscheinen die schmucken, jungen Männer Robi wie Gestalten aus dem Märchen. Dann folgt der Vierspännerzug des Regenten, vom Sattel aus durch Reiter in der gleichen Uniform gefahren. Auf dem Kutschbock sitzen die Leibjäger mit Schiffhüten und prächtigem Federbusch, im Wagen zwei Männer, beide sehr ähnlich angezogen und beide alt. Sie tragen derbe Lodenhosen, eine alte verwetterte Joppe und auf dem Kopf einen Miesbacher Hut mit Birkhahnstoß.

»Im Wagen, der ganz alte Mann, das ist Prinzregent Luitpold!« Die Mutter flüstert es ihrem Buben ganz aufgeregt ins Ohr. Robi sieht sie ungläubig an. Der alte Mann mit dem runzeligen, faltigen Gesicht soll der Prinzregent sein? Unmöglich! Männer, die so aussehen, kennt Robi zur Genüge. Das sind Forstgehilfen, Jagdaufseher oder Ähnliches, Leute wie diese beiden gehen bei ihnen zu Hause schließlich ein und aus. Nein, die Mutter irrt sich gewiss.

Jubelrufe werden laut. »Vivat!«, schallt es über den Hof, als der Wagen mit den feurigen Rossen zum Stehen kommt. Der Kinderchor fängt an zu singen, der Prinzregent bedankt sich huldvoll, und Robi begreift fassungslos, dass die Mutter doch Recht hat. Er ist maßlos enttäuscht und, wie um seinen Kummer noch zu vergrößern, muss er wieder nur still stehen und warten, denn jetzt folgen die verschiedenen Ansprachen und Begrüßungsreden. Robi ist nur noch verärgert, und als sich der Prinzregent nähert, um seine Mama zu begrüßen, trägt er solch eine Leichenbittermiene zur Schau, dass es sogar Seiner Königlichen Hoheit auffällt.
»Na, junger Mann, wie heißt du denn?«
»Robi«, knurrt er verdrossen dem Regenten als Antwort hin, nachdem er vorher doch wenigstens einen ordentlichen Diener gemacht hat.
»Gfallt es dir nicht hier?«
Robis Blick fällt auf Schnauzel, den königlichen Jagdpinscher auf dem Arm von Hoheit.
»Ein eigenes Hündle, so wie der, hier wär mir lieber!«, platzt er heraus und erntet einen scharfen Tadel von der Mutter. Der Prinzregent winkt beschwichtigend ab. Er wirkt aufs Höchste amüsiert.
»Ja willst du mir erzählen, ihr hättet keine Hund zu Haus?«
»Freilich schon«, gibt Robi ohne Verlegenheit Auskunft, »aber die sind alle dem Vater und müssen immer jagen gehen. Ich hätt halt gern eines für mich alleine! Aber der Vater sagt, ein Stallpinscher kommt ihm nicht ins Haus.«
»Ach so! Ja versteh schon, Bub. Na, wollen wir sehen, was wir für dich tun können.« Er zwinkert Robi verschwörerisch zu, winkt seinen Adjutanten, Baron von Wiedemann, an seine Seite und flüstert ihm eine Anweisung zu. Mit mundoffenem Staunen verfolgt Robi jede Bewegung Seiner Königlichen Hoheit.

Der nickt ihm nochmals zu: »Wir sehen uns noch, Bub.« Dann verschwindet der ganze königliche Tross im Schlösschen. Es ist meist die gleiche Gesellschaft, die den Regenten zur Saujagd in den Spessart begleitet: seine beiden Söhne, die Prinzen Ludwig und Leopold, Graf von Wolfskeel, Oberstall- und Jägermeister, Ferdinand von Miller, ein guter Freund des Regenten und ein hervorragender Gesellschafter, Generaladjudant Baron von Wiedemann sowie Hofstabsarzt Kastner. Letzterer ist nicht nur für die Gesundheit des Regenten zuständig, sondern flickt auch immer die geschlagenen Hunde zusammen. Dazu die beiden Leibjäger Sckell und Hohenadl, deren Anblick so manches Mädchen ein sehnsüchtiges ›was sind des schöne Bube‹ seufzen lässt.
An diesem Abend muss sich Robi eine lange Gardinenpredigt von der Mama anhören, aber das ist ihm einerlei. Tief im Innern spürt er, auf diesen alten König ist Verlass – und so fiebert er dem Wiedersehen entgegen.

Für Robis Vater beginnen jetzt anstrengende, aber auch ereignisreiche Tage. Am Morgen des ersten Jagdtages, um fünf Uhr früh, füttert der Kutscher die Hundemeute. Spüren die Hunde erst, was vor ihnen liegt, wollen sie vor lauter Jagdfieber nicht mehr fressen und sie müssen doch mithalten können. Sie haben ihren großen Auftritt an diesen Tagen. Um sechs Uhr kommen die Treiber aus Altenbuch, etwa fünfunddreißig bis fünfundvierzig Mann, um die Hunde anzukoppeln. Acht ausgewählte Treiber erhalten Saufedern, die frisch angeschliffen wurden. Um halb sieben wird aufgebrochen, voraus mit einer großen Pechfackel der *lange Peter,* der Schmied des Dorfes. Dann reitet der Forstmeister im Fackelschein und hinter ihm folgen die acht Treiber mit den Saufedern, gefolgt von den Hundeführern, schließlich noch die Übrigen. Die Hunde veranstalten einen ohrenbetäubenden Lärm, und so zieht

sich der phantastisch anmutende Zug über den Tannenkopf hinauf zum Steinhirschtor. Um halb acht trifft man sich am Sammelplatz. Dort stoßen noch etwa fünfundzwanzig Treiber aus Schollbrunn dazu. Der Forstmeister bleibt auf seinem Pferd aufsitzen, denn dort ist es wärmer als unten. Nochmals wird der Gang der Triebe bekannt gegeben. Jeder Treiber muss seinen Strick in die Höhe zeigen, wo er seinen freien Hund ankoppeln und eine Sau schleifen kann.
Noch vor ordentlichem Büchsenlicht sprengen die Vorreiter daher, gefolgt von den Wagen. *Hekler,* der Pferdeführer, war mit *Watzmann,* dem Lieblingspferd des Regenten, einem hellen Haflinger, schon zuvor eingetroffen. Der Regent steigt aus, begrüßt alle herzlich und geht dann sofort zu seinen Lieblingen, den Hunden, von denen jeder ihm eine Pfote geben muss. Er lässt sich auch nicht von den bissigen Hunden abhalten, die abseits aufgestellt sind.
»Mir tun sie nichts«, behauptet er und wirklich, nie ist einer auch nur unfreundlich. Die Taschen seiner alten, verschossenen Joppe sind gefüllt mit Leckerbissen für Hunde und Pferde. Der Prinzregent steigt auf sein Ross, und als der Forstmeister ihm den Bügel halten will, sagt er lächelnd: »Noch nicht, vielleicht später einmal, mein Lieber.«
Der Forstmeister führt ihn auf seinen Stand, wünscht ›Waidmannsheil‹ und geht, den Trieb zu leiten. Rotwild darf nicht geschossen werden, das hat der Prinzregent streng untersagt. Taucht einmal ein Hirsch in einem Trieb auf, so ermuntert er seinen Forstmeister: »Ein guter Zwölfer! Sieh zu, dass d' ihn kriegst, mein Lieber!« Rotwild soll ausschließlich dem Forstpersonal vorbehalten sein, zum Rotwildschießen fährt Seine Königliche Hoheit in die Berge.

Ist der Trieb vorbei und abgeblasen, kommt der Pferdeführer, der Regent besteigt seinen Watzmann und reitet zum nächsten Trieb. Mein Forstmeister kann sich nicht sattsehen an diesem romantischen Bild: *Der alte, ritterliche Waidmann auf seinem Watzmann, immer in tadellosen Reitersitz, mit Gamsbart auf dem verwitterten Hut, ein alter Märchenkönig!* Unterwegs erkundigt er sich, was geschossen wurde und ob die anderen auch Jagdglück hatten.
Nach dem zweiten, zuweilen auch nach dem dritten Trieb, kommt das wohlverdiente Frühstück. An einem kugelsicheren, windgeschützten Platz hat am Vorabend der alte Libor, Kirchendiener von Altenbuch und jetzt als Feuermann im Dienst, ein mächtiges Feuer geschürt, das anderntags zu einem riesigen, glühenden Kohlehaufen niedergebrannt ist. Tische sind aufgestellt, und der Hofküchenwagen steht bereit. Linsensuppe mit Würstchen, Leberknödelsuppe oder Erbsensuppe mit Schweinsohr werden gereicht. Danach Sauerkraut mit Erbsen und Schweinsknöchchen oder Wildschweinragout mit Kartoffelknödeln. Kaum ist ein Teller geleert, füllen ihn die Leibjäger wieder auf. Auf einem Nebentisch stehen die Getränke: Flaschenbier, Weiß- und Rotwein. Mein Forstmeister freut sich immer auf eine Flasche Münchener I a, um dann noch Rot- und Weißwein zu genießen. Die Jagd ist anstrengend und macht durstig.
Der Prinzregent isst mit großem Appetit und ermuntert stets, zuzulangen. Er lässt sich die Hunde herführen, sobald er seine Mahlzeit beendet hat, und füttert jedem eine Portion aus seinem eigenen Teller. Schließlich schläft er ein Viertelstündchen, mit dem Rücken zum Feuer gekehrt. Es ist eine fidele Runde, die Treiber singen Spessartlieder, und die Späße gehen hin und her. Einmal verschüttet der Forstmeister seinen Rotwein, da der Tisch sehr wackelig ist, und Ferdinand von Miller hebt sein

Glas: »Prosit, Sie bekommen Familienzuwachs! Grüßen Sie mir Ihre liebe Frau!« Die Prophezeiung ist richtig, im Sommer darauf wird der jüngste Spross der Familie geboren werden.
Der Regent ist wieder erwacht und trippelt mit den Füßen. Dietrich weiß, was das bedeutet. Er bläst zum Aufbruch. Noch zwei Triebe werden durchgearbeitet, und bei Einbruch der Dämmerung ist die Jagd zu Ende. Dann wird Strecke gelegt, für jeden Schützen seine eigene, jede Sau mit dessen Nummer am Teller.
An der Strecke haben sich viele Leute aus der Umgebung eingefunden. Sie werden erst vorgelassen, wenn das letzte Treiben abgeblasen ist, aus Sicherheit, der Kugeln wegen. Der Regent freut sich, wenn viele Leute kommen, er verteilt Zigarren und unterhält sich gerne mit ihnen, besonders mit den Damen. Dann steigen die hohen Herrschaften ein und unter Hochrufen der Zuschauer und der Jägerschaft rollen die Wagen zum Jagdschloss. Der Forstmeister besteigt seinen eleganten Jagdwagen, und bald haben seine feurigen Pferde die Hofwagen eingeholt. Graf Wolfskeel, oberster Stallmeister, mustert die Equipage.
»Respekt, Forstmeister!«
»Exzellenz, wenn man viel Geld hat, ist's keine Kunst, elegante Pferde zu haben. Wenn man wie ich, keines hat, dann ist's schon eine Kunst.« Wolfskeel nickt zustimmend.
Am Abend beginnt das Diner im Schloss. Der Forstmeister hat im Wirtshaus in Rohrbrunn Quartier bezogen und sich seine Ausgehuniform angelegt. Er hat die Ehre, dem Regenten vis-à-vis Platz zu nehmen. Alle sitzen in gemütlichen Joppen und genießen das gute Essen. *Es ist die denkbar gemütlichste ›königliche Tafel‹.* Krönender Abschluss ist der echte Mocca und die mächtig

große Havanna. Darauf zieht sich der Regent für ein Stündchen zur Ruhe zurück.
Später wird auch Tarock gespielt, und der Prinzregent lässt sich erzählen. Nun kommt der Leibjäger Sckell mit der Zither, und der Regent gibt ihm seine Lieblingslieder an. Zuweilen singen Sckell und *der bildschöne Leibjäger Hohenadl prächtige Duette.* Sein Leben lang behält mein Forstmeister diese Abende mit seinem geliebten Landesfürsten im Jagdschloss Luitpoldshöhe in dankbarer Erinnerung. Zum Abschied bedankt sich der Regent für das viele Waidmannsheil und reicht ihm eine Tüte Süßigkeiten für seine Frau und die Kinder.
Aber auch die Treiber verbringen einen *bierfröhlichen Abend* und die *vielen jungen Stallburschen treiben mit allerlei Spiel und Possen einen fabelhaften Spuk.*
Den nächsten Tag verbringt der Forstmeister mit Nachsuchen auf angeschossene Stücke. Der Regent jagt derweil in den Nachbarforstämtern Rohrbrunn und Bischbrunn. Am übernächsten Tag fällt meinem Forstmeister erneut die Aufgabe des Jagdleiters zu.

Und was wären die Jagden ohne die Hunde? Höchste Zeit also, auch einmal von den treuen Hunden zu sprechen. Es hätten noch so viele Treiber dabei sein können, ohne die tapferen und klugen Hunde wäre den Jagden kein so großer Erfolg beschieden gewesen. Etwa zwanzig Hunde waren im Einsatz, die meisten davon Bracken. Zur Nachsuche und Hetze wurden Schweißhunde eingesetzt, und schließlich noch zwei Deutsche Doggen, *von nicht zu schwerem Bau,* die als Saupacker besonders risikoreiche Arbeit hatten. Zwischen drei und fünf Hunde ließen jedes Mal ihr Leben. Im Forstanwesen oben am Wald hatten die Buben einen Hundefriedhof eingerichtet. Dort wurden alle Hunde begraben und zuvor von den Buben mit Tannenreis bedeckt. Ein jeder bekam einen Stein. Hofstabsarzt

Kastner, der selber keine Büchse führte, sondern sich als Photograph betätigte, hatte immer zu tun, die von den Sauen geschlagenen Hunde wieder zusammenzuflicken.
Da Dietrich ein leidenschaftlicher Jäger war, hatte er auch immer viele Jagdhunde und war ein sehr verständiger und erfahrener Hundeführer. Zeitweise züchtete er seine Hunde selbst. Wunderschöne, allerdings auch recht scharfe Dachshunde, die er über Forsteleven bis nach Norwegen hinauf verkaufte. Vorstehhunde, von denen mir vor allem *Feldmann* noch gut in Erinnerung ist. Er war der kleinste des Wurfes, imponierte Dietrich aber dadurch, dass er die Spatzen im Zwinger von der Futterschüssel wegfing. Er sollte sich nicht getäuscht haben, Feldmann wurde sein bester Hund, war äußerst vielseitig, ein dunkelbrauner Tiger, von tadellosem, mittelhohem Gebäude. Er hatte einen kurzen, geraden Rücken und ganz korrekte Läufe, was ihm eine fabelhafte Ausdauer und Behändigkeit sowie eine enorme Kraft verschaffte. Ob auf der Hühnerjagd oder bei der Waldjagd, ob auf Schweiß oder beim Apportieren, Feldmann enttäuschte seinen Herrn nie.
Dazu führte Dietrich noch einen vorzüglichen Dachshund, Waldmann, schwarz mit rostbraun und sehr giftig. Er war erstklassig auf Sauen und ebenso scharf im Bau. Im dritten Jahr seiner Zeit in Altenbuch bekam er noch Saul, eine vollendet schöne, hirschrote Bracke. Der wurde schnell zum Liebling des Prinzregenten.
Alle übertroffen aber hat doch *Flock*. Das war noch zu Dietrichs Zeit in Neustadt in der Rhön, aber er hat die Geschichte so oft erzählt, dass ich sie genau kenne. Flock war ein Bastard zwischen Bracke und Schweißhund, ein schönes und hochintelligentes Tier, das seinem Herrn viel Waidmannsfreude bescherte. Er jagte wunderbar ruhig, hielt die Fährte und sorgte so dafür, dass das Wild stets auf dem Wechsel blieb. Flock war klug genug, zwischen

Treib- und Einzeljagd zu unterscheiden. Bei ersterer ging er nach Passieren der Schützenlinie wieder zurück in den Trieb. Bei letzterer jagte er eine viertel bis halbe Stunde langsam und ruhig auf Retour, seinem Herrn die Beute vor die Büchse. Ebenso gut arbeitete er auf Schweiß. Sein Ruf war bald legendär, und ein reicher amerikanischer Jagdgast, der in Bad Kissingen zur Kur weilte, wollte Flock unbedingt haben. Da Dietrich wegen seiner Hühnerhunde wenig für Flock zu tun hatte, verkaufte ihn Dietrich, wenn auch schweren Herzens an den Amerikaner.
Ein Jahr später auf einer Saujagd im Forstamt Steinach hatte Dietrich wieder seinen üblichen Stand an einem viel begangenen Wechsel. Der Trieb hatte kaum begonnen, da hörte er den tiefen Glockenton eines Hundes, der ihn an seinen Flock erinnerte, was ihm aber unmöglich schien, denn ihn glaubte er ja in Amerika. Kurz darauf hat ihm der Hund eine Sau vor die Büchse getrieben. Im Feuer stürzte sie und sofort war der Hund an ihr. Es war, was ein Wunder, Flock! Auch nach so langer Zeit erkannte das treue Tier seinen einstigen Herrn und begrüßte ihn stürmisch. Der Amerikaner war seit zwei Wochen wieder in Kissingen zur Kur, und Flock hatte ihn begleitet. Der Amerikaner drohte Flock lächelnd wegen seiner Untreue, da dieser, wie früher, seinem alten Herrn zugejagt hätte. Dietrich, gerührt von der Treue seines einstigen Schützlings, bereute es sehr, den Hund verkauft zu haben. Zum Trost wusste er ihn in sehr guten Händen. Zweimal noch reiste Flock aus Amerika an. Dann verunglückte er unter einer Straßenbahn, ein ganz und gar unwaidmännischer Tod, wie Dietrich bedauernd feststellte.

Volle zwei Wochen schallt der Jagdlärm durch den sonst so stillen, einsamen Spessart. Dann heißt es für

Prinzregent Luitpold, Abschied nehmen. Natürlich ist Robi zur Stelle, erwartungsvoll und sicher, der Regent wird ihn nicht enttäuschen. So schert er sich dieses Mal auch nicht um die Warterei, sondern harrt geduldig aus. Als Seine Königliche Hoheit Robi entdeckt, winkt er seinem Adjutanten, der ihm ein Bündel reicht.
»So, Robi, hier ist ein Hunderl nur für dich. Es ist ein Sohn von meinem Schnauzel und für den bist jetzt du zuständig.«
Robi schenkt dem Regenten sein strahlendstes Lächeln, und der hat seine Freude an dem Glück des Buben. Und so hält Schnauzel, der Stallpinscher, auf dem Jägerhof Einzug. Der erste Hund, der kein Jagdhund ist. Da er keine eigentliche Aufgabe hat und er sich selbst dessen scheinbar am allermeisten schämt, übernimmt er bald die Rolle des Leibwächters. Er wird Robis treuer Begleiter. Wo immer der Bub ist, ist auch Schnauzel nicht weit, die beiden sind unzertrennlich. Glaubt er seinen jungen Freund in Gefahr, fletscht er die Zähne und bietet eine beeindruckende Schau, um zu verbergen, wie feig er tatsächlich ist.
Für Robi jedenfalls ist der Prinzregent seit diesem Tag der prächtigste König, den es gibt, auch ohne pelzverbrämte Jacke und Federbuschen auf dem Kopf.

Da die Jagden im Altenbücher Teil glänzend verlaufen waren, wird dem Herrn Papa beim Abschied ein besonderes Lob zuteil.
»Eine superbe Jagd, mein Lieber!« Der Prinzregent nickt dem Vater freundschaftlich und dankbar zu und dieser ist stolz und überglücklich, seinem geliebten Regenten dieses Vergnügen bereitet zu haben. Wie immer, fällt dem alten Herren der Abschied aus seinem geliebten Spessart schwer und, wie meistens, führt er darüber einen drolligen Disput mit seinem Jägermeister, Graf von Wolfskeel. Sieger

bleibt immer von Wolfskeel, denn der Hinweis auf das bevorstehende Georgi-Ritter-Ordensfest ist eine Begründung, der auch der Regent sich beugen muss.

Forstmeister Dietrich hat, wie immer, viel riskiert, um die Jagd sowohl erfolgreich werden zu lassen, als auch um sie mit seinem Begriff von waidmännischem Jagen wenigstens halbwegs in Einklang zu bringen.
Als er sein Amt in Altenbuch antrat, musste er der Regierung hoch und teuer geloben, am bewährten Verfahren nichts zu ändern, da man befürchtete, *es könne das Vergnügen der hohen Herren alteriert werden.* Er aber kehrte sich nicht um diese Verpflichtung. Die eingestellten Jagden hatten nach Dietrichs Meinung nur einen Vorteil: Sie sicherten den Abschuss bestimmter Quantitäten und Qualitäten. *Das gemeine Hinschlachten, ohne jede Möglichkeit des Entrinnens, wie es von alters her für die Jäger ›von Gottes Gnaden‹* praktiziert wurde, war ihm derart zuwider, dass er andere Lösungen suchte. Auf eigenes Risiko schaffte er die eingestellten Jagden ab und ersetzte sie durch *halbfreie* Triebe. Das Ergebnis sicherte hierbei eine Anzahl in einem Fang gehaltener Sauen. Ausschließliche Freijagden freilich konnte auch er nicht riskieren. Der entsprechende Abschuss und damit das Jagdvergnügen wären gefährdet gewesen.
Die Triebe und deren Reihenfolge waren für jeden Jagdtag festgelegt. Eine Abänderung war nicht möglich. Was also tun, wenn das Schwarzwild, um Schutz vor Windkälte zu haben, seinen Einstand am betreffenden Tag an einem ganz anderen Hang suchte?
Die Erfolg versprechenden Triebe lagen fast alle an steilen Hängen. Im Tal war meist eine Suhle vorhanden. Dort wurde ein Fang von etwa einem Hektar Größe eingerichtet. Der Fang war noch unterteilt in mehrere Kammern, um die Sauen sortieren und nach Bedarf

freilassen zu können. Die herausgelassenen Sauen konnten nicht nach den Seiten ausbrechen, denn das verhinderte der über einen Meter hohe Wechselzaun aus knorrigen Fichtenstangen. Die Sauen wurden von Treibern und Hunden bis an die Schützenlinie getrieben. Wurden sie dort gefehlt, hatten sie gewonnen und sich Leben und Freiheit verdient.

Das Jagdglück musste auf die einzelnen Herren halbwegs gleichmäßig verteilt werden, um zu verhüten, dass es *lange Gesichter* gab. Im Gegensatz zum Regenten nahmen nämlich die Prinzen und einige Begleiter mangelndes Jagdglück nicht einfach als Ungunst des Schicksals hin. So lief mitten im Trieb ein weiterer Zaun, sodass man, mit Hilfe geschickter und erfahrener Treiber, entweder die rechte oder die linke Hälfte der Schützen begünstigen konnte. Dieser Zaun war jedoch ganz geheim und versteckt. Er war Dietrichs heimlicher Zauber, mittels dessen er das Jagdglück gleichmäßig zu verteilen suchte. Für den Prinzregenten gab es noch einen extra *Schlauchtrieb*, einen durch Zäune gebildeten etwa hundertfünfzig Meter breiten Sack, in dem die Sauen, wenn er sie beim ersten Anlauf fehlte, ihn erneut umlaufen mussten. Auch diese Zäune waren sorgfältig versteckt, weder der Regent noch sein Leibjäger kannten die Einrichtung. Da das Augenlicht des Prinzregenten mit dem hohen Alter stark abgenommen hatte, wurde es so eingerichtet, dass er nicht weiter als etwa vierzig Schritte zu schießen hatte, *um ihm die Abnahme seiner Sinne nicht so fühlen zu lassen und dem guten Herrn die Freude am geliebten Waidwerk, er liebte es ja über Alles, zu erhalten.* Er schoss trotz seines hohen Alters immer noch recht gut, besonders, wenn es recht flüchtig ging. Dabei kam ihm nie die Zigarre aus dem Mund, die er vom Aufstehen bis zum Bett fortrauchte. Hatte er einen schlechten Tag, dann war er sehr traurig. Sein Leibjäger Sckell, *ein prächtiger*

Mensch, äußerlich wie innerlich, musste ihn trösten, und auch der Forstmeister half dazu. Sckell rief den Forstmeister heran und sagte: »Ganz außernand ist's Mannderl, trösten S' doch!«
»So herrlich war der Trieb und so gut mein Anlauf, und ich habe so schlecht geschossen. Ich sollte ja schon längst gestorben sein!«, klagte sich der Prinzregent selbst an.
»Aber Königliche Hoheit haben doch heute Vormittag zwei so gute Keiler wie schon lange keine mehr geschossen«, tröstete der Forstmeister.
»So?«, sagte Er. »Sind das so gute? Ach ja, Lieber, ich will zufrieden sein, Du machst alles so gut, komm, trink mal aus meiner Schnapsbulle!« Letzteres war eine Gunstbezeichnung, die er nur ganz selten gewährte.
Geschickte Treiber, auch so ein Stichwort, zu dem mir so allerhand einfällt. Geschicklichkeit war gut, aber ebenso wichtig war: Schneid! Es ist wahrhaftig kein Rendezvous zur Teestunde, Sauen, die schon einige Wochen im Fang gehalten wurden, zu treiben. Sie sind aggressiv und nehmen sofort jeden Menschen an, der sich ihnen nähert. Noch schlimmer verhielt es sich mit den Sauen, die sich im Schlauchtrieb befanden. Wenn ein solcher Keiler Wind vom Regenten bekam oder gefehlt wurde, stellte er sich vor den Hunden, auch wenn er nicht angeschossen war, und dann war er nicht mehr herauszubringen. Er nahm jeden an, der in die Nähe kam, und die Treiber kletterten wie die Affen auf die Bäume. Es kam vor, dass die ganze Gesellschaft auf den Bäumen saß oder auf Zäunen. Dort suchte auch immer der Forstmeister Zuflucht, wenn es brenzlig wurde. Die Treiber hatten sich in diesen Schlauchtrieben Fluchtwege geschaffen, indem sie an eng beieinanderstehende Stangen Querhölzer nagelten. Mit der Zeit häuften sich in solchen Trieben diese Leitern.
Schneidig sein musste auch der Forstmeister, und er war es! Denn meldete der Bote: ›Keiler nicht zur Streck‹, dann

gab es schwere Arbeit. Der Forstmeister ging, in Begleitung zweier gewandter Förster, Schirmer vom Sylvan und Nees von Schollbrunn, durch den Schlauch, mit dabei noch zwei Treiber mit Saufedern. War der Keiler angeschossen, wurden zwei, drei gute Hunde auf ihn gehetzt, die ihn ablenken und stellen sollten. Erst dann wurde der Saupacker geschnallt, der sprang auf den Keiler, biss sich am Teller, also am Ohr, ein und hielt fest. War er aber fehlgesprungen, zahlte er das meist mit dem Leben, denn dann schlitzte ihm der Keiler die Weiche auf. War der Keiler durch den Packer fest, ließ sich Dietrich von seinem ›Adjutanten‹, einem schnellfüßigen Treiber, seine Feder reichen, eine Spezialanfertigung, da nicht so schwer wie die üblichen, und stieß sie dem Keiler, entweder von vorne oder von der Seite ins Herz. Nie hat er diese Arbeit anderen überlassen. Sämtliche vom Prinzregenten angeschossenen und von den Hunden gestellten Keiler wurden meist von ihm selbst oder wenigstens unter seinen Augen entweder durch Fangschuss oder durch die Saufeder gestreckt. Eine gefährliche Arbeit, die Vorsicht und Geschicklichkeit erfordert.

Bei aller Vorsicht, ließen sich gefährliche Zwischenfälle nicht gänzlich vermeiden. Die Wehrhaftigkeit der Sauen ließ des Öfteren das Blut in den Adern stocken, auch bei den Verwegensten. Einmal rannte ein angeschossener Keiler den Stand des Regenten um und ging mit den Vorderhämmern auf der Brustwehr. Der Regent trat etwas zurück und stieß dem Keiler den Hirschfänger in die Brust. Trotzdem hätte der Keiler noch Unheil anrichten können, wenn nicht der Zaunwart Anton Wismann, der als Vortreiber schon ganz nahe war, den Keiler an der Feder gepackt und zurückgerissen hätte. Der Leibjäger war dann sofort zur Stelle und fing das Tier ab. Solche Treiber

waren selten, die meisten hatten große Furcht – und je größer die Sauen, desto größer die Furcht.
»Ar kümmt, ar kümmt!«, scholl irgendwann dieser Ruf durch den Trieb, gaben fast alle Fersengeld und suchten Zuflucht auf Zäunen und Bäumen.
Als Dietrich einmal mit den Treibern zum Regenten-Stand vorrückte, hatte sich dort eine angeschossene Sau gesteckt. Der Forstmeister ließ sich seine Saufeder reichen und schon machte die Sau wieder hoch. Sie visierte ihren Gegner an, ringelte die Feder und schoss los, mit weit geöffnetem Gebrech. Dietrich stieß mit der Saufeder zu, ließ sie aber einen Augenblick zu spät los und wurde vom Aufprall seitwärts geschleudert. Da er aber schon dabei war, nach der Seite wegzuspringen, wurde aus dem Sprung ein mächtiger Purzelbaum. Er landete kopfüber auf der Erde, die Beine in der Höh. Bis der Leibjäger hinzukam, war er jedoch schon wieder auf den ›Läufen‹. Der Regent erkundigte sich besorgt, ob ihm nichts geschehen sei. Zwei, drei Mal wiederholte er die Frage, und als der Forstmeister beruhigend verneinte, brach es aus ihm heraus: »Darf ich also wirklich lachen?«
»Jawohl, Königliche Hoheit!«
Da lachte er herzhaft los, und sich eine Träne aus den Augenwinkel wischend, meinte er halb entschuldigend: »Ach, es war zu schön.«
Ein anderes Mal bemerkte Dietrich, dass ein starker Keiler im Triebe liegend, noch nicht verendet war. Er reichte die Büchse seinem Adjutanten und nahm stattdessen die Saufeder. In diesem Moment war der Keiler – unglaublich schnell – auf den Hämmern, nahm ihn blitzschnell an, schlug ihm mit dem Gebrech die Feder aus den Händen, dass ihm die Hände brannten, raste vorüber, um gleich wieder zu wenden und einen neuerlichen Angriff zu starten. Dietrich sprang hinter eine starke Eiche und zog den Hirschfänger. Sechs Schritte von ihm entfernt lag

seine Saufeder, die Büchse hatte sein Adjutant, das Hannele, der seine flinken Füße sehr zu brauchen verstand und jetzt vierzig Schritte von seinem Herrn entfernt auf einem Zaun saß. Eine böse Situation! Der Keiler rannte wiederholt gegen unseren Forstmeister, und endlich konnte dieser den Hirschfänger schräg von hinten zwischen die Rippen stoßen. Nach kurzer Flucht brach der Keiler zusammen. Er hatte bereits einen Leberschuss vom Regenten erhalten. Da kam auch das Hannele, verlegen lächelnd, wieder herbei.

Sehr dramatisch auch der Zwischenfall im Nachbarforstamt Rohrbrunn. Dort wurde Förster Harengel von einem Keiler angenommen, zu Boden geworfen und schwer verletzt. Der Keiler stand auf dem Unglücklichen und hieb diesem mit den Waffen mehrmals ins Gesäß. Der herbeieilende Förster Katzenberger schoss endlich den Keiler über dem Förster nieder. Eine gefährliche Aktion, wie leicht hätte die Kugel abprallen und das Opfer mit verletzen können. Der arme Harengel jedenfalls lag vier Wochen zu Bett. Wunden von Wildsauen pflegen sich häufig aufs Heftigste zu entzünden und heilen schlecht. Vom Spott, den der arme Teufel noch lange Zeit einstecken musste, wollen wir erst gar nicht reden!

Trotz all dieser Gefahren und Malaisen galt es als große Ehre, an diesen Jagden teilnehmen zu können. Das lag zum Einen ganz sicher an der gewinnenden Art des Regenten. Nie war er launisch oder missgestimmt bei wenig Jagdglück. Auch das oft grässliche Wetter konnte ihm die Stimmung nicht verderben. Niemals wurde auch nur ein einziger Trieb des Wetters wegen verschoben. Gab es Klagen über Wind, Schneeregen oder klammfeuchte Kälte, meinte er nur: »Es wird auch wieder schön!«

Ganz anders noch als zu Zeiten der Kurmainzer, wo der Jagdfron die Sache von vornherein zum unausweichlichen Übel stempelte, war es jetzt eine Möglichkeit, sich Sporen zu verdienen und die ausgewählten Treiber wurden glühend beneidet. Der Taglohn, den der Regent gewährte, war recht stattlich: Eine Mark siebzig bis zwei Mark zwanzig, dazu noch eine Mark und fünfundachtzig Pfennig Biergeld. Das Biergeld reichte für fünf halbe Bier und eine Portion Wurst. Wann sonst konnten sich die Spessarter ohne schlechtes Gewissen solche Herrlichkeiten leisten?

Auch vom Wildbret, das in ganz Bayern versendet wurde, konnten sie kaufen – und sie taten es kräftig. Es kostete, je nach Schwere der Sauen, zwischen vierzig und fünfundfünfzig Mark einschließlich Brenngeld. Die Sauen wurden gesengt, bevor sie zerwirkt wurden. Wenn der Forstmeister am Abend eines solchen Jagdtages nach Hause kam, war das ganze Tal in beißend brenzligen Rauch gehüllt und in den zwei Schmieden des Dorfes war man eifrig bei der Arbeit.

In den zehn Jahren, während derer Dietrich Hofjagden leitete, wurden zweihundertfünfunddreißig Sauen geschossen, dazu noch eintausendvierundneunzig sonstige Sauen und fünf Füchse. Die Füchse wurden alle von Prinz Leopold geschossen. Als Leopold vom Forstmeister wissen wollte, wieso gerade er immer das Waidmannsheil habe, antwortete dieser: »Weil Ihre Königliche Hoheit der ruhigste und aufmerksamste Schütze auf seinem Stande sind.« Leopold freute sich nicht wenig, hielt er doch viel vom Urteil des erfahrenen Forstmeisters.

Es gab also reichlich Arbeit der Hofjagden wegen. Eigentlich waren die Forstleute das ganze Jahr hindurch damit beschäftigt und, neben Waldbau und Holzeinschlag, war es eine der hauptsächlichsten Aufgaben. Im Spessarter Wildpark, der durch die Jagdleidenschaft des Prinzregenten auch seinen ganz besonderen Schutz als Jagdgebiet genoss, blühte die alte Jagdherrlichkeit wieder auf. Der Regent finanzierte dies aus seinem

Privatvermögen. 55 000 Mark jährlich war ihm das Vergnügen wert. Zum Segen der dortigen Bevölkerung, denn auch dem Regenten konnte, durch seine häufigen Aufenthalte in diesem entlegenen Winkel seines Königreiches, nicht verborgen bleiben, wie es dort um die Bevölkerung stand. Nicht nur, dass der Unterhalt des Parkes und seine Hofjagden etlichen armen Spessartbauern und Waldarbeitern guten Verdienst brachten, Luitpold zeigte sein Wohlwollen für Land und Leute auch durch Stiftungen und Schenkungen. Zum achtzigsten Geburtstag des Prinzregenten im Jahre 1901 rief er die König-Luitpold-Stiftung ins Leben. Mit einem Grundkapital von 15 000 Mark sollten bedürftige Kinder in den Gemeinden Bischbrunn, Ober- und Unteraltenbuch, Schollbrunn und Weibersbrunn unterstützt werden. Jährlich am 12. März bekamen acht Kinder armer Eltern ein Sparkassenbuch mit achtzig Mark, die bis zur Volljährigkeit oder zur Verehelichung festgelegt wurden. Bevorzugt wurden auf *Allerhöchsten Wunsch* Kinder von Waldarbeitern und Kinder, deren Eltern bei den *Allerhöchsten Jagden* beschäftigt waren. Der Rest des Geldes wurde alljährlich zur *Anspeisung armer Kinder* am Geburtstag des Regenten verwandt. Lange noch erzählten die Leute ihren Kindern und Enkeln, was es jedes Jahr für sie bedeutete, den Geburtstag des Regenten mit ›Worscht und Weck‹ zu feiern.

Auch Forstmeister Dietrich wurde für seine anhängliche Liebe und Zuneigung zum Prinzregenten belohnt und seine Mühen gewürdigt. Einmal wurde er nach einer Jagd zum Prinzregenten bestellt und der überreichte ihm ein kleines Kästchen.

»Ich habe was für dich, mein Lieber.«

Es war der Michaeli-Orden der vierten Klasse und Dietrich war voller Freude, nicht so sehr wegen des Ordens, sondern wegen der herzlichen Art der Übergabe

und der wohlmeinenden Absicht, ihm eine Freude zu machen. Ein andermal ließ er ihm zu Weihnachten sein Bild senden und schließlich verschaffte er dem ältesten Sohn einen Freiplatz im Kadettencorps. Für Dietrich waren diese Gunstbeweise Ansporn, für äußersten Einsatz zum Wohle seines geliebten Landesherren.
Aber auch für die Förster, die Forstgehilfen, Zaunwarte, Waldwärter, Waldarbeiter und Treiber gab es Auszeichnungen. Die ›Prinz=Regent Luitpold=Medaille‹ in Bronze oder die bronzene Medaille des Verdienstordens vom heiligen Michael wurden huldvoll verliehen mit der Anweisung: *Die Dekorationen sind den Beliehenen zuzustellen.* Amüsiert Sie das? Dann hätten Sie nur ein einziges Mal die Ergriffenheit der Menschen erleben sollen, wenn ihnen eine solche Auszeichnung zuteil wurde!

Maxi

Sie haben genug von Jagd und Wilderei? Von Verbrechen, Not und Menschenjagd? Sie glauben, hier hätten sich immer nur düstere Geschichten ereignet? Nun, dann wird es wohl Zeit für Maxis Geschichte, obwohl auch Maxis Geschichte keinen fröhlichen Anfang hat. Maxi, oder besser Maximiliane, war die Tochter meines Forstmeisters Georg Sindern und ein sehr ungewöhnliches Mädchen, jedenfalls für die damalige Zeit. Rückblickend wäre es wohl korrekter zu sagen, sie war nicht ungewöhnlich, sondern nur ihrer Zeit voraus, ziemlich weit voraus, nebenbei bemerkt. Aber schön der Reihe nach!

Maximiliane oder Maxi, wie sie gerufen wurde, war in einem vornehmen Pensionat in – tja, ich erinnere mich partout nicht mehr wo, aber ich weiß, dass es weit weg von unserem Dorf lag und dass es von Nonnen geführt wurde. Gegen Ende ihrer Schulzeit starb ihre Mutter und Maximiliane hat es nie ganz verschmerzt, dass sie nicht mehr rechtzeitig eintraf, um ihre Mutter noch einmal lebend zu sehen. Sie beendete die Schule und kehrte nach Hause zurück, um sich um ihren Vater zu kümmern, der seit dem Tode seiner Frau der Schwermut zu verfallen drohte.

Maxi begrub alle hochfliegenden Pläne für die eigene Zukunft und führte ihrem Vater den Haushalt. Mit der Zeit wurde sie ihm unentbehrlich, mehr Freund denn Tochter. Sie begleitete ihn in den Wald zur Arbeit, auf Pirschgänge, Holzversteigerungen und zu Jagden. Sie konnte reiten und schießen wie ein Mann, wies die Holzhauer zurecht, wenn sie nachlässig arbeiteten, und war immer häufiger in Reithosen und Joppe anzutreffen denn in Frauenkleidern. Von ihrem Cousin Hans, einem Forsteleven, ließ sie sich die Manuskripte seiner Vorlesungen bringen, um das, was

ihr der Vater in der Praxis beibrachte, auch theoretisch zu untermauern.
Nur das, was ein junges Mädchen in ihrem Alter eigentlich tun sollte, auf Bälle gehen, sich für neue Mode interessieren und nach einem geeigneten Ehemann Ausschau halten, das kam Maximiliane ganz und gar nicht in den Sinn. Stattdessen diskutierte sie mit ihrem Vater und dessen Förster, ob dieser oder jener Bestand schon zu nutzen sei, wie die nächste Jagd zu organisieren sei oder wie die Holzpreise sich entwickeln würden. Ungewöhnlich für die damalige Zeit, aber da ihr Vater sie so selbstverständlich mit einbezog, verkniff es sich auch jeder seiner Mitarbeiter, daran Anstoß zu nehmen.
Freunde der Familie verfolgten besorgt Maxis Entwicklung, die ihr längst den Ruf eingebracht hatte, als Ehefrau gänzlich untauglich zu sein. Ihr selbst war das nur recht. Sich einem Mann unterzuordnen, ihm dienende Frau zu sein, schien ihr immer unmöglicher, je länger sie ihr Leben in dieser Weise führte. Eines Tages dann tauchte Carl auf, auch er ein entschiedener Gegner jeder festen Beziehung oder gar der Ehe.
Carls Vater und Forstmeister Sindern waren Studienfreunde, und er war von seinem Vater geschickt worden, um einige Wochen bei Sindern praktische Erfahrung in Waldbau und Holzwirtschaft zu sammeln. Forstmeister Sindern hatte einen ausgezeichneten Ruf als Praktiker, wie übrigens so manche meiner Forstmeister. Sein Schüler sollte bald die Leitung des familieneigenen Forstbetriebes übernehmen. Carl war ein von Waldhof, aus adliger Familie, also mit hübschem Waldbesitz.
Er hatte jedenfalls kaum den Jägerhof betreten, als er Maxi schon über den Weg lief und das Zusammentreffen hätte ungewöhnlicher nicht sein können. Maxi war damit beschäftigt, einen jungen Vorstehhund auf seine erste Prüfung vorzubereiten, und der hatte ihre Geduld schon

über die Maßen strapaziert. Es gelang ihr einfach nicht, ihn dazu zu bewegen, einen Fuchs zu apportieren, und Niederlagen dieser Art war Maxi weder gewohnt noch willig hinzunehmen. Schließlich machte sie ihrem Unmut mit einer Tirade von Schimpfwörtern Luft.

»Sauhund, elender! Ich zieh dir eigenhändig das Fell über die Ohren, wenn du jetzt nicht gehorchst!« Sicherheitshalber wechselte sie die Sprache. »Merde alors, Mazette, toi!« Und dann fuhr sie auf Französisch fort, was sich zwar eleganter anhörte, aber nicht im Mindesten salonfähiger war. Carl, des Französischen mächtig, verfolgte staunend das Spektakel. Er lehnte mit verschränkten Armen an der Hausmauer der Kutscherwohnung und amüsierte sich sichtlich. Als Maxi endlich ihr Pulver verschossen hatte, machte er sich bemerkbar.

»Vorsicht, Mademoiselle! Man wird sie in eine Klosterschule stecken, wenn diese Worte an die falschen Ohren gelangen.«

Maximiliane wandte sich ihm zu. Eine leichte Röte war alles, was ihre Verlegenheit zeigte. Sie winkte betont lässig ab.

»Habe ich schon hinter mir! Wie Sie sehen, erfolglos, oder besser: Ich habe mich erfolgreich den meisten Erziehungsversuchen widersetzt. Wie sollte ich auch ahnen, dass hier plötzlich jemand auftaucht, der Französisch spricht? Im Übrigen ist es ausgesprochen unhöflich, mich zu belauschen!« Maximiliane ging furchtlos in die Offensive.

»Hmm, belauschen ist nicht der rechte Terminus, es ließ sich nicht vermeiden«, er grinste breit. »Aber vielleicht tröstet Sie, dass mein Französisch von elender Qualität ist und ich von Ihrer eloquenten Rede fast nichts verstanden habe.«

»Netter Versuch, mich zu beruhigen, aber diese Worte hat man doch immer im Repertoire, richtig?«
Maximiliane lächelte spöttisch und besah sich ihr Gegenüber genauer. Er war gut gekleidet, älter als die jungen Forsteleven, die häufig hier auftauchten, und ihn umgab die Aura von großer weiter Welt.
Auch Carl nutzte die Gelegenheit und besah sich dieses ganz und gar ungewöhnliche Mädchen. Sie sah gut aus, zweifellos, auch wenn ihre Schönheit nicht makellos war. Untadelige Schönheiten kannte er genug und fand sie meist langweilig. Dieses Mädchen war radikal anders als ihre Geschlechtsgenossinnen. Sie steckte in Reiterhosen, einer fein gestreiften Bluse mit einer Lodenjoppe darüber, wie sie wohl auch ein Mann tragen würde. Die Haare verdeckte ein großer Hut, nur eine vorwitzige Strähne hatte sich an der linken Schläfe herausgestohlen und verriet, dass ihre Haare dunkelbraun waren. Einige kleine Sommersprossen im gebräunten Gesicht wiesen darauf hin, dass sie sich mehr im Wald als im Haus aufhielt. Mehr noch als ihr Äußeres beeindruckte ihn aber ihr Selbstbewusstsein. Maximiliane hielt der Musterung ohne Verlegenheit stand. Schließlich legte sie den Kopf leicht zurück, zog die linke Augenbraue in die Höhe und fragte nach seinem Begehr.
»O, Verzeihung! Ich habe mich noch gar nicht vorgestellt! Carl von Waldhof. Ich suche Forstmeister Sindern, um bei ihm in die Lehre zu gehen.«
»Willkommen im Forsthaus! Ihr Besuch war angekündigt. Unsere alten Herren sind Freunde aus Studientagen, nicht wahr? Mein Vater ist zurzeit im Wald, wo auch sonst!« Sie lächelte herzlich. »Womit kann ich Ihnen die Wartezeit verkürzen? Eine Tasse Kaffee, vielleicht?«
»Sehr gerne, wenn es keine Umstände macht.«
Maximiliane platzierte ihn im Sommersitz, denn es war ein außergewöhnlich milder Frühlingstag. Dann

entschuldigte sie sich mit dringlichem Küchendienst, damit, wie sie es ausdrückte, am Mittag ›die Atzung für die Grünröcke‹ auch fertig sei.
Als sich alle zum Mittagessen trafen, war Sindern bald sehr angetan von seinem Besuch. Er attestierte Carl Ähnlichkeit mit seinem Vater und unterhielt sich prächtig mit dem jungen Mann. Maximiliane hatte ihren Vater schon lange nicht mehr so heiter gesehen. Carl fand im Gasthaus Quartier und war jetzt der ständige Begleiter des Forstmeisters. Er bewunderte sein Wissen, seine während langer Berufsjahre am gleichen Wirkungskreis erworbene Erfahrung und den Schuss Intuition, mit der der alte Forstmann seine Aufgabe erfüllte und, er bewunderte Maximiliane. Die Unterweisungen ihres Vaters und das Selbststudium hatten ihr ein beträchtliches forstliches Wissen eingebracht, das sie so manchem Forsteleven haushoch überlegen machte. Die drei waren ein unzertrennliches Kleeblatt, denn seit Carl im Jägerhof war, beschränkte Maxi ihre Arbeit im Haus auf das Notwendigste.
Von Carl ließ sich der Vater sogar zu Sonntagsausflügen überreden. Man fuhr in den Badischen Hof nach Wertheim, ins Tanzcafé nach Miltenberg oder zum Forellenessen in die Karthause.
Dann kam der Abend, als es auf den Schnepfenstrich ging. Da Carl vorgab, bei dieser Jagd nicht über die nötige Erfahrung zu verfügen, schickte Sindern Maxi mit zu seinem Stand. Es war ein anstrengender, arbeitsreicher Tag gewesen. Maxi hatte den Garten auf die kommende Saison vorbereitet und war so müde, dass sie sich nur lustlos anschloss. In ihrem Gefolge, wie immer, Feldmann, ein wunderschöner Vorstehhund. Kaum am Stand angekommen, setzte sie sich ins Gras, schob sich die Jagdtasche unter den Hintern und unterdrückte ein

Gähnen. Feldmann saß, konzentriert, aufmerksam und ganz ohne Leine vor seiner Herrin.
»Ich werde den Teufel tun, mir die Beine in den Bauch zu stehen, bis die dummen Schnepfen kommen. Bin viel zu müde heute. Außerdem zeigt Feldmann mir die Schnepfen an, bevor ich sie bemerke. Aber bleiben Sie stehen, wo Sie sind. Der Platz ist gut und wenn sie einfallen, gebe ich Ihnen Anweisungen.«
Carl setzte sich neben sie und musterte sie besorgt.
»Ich bin ein Trottel, Maximiliane! Wie kann ich Sie noch immer beanspruchen, obwohl Sie heute so hart gearbeitet haben!«
»Halb so schlimm. Unsere Berta ist mir eine große Hilfe, ohne sie würde ich es ohnehin nicht schaffen.« Sie betrachtete nachdenklich ihre rissigen Hände. »Nicht sehr ladylike, meine Hände, nicht wahr?« So könnte ich auf keinem größeren Ball außerhalb der Provinz auftauchen.«
»Ob innerhalb oder außerhalb der Provinz, wichtig wäre, Sie würden überhaupt öfter auf einem Ball auftauchen. Erstens wäre es Ihrem Alter angebracht und zweitens, wo wollen Sie einen Ehemann finden? Etwa hier im Dorf?«
Maxi holte tief Luft, ihre Augen begannen gefährlich zu funkeln.
»O, Sie sind also auch der Meinung, dass es die schicksalsmäßige Bestimmung einer Frau ist, sich via Heirat zu versorgen? Zu warten bis irgendein dahergelaufener Kerl kommt, der sie dann gnädig heiratet und sie in sein Besitztum aufnimmt, so wie etwa eine neue Kutsche?« Maxi schnaubte verächtlich.
»Na, es muss ja nicht irgendein Kerl sein! Aber in Ihrem Fall wird es wohl wirklich schwierig. Ich glaube nicht, dass allzu viele meiner Geschlechtsgenossen ein so selbstbewusstes und kluges Geschöpf an ihrer Seite dulden, das noch dazu über reichlich unkontrolliertes Temperament verfügt.«

»Merci bien! Sie wollen mir schonend mitteilen, dass ich schwer vermittelbar bin, was?« Sie spielte die Entrüstete.
»Das ist ein Kompliment, Maximiliane, und die Aufforderung, sehr wählerisch zu sein.«
Maxi räusperte sich. Er lächelte sie an und seine Augen sandten eine Botschaft, die Maxi nicht entschlüsseln wollte. Verunsichert blickte sie auf den Grasbüschel zu ihren Füßen.
»Im Ernst, haben Sie sich noch keine Gedanken über Ihre Zukunft gemacht, haben Sie keine Pläne? Wenn Sie ein entschiedener Gegner der Ehe sind, müssen Sie sich eine Alternative ausdenken. Aber bitte nicht das Kloster!«
»Nein«, Maxi musste grinsen, »es ist nicht so, dass ich grundsätzlich gegen die Ehe bin, nur, wie Sie richtig erkannt haben, wird es aussichtslos sein, einen Mann zu finden, der zu mir passt. Ich mache mir da keine Illusionen.«
»Man sollte die Flinte nicht zu früh ins Korn werfen.« Er schaute Maxi so intensiv in die Augen, dass sie verlegen wurde.
Um abzulenken, ging sie in die Offensive. Er gäbe einen guten Beichtvater ab. Über diese Dinge hätte sie bisher mit noch niemandem gesprochen und sie hoffe doch, den Gegenstand ihres Gesprächs bei ihm sicher verwahrt.
Hätte sie daran ernsthaft Zweifel, würde er auf der Stelle mit ihr verfahren, wie sie es mit ungezogenen Welpen zu tun pflege, erwiderte Carl streng. Maxi grinste und dann begann sie Carl auszufragen. Wieso, bitte schön, so ein Prachtexemplar von Heiratskandidat noch als Junggeselle durchs Leben liefe: ein Grafensohn, gut aussehend, nicht unvermögend!
»Vertrauen gegen Vertrauen, Carl! Sagen Sie schon, welche Leiche verstecken Sie in Ihrem Keller?«
»Nichts Spektakuläres. Eine flammende Liebe in jungen Jahren zu einer sehr schönen, leider verheirateten Frau. Ich

gab alles für sie, sie spielte mit mir. Mein Schmerz und meine Kränkung waren so gewaltig, dass ich beschloss, mich nie wieder in der Liebe zu verlieren. Nie wieder wollte ich mich so vollständig verschenken. Ich habe Rache genommen, an Unschuldigen, natürlich. So ist es doch immer, oder?« Er lächelte, aber sein Gesichtsausdruck war bitter. »Glücklicher oder zufriedener hat mich das nicht gemacht, wahrhaftig nicht. Irgendwann erträgt man den Anblick des eigenen Gesichtes im Spiegel nicht mehr. Schließlich verlegte ich mich auf gelegentliche Abenteuer, deren Unverbindlichkeit auf beiden Seiten von Anfang an klar war. Aufrichtiger Gefühle halte ich mich eigentlich für unfähig und damit auch für ungeeignet für die Ehe.«
»Eigentlich?« Maxis Stimme klang rau.
Er sei sich nicht mehr sicher, erwiderte Carl ernst und sein Blick beunruhigte Maxi nicht wenig.
Feldmann wandte den Kopf, mit langem Hals schaute er unverwandt in dieselbe Richtung.
»Wir sollten in Anschlag gehen, Feldmann zeigt Schnepfen an.« Maxi war froh, das Gespräch in unverfängliche, sachliche Bahnen lenken zu können.
Da war auch schon das Quorren der ersten Schnepfe zu hören. Maximiliane gab ihrem Gast ein Zeichen. Carl riss die Flinte hoch, der Schuss krachte und die Schnepfe fiel zu Boden.
»Waidmannsgeheul!« Maxi grinste breit.
»Nachmachen«, forderte er ernst.
Das Puizen der nächsten Schnepfe war kaum erklungen, als sie von Maxi auch schon zur Strecke gebracht war. Sie verzog das Gesicht. Hatte sie doch nicht Acht gegeben und die Flinte nicht fest genug an sich gepresst. Der Rückstoß der Flinte bestrafte diese Schlamperei augenblicklich. Er würde einen ordentlichen blauen Flecken an der Schulter hinterlassen. Selbstredend verlor sie über dieses

Missgeschick kein Wort, wäre ja peinlich, so einen Anfängerfehler zugeben zu müssen. Carl quittierte ihren Schuss mit anerkennendem Nicken. Nachdem Feldmann die fünfte Schnepfe vorsichtig apportiert hatte, befand Maxi, dass es genug sei.
»Für eine Mahlzeit ist es genug und einige müssen wir ja auch am Leben lassen!«
Sie trafen sich am Jagdwagen mit Vater Sindern und Carl lenkte das Pferd heimwärts. Er hatte es nicht eilig mit dem Nachhausekommen. Maxi war sofort eingeschlafen, und das schlafende Mädchen weckte in ihm den Beschützerinstinkt, obwohl er ahnte, dass gerade darauf Maxi nur mit Unwillen reagieren würde. Während er sie betrachtete, regten sich noch andere Gefühle: Zärtlichkeit, Verlangen. Carl registrierte es irritiert, aber auch erfreut. Er hatte geglaubt, sich Gefühlen dieser Art für immer entledigt zu haben.
Vater Sindern verwickelte ihn in ein Gespräch, sodass keine Zeit für ausgiebigere Seelenerforschung blieb. Beim Aussteigen im Forsthof sagte er so beiläufig wie möglich zu Maximiliane: »Ein Alkoholumschlag ist sehr hilfreich gegen das Hämatom«, dann verabschiedete er sich, wünschte artig gute Nacht und ging in sein Quartier. Maximiliane war verdutzt. Er ist ein scharfer Beobachter, musste sie sich eingestehen. Noch etwas stand unbestritten fest: Dies war mit Abstand der aufregendste und schönste Schnepfenstrich, an dem Maximiliane je teilgenommen hatte. Carl empfand es genauso, und in dieser Nacht schlief er wenig. Obwohl die Nächte noch empfindlich kalt waren, stand er die halbe Nacht lang am offenen Fenster und starrte auf den fast vollen Mond. Es hatte keinen Sinn, sich etwas vorzumachen: Dieses Mädchen faszinierte ihn. Sie war so radikal anders, so ehrlich, so ausgeprägt natürlich, wie Carl es noch nie vorher erlebt hatte. Wenn er es recht bedachte, hatte er schon bei ihrem

ersten Zusammentreffen angefangen, sich zu verlieben. Sein ironisch-sarkastischer Panzer, den er sich im Laufe der Jahre zugelegt hatte, schmolz in ihrer Gegenwart dahin, machte Platz für neue, alte Gefühle. Als er sich dessen bewusst wurde, fiel es ihm leicht, einen Entschluss zu fassen. Nicht irgendeinen sollte Maxi zum Mann wählen, nein, sie sollte den bekommen, der erkannt hatte, welches Juwel ihm geschenkt würde! Wenn es noch eine Rettung für seine ausgedorrte Seele gab, dann war es dieses Mädchen, so viel war sicher.

Als sich Carls Aufenthalt dem Ende näherte, wurde Maximiliane immer einsilbiger, ja regelrecht übellaunig.

»Maxi, auf ein Wort!« Carl wollte wissen, was los sei. »Ich habe den Eindruck, Sie gehen mir aus dem Weg. Habe ich etwas falsch gemacht, Sie irgendwie verärgert?«

Maxi schüttelte heftig den Kopf. Sie fühlte sich jetzt so niedergeschlagen, dass sie am liebsten losgeheult hätte. Entsetzt biss sie sich auf die Lippen. Was sollte Carl von ihr denken? Dass sie eines dieser hysterischen Frauenzimmer sei, deren unberechenbare Stimmung von allen gefürchtet war? Verzagt blickte sie ihm in die Augen und sah nichts als aufrichtige Sorge.

»Ich hasse Abschiede, auch wenn sie noch nicht unmittelbar anstehen. Gäste, mit denen ich mich so gut verstehe, haben wir nicht allzu häufig. Ich meine, nicht vor jedem Gast kann ich so geschert fluchen, ohne dass er mich auf immer ächtet.« Ein verlegenes Räuspern begleitete den Versuch, dem Ganzen einen komisch, unverfänglichen Charakter zu geben.

»Nicht, dass das Fluchen Ihre bezauberndste Eigenschaft wäre, aber ich werde es vermissen, wie alles hier und ganz besonders Sie, Maxi!«

Maxi starrte beharrlich auf ihre Schuhspitzen, so als gäbe es dort ein seltenes forstliches Insekt zu bewundern.

»Es waren herrliche Wochen hier bei Ihnen, sie vergingen wie im Flug – und es war vor allem Ihr Verdienst, dass es mir so gut gefallen hat. Deshalb wäre ich auch glücklich, wenn Sie die Einladung meines Vaters annehmen würden und mit Ihrem Papa zusammen zu Besuch kämen.«
»Sie besuchen kommen, das wäre …« Maxis Augen leuchteten auf. »Aber Papa wird nicht fahren wollen. Er lässt sich zu keiner Reise überreden«, ernüchtert brach sie ab.
»Nun, in diesem Fall kam er nicht umhin, eine Ausnahme zu machen. Die Einladung seines alten Studienfreundes, geschickt unterbreitet, er konnte nur zustimmen, ich ließ ihm keine Chance.«
Maxi war verblüfft. Noch zweimal ließ sie sich versichern, dass ihr Herr Papa auch wirklich sein Einverständnis gegeben hatte, und dann begann sie sich zu freuen. Auf ihre Art natürlich, was bedeutete, sie fiel Carl ohne Federlesens um den Hals. Erst danach flüsterte eine dünne Stimme in ihrem Kopf etwas von unschicklich und nicht damenhaft. Mit hochroten Wangen versuchte sie zu erklären.
»Verzeihung, verzeihen Sie bitte vielmals. Es ist nur, ich freue mich so. Es ist einfach grandios!«
»Ja!« Carl nickte und versuchte, ein Lachen zu unterdrücken. »Grandios ist, glaube ich, ein angemessener Ausdruck hierfür.«
Maxi drehte sich schnell um und lief davon. Sie wusste nicht, wie ihrer Verlegenheit anders Herr werden. Am Tag von Carls Abreise ließ sie sich nicht blicken. Ein kleiner Brief war ihr Abschiedsgeschenk. Darin entschuldigte sie sich nochmals für ihr ungestümes Verhalten und gelobte Besserung. Er brauche nicht zu fürchten, dass sie das Schloss seiner Ahnen durch heftige Flüche entweihe, vielmehr werde sie ein tadelloses ladylikes Verhalten an

den Tag legen, schließlich habe sie nicht alles vergessen, was die guten Nonnen ihr mühsam beigebracht hätten.

Carl holte sie mit dem Landauer am Bahnhof ab und überreichte ihr einen üppigen Strauß bunter Wiesenblumen.
»Ich freue mich so sehr, Sie wiederzusehen, Maximiliane. Einfach grandios!«
Maxi blickte ihm forschend ins Gesicht. Seine Freude war echt, und erleichtert strahlte sie zurück. »Ja, grandios ist, glaube ich, ein angemessener Ausdruck hierfür.« Sie kniff ein Auge zu. Vater Sindern zog die linke Augenbraue nach oben, verlor aber kein Wort.
Carls Vater war begeistert von Maximiliane. Er betrachtete sie immer wieder und konnte seine Rührung nicht verbergen.
»Sie sehen Ihrer Mutter sehr ähnlich. Ich glaube, Carla vor mir zu sehen und damit all die Bilder aus der Zeit, als wir noch jung waren.« Er lächelte leicht melancholisch. »Ich hoffe, Sie haben auch das Temperament Ihrer Mutter geerbt!«
»O, ich fürchte, ich übertreffe sie noch.« Maxi verzog leicht den Mund.

Für den Abend hatte Wilhelm von Waldhof zu einer kleinen Soiree zu Ehren seiner Gäste geladen. Die große Empfangshalle im Schloss wurde umfunktioniert zum Tanzsaal, und Maxi ließ keinen Tanz aus. Völlig aufgekratzt ließ sie sich von Carl zu ihrem Zimmer bringen.
»Das war wirklich ein herrlicher Abend, vielen Dank, Monsieur!« Sie versank in einen formvollendeten Hofknicks.
»Ich habe ihn nicht weniger genossen.« Carl nahm die Galanterie auf, deutete eine Verbeugung an,

verabschiedete sich mit einem Handkuss und nahm als Geschenk Maxis strahlenden Blick mit.
Maxi hatte ihre Abendtoilette beendet und saß unschlüssig auf der Bettkante. An Schlaf war nicht zu denken. Sie hatte das Bedürfnis zu reden. Bestimmt war Papa noch wach. Sie stand auf, warf den Morgenrock über und stürmte über den Flur, riss die Tür zu ihres Vaters Zimmer auf.
»Papa, ich kann einfach noch nicht schlafen. Stört es dich sehr, wenn ich noch mit dir reden will? Es geht mir so viel durch den Kopf. Vielleicht habe ich zu viel Kaffee getrunken oder zu viel getanzt? Es war doch herrlich heute Abend, oder? Du musst einfach mit mir reden, Papa! Mama ist nicht mehr da und ich habe so viele Fragen, ich weiß über so vieles zu wenig Bescheid. Komm schon, schlafen kannst du später!«
Aus der Richtung des Bettes kam ein Knurren. Maxi, in der Annahme, ihr Vater habe sich schon fürs Schlafen entschieden, näherte sich dem Bett, um ihn wach zu rütteln.
»Pestilenz nochmal, Hans! Willst du jetzt wohl endlich die Klappe halten und in die Kiste steigen!« Der Rest des Satzes ging in undeutliches Gemurmel über, das aber keineswegs freundlicher klang.
Maximiliane erstarrte. Die Stimme kannte sie nur zu gut, und es war nicht die Stimme ihres Vaters. Ihr Blick flog durchs Zimmer, sie erkannte ihren Irrtum. »Merde!«, presste sie heraus, machte auf dem Absatz kehrt und floh aus dem Zimmer. Kurz vor der Tür verlor sie ihre Haarspange, einen Moment lang wollte sie umdrehen, um sie einzusammeln, aber die Panik und damit das Bedürfnis nach Flucht war größer. Sie knallte die Tür unsanft ins Schloss und stürzte in ihr Zimmer. Sie sank auf die Bettkante, ihr Atem ging heftig. Wie konnte das nur passieren? Wie konnte sie nur das Zimmer ihres Vaters

mit dem von Carl verwechseln? Andererseits, lieber noch mit Carls Zimmer, als mit irgendjemand anderem, oder? Vielleicht hatte er ja nichts bemerkt. Nein, schließlich hatte er geredet, was hatte er eigentlich gesagt?
Sie versuchte, sich zu beruhigen, atmete ein paar Mal tief durch. Er hatte geschimpft, ziemlich grob sogar. Auf keinen Fall würde er in diesem Ton mit ihr gesprochen haben. Je länger sie nachdachte, desto zuversichtlicher wurde sie. Er hatte sie wohl mit jemandem verwechselt. Hans, richtig, Hans hatte er sie angeredet, was doch nur bedeuten konnte, dass er sie für seinen Freund Hans Zimmern gehalten hatte. Deshalb auch der Tonfall: Rau, aber herzlich! Unendlich erleichtert atmete sie auf, um gleich darauf wieder von Zweifeln geplagt zu werden. Was, wenn er doch etwas bemerkt hatte? Diese Peinlichkeit! Sie schlief sehr schlecht in dieser Nacht und am Morgen war sie so verzagt, dass sie überlegte, mit welcher Ausrede sie dem gemeinsamen Frühstück entgehen könnte.
Aber Maximiliane wäre nicht Maximiliane, wenn sie nicht irgendwann ihren gesunden Optimismus wiedergefunden hätte.
›Wird schon gut gehen‹, redete sie sich selbst Mut zu, schließlich konnte und wollte sie nicht für den Rest ihres Aufenthaltes Carl aus dem Weg gehen.
Als sie beim Frühstück saßen, traf Carl etwas verspätet ein. Er begrüßte alle munter und unbefangen und behauptete, in dieser Nacht geschlafen zu haben wie ein Stein, nachdem er Hans, die Nervensäge, aus seinem Zimmer gescheucht hätte, der offensichtlich noch zum Schwatzen gekommen wäre. Während dieses Teiles der Erzählung widmete sich Maxi hingebungsvoll ihrem Frühstücksei: Sie schälte es ungeheuer langsam und sorgfältig.

Carls Vater erläuterte seine Pläne für den heutigen Tag. Eine Landpartie mit der Kutsche sollte es geben und dabei wollte er seinen Gästen einen Teil seines Waldes zeigen. Decken und ein gut gefüllter Picknickkorb wurden eingepackt und los ging die Fahrt. Carl saß mit Vater Sindern auf dem Kutschbock und Maximiliane unterhielt sich mit dem Grafen. Wilhelm von Waldhof konnte sich nicht genug über ihre guten waldbaulichen Kenntnisse wundern.

»Maximiliane, Sie wissen mehr als mein Sohn, und der hat ein teueres Studium genossen!«

»O, keine Sorge, Carl holt mächtig auf, und ich hatte ja einen guten Lehrmeister.« Sie warf ihrem Vater einen liebevollen Blick zu.

Die Väter wollten an diesem Tag aber weniger eine forstliche Exkursion halten, als vielmehr Erinnerungen auffrischen. Das Buchenstangenholz sehen, das sie beide als junge Forsteleven ausgezeichnet hatten, den alten Schießstand, wo sie die ersten eigenen Gewehre einschossen und das kleine Jagdschlösschen, mit dem sich die süßesten Erinnerungen verbanden: die ersten Rendezvous.

»Bist du hier auch mit Mama gewesen?«

»Mehr als einmal bin ich mit Mama hier gewesen, mein Schatz«, Georg Sindern zog seine Tochter liebevoll an sich. Sein Blick blieb an einem großen, wild wuchernden Rosenstrauch neben dem Eingang hängen. Seinem Lächeln nach waren es sehr kostbare Stunden, an die er sich erinnerte.

Auf der kleinen Wiese vor dem Haus machten sie Mittagspause und danach verzogen sich die Väter zu einer Siesta in den Schatten eines Apfelbaumes. Carl nahm Maxi mit, um das Schlösschen zu besichtigen. Im Erdgeschoss befanden sich zwei Räume: ein Speisesaal mit bemalter Decke und Freskomalerei an den Wänden sowie eine kleine Küche oder ein Wirtschaftsraum. Im oberen Stockwerk gab es zwei Schlafräume, deren Bemalung weniger der Jagd, als vielmehr Gott Eros huldigten.

»Ihre Vorfahren waren Bonvivants«, stellte Maximiliane mit Blick auf die Gemälde fest.

»Barocke Lebenslust pur«, bestätigte Carl. »Eigentlich sollten das Absolventinnen Höherer Töchter Schulen nicht sehen. Die erotischen Darstellungen könnten ihr Gemüt verstören.«

»Oder ihnen die Augen öffnen«, murmelte Maxi halblaut. »Waren Sie schon mit anderen Klosterschülerinnen hier?«, erkundigte sie sich so beiläufig wie möglich.

»Mmh, warten Sie, ich bin mir nicht sicher, ob …« Als er Maxis angespannten Blick sah, lachte er. »Nein, nicht wirklich. So nahe der elterlichen Aufsicht, da verliert auch die schönste Barock-Erotik ihren Reiz!«

Sie grinste verständnisvoll und folgte ihm auf den rückwärts gelegenen Balkon. Von hier aus hatte man den Blick auf eine kleine Wiese, über die eine Kastanienallee in den angrenzenden Wald führte. Maxi lehnte sich über die Brüstung, breitete die Arme aus und rief: »Einfach schön! Wenn ich jetzt noch fliegen könnte, wäre das Glück perfekt.«

»Och, da gibt es schon noch einiges Gleichwertiges. Übrigens, Maximiliane, da wir gerade so ungestört sind: Ich habe hier etwas, das Ihnen gehört, das sollten Sie wiederhaben.« Carl hielt die Haarspange in der Hand. Die Haarspange! Das Corpus Delicti, sie hatte sie vollkommen vergessen! Ihr wurde heiß, sie spürte, wie sie knallrot anlief und wie fast gleichzeitig Ärger in ihr hochstieg.

»Dann hatten Sie ja wohl ein feines Spektakel gestern Nacht. Haben Sie es genossen, wie die Landpomeranze sich blamierte?«

»Maxi, hallo, was ist los? Der Trottel in der Geschichte bin doch wohl eindeutig ich, oder?«
»Aber natürlich«, bekräftigte er durch ihren überraschten Blick angespornt, »da kommt ein hinreißendes Mädchen in mein Zimmer, aus Versehen zwar, aber immerhin in mein Zimmer, ein unwahrscheinlicher Glücksfall, nicht wahr? Und ich, was tue ich? Ich komme auf die Idee, den galanten Ritter zu spielen, so zu tun, als sei ich quasi schon im Tiefschlaf. Eine sehr gewöhnungsbedürftige Rolle übrigens! Jedenfalls konnte ich keinen noch so winzigen Blick riskieren. Ich habe die ganze Nacht damit verbracht, mir vorzustellen, was ich versäumt habe.«
Maxi verzog das Gesicht und wandte sich ab. »Es ist nicht nötig, dass Sie mir auch noch schildern, was ...«, sie ruderte mit der Hand durch die Luft, aber Carl fuhr ungerührt fort: »Waren Sie eigentlich schon im Negligé, Maximiliane?«
Maxi fuhr herum und sah ihn verblüfft an. Aus seinen Augen leuchtete der Schalk. Nun, so leicht war sie nicht aus der Fassung zu bringen.
»Natürlich«, gab sie würdevoll zur Antwort, »wenn ich schon ins Fettnäpfchen trete, dann mit beiden Füßen zugleich. Aber wenn Sie genau wussten, wer ich war, wieso haben Sie mich dann so wüst beschimpft?«
»O ja, ein wunder Punkt in dem ansonsten wohl inszenierten Geschehen«, räumte Carl lachend ein. »Ich hatte Angst, ich wäre nicht überzeugend genug und so habe ich wohl etwas zu dick aufgetragen.«
»Ja! Ich sage nur: Klosterschule! Dorthin wird man Sie stecken, wenn Sie weiterhin ...«
Carl lachte. Die Anspielung auf ihr allererstes Zusammentreffen hatte er wohl verstanden. Er drückte ihr die Haarspange in die Hand und hielt ihre Hände fest.
»Maximiliane, da wir gerade alleine sind ...«

»Carl, Maximiliane, wo treibt ihr euch herum? Auf geht's, wir wollen weiter«, scholl die Stimme von Carls Vater durch das Haus.
»Sapristi!«, zischte Carl genervt. Maxi legte ihm schnell den Finger auf den Mund. »Nicht fluchen, Sie wissen doch, das ist nichts für die empfindsamen Ohren von Klosterschülerinnen!« Sie lachte spitzbübisch und lief zu ihrem Vater.
Als sie am Abend zurückkamen, nahm Wilhelm von Waldhof seinen Sohn zur Seite.
»Das ist das prächtigste Mädchen, das dir je über den Weg laufen wird. Ich habe fast den Eindruck, sie übertrifft ihre Mutter noch. Wenn du das vergeigst, dann gehört dir ...«
»Was vergeigst?« Carl stellte sich dumm.
»Na ja, wenn sie dir durch die Lappen geht. Also mach es besser, als ich damals!« Er lächelte melancholisch. Carl blickte seinen Vater verblüfft an.
»Ja, ja, wir waren beide in Carla verliebt. Georg machte das Rennen.«
»Es spricht für euch, dass euere Freundschaft das ausgehalten hat!« Carl nickte seinem Vater zu. Es war seltsam, so plötzlich mit der Jugendzeit des eigenen Vaters konfrontiert zu werden. Er legte ihm die Hand auf die Schulter: »Keine Sorge, ich habe nicht die Absicht, Maximiliane an irgendeinen dahergelaufenen Schnösel zu verlieren. Ich wäre auch schon ein Stückchen weiter. Euer plötzlicher Aufbruch heute Mittag kam sehr störend.«

Am frühen Abend traf Tante Fi ein. Carl hatte schon von der Schwester seines Vaters berichtet, auch davon, dass Fi mit Maxis Mutter befreundet gewesen war. Maxi bezweifelte dies, denn von einer Freundin namens Fi hatte ihre Mutter nie gesprochen.
»Vielleicht von Friederike oder Rike?«

»Wie, Tante Fi ist Rike?« Maxis Neugierde war geweckt. Von dieser Freundin hatte ihre Mutter allerdings häufig gesprochen.
»Also ist Tante Fi ähnlich unkonventionell, wie es meine Mutter war?«
»Mmh ja, aber das trifft die Sache nicht ganz. Tante Fi ist – ein Naturereignis, ja ich glaube das ist eine angemessene Beschreibung.«
Mit großem Lärm fuhr ein Automobil vor, und wer stieg aus? Tante Fi! Eigentlich stieg nur ein Hut aus. Ein riesiger Hut mit Feder, unter dem Tante Fi zu verschwinden schien. Sie blieb stehen und blickte sich um. Obwohl sie klein war, forderte ihre Anwesenheit sofort die Aufmerksamkeit aller. Sie schien es zu genießen. Ihr Blick wanderte über das Empfangskomitee und blieb schließlich bei Georg Sindern hängen.
»Georg, endlich wagst du dich mal aus deinem Fuchsbau, das wurde aber auch Zeit!«
Maxis Vater küsste ihr lächelnd die Hand. »Rike! Noch immer très elegante und noch immer schön! Es tut gut, dich wiederzusehen.«
»Na, das hättest du längst haben können, alter Junge.« Ihr Blick fiel auf Maximiliane und ihre Augen weiteten sich. »Parbleu, mein Kind!« Sie lief auf Maxi zu. »Sie müssen Maximiliane sein, sans doute! Sie sind Ihrer Mama so ähnlich!«
»Das höre ich gerne.« Maxi blickte ihr leicht amüsiert in die Augen.
»Ha, und ihr Feuer scheinen Sie auch geerbt zu haben, ich habe einen Blick für so was!« Sie zog Maxi an sich und küsste sie überschwänglich ab. Maxi, die meist große Abneigung gegen allzu vertrauliche Annäherungen bei Fremden hatte, ertrug es gerne, was sie selbst am allermeisten erstaunte. Sie suchte Blickkontakt zu Carl, und der zuckte entschuldigend mit den Schultern.

›Naturereignis!‹, schien sein Blick zu signalisieren. Er wurde von seiner Tante nicht weniger herzlich begrüßt, und sie versicherte ihm, dass er ein echter Glückspilz sei, so charmante Gäste um sich zu haben.

»Da kann ich dir nur zustimmen, ma chère tante«, versicherte Carl ernst.

Das Souper verlief fröhlich und ausgelassen. Die drei älteren Herrschaften versanken in ihren Erinnerungen, sehr zum Amüsement von Maxi und Carl. Tante Fi verlangte kategorisch von Maxi und Carl, sich zu duzen, denn es sei ja wohl idiotisch, wenn sich die Kinder guter Jugendfreunde siezten. Sie prosteten sich zu, und als Carl ihr einen zarten Kuss auf die Wange drückte, konnte Maxi zum ersten Mal exakt den Sitz ihres Herzens lokalisieren.

»Hat dir deine Mutter je vom Pfeifen-Club erzählt?«, wandte sich Tante Fi an Maxi. Als diese den Kopf schüttelte, fuhr sie munter fort: »Na ja, vermutlich warst du noch zu jung für derartige Geschichten. Wir hatten im Internat ein Geheimversteck im Park. Dort trafen wir uns, um heimlich zu rauchen und andere streng verbotene Dinge zu tun. Es genügte schon, über bestimmte Dinge, die das andere Geschlecht betrafen, zu reden, um in Ungnade zu fallen. Also trafen sich die Verwegensten von uns im Geheimversteck und richtig fou fanden wir es, dort Pfeife zu rauchen. Wir schmiedeten große Pläne, wollten die Welt verändern …« Tante Fi versank in wehmütigen Erinnerungen.

»Das bleibt offensichtlich immer gleich!« Maxis Augen leuchteten. »Wir hatten auch einen Geheimbund, ›Die fünf Musketiere‹, und für uns war es le dernier cri Zigaretten mit Zigarettenspitze zu rauchen oder, die ganz Mutigen Zigarillos! Na ja, und die wichtigsten Gesprächsthemen waren natürlich: Männer, und die Welt hinter den Internatsmauern, die wir erobern wollten.«

»Und wie weit bist du gekommen mit dem Erobern?«

»Nur die kleine Welt in und um das Forsthaus, dann war Schluss.« Maxi schnitt eine Grimasse.
»Die allerdings gründlich. Da liegt ihr die Welt zu Füßen«, schaltete sich Carl ein.
»Das will ich hoffen. Und dir, Georg, muss ich wohl ordentlich die Leviten lesen, dass du diesen Goldschatz einfach zu Hause wegsperrst. Was für egoistische Teufel haben dich denn geritten?«
»Maxi hat nie den Wunsch geäußert, ein anderes Leben zu führen.« Georgs Protest klang etwas kleinlaut.
»Natürlich hat sie nicht, sie fühlt sich für dich verantwortlich!« Fi warf ihm einen vernichtenden Blick zu.
»Komm schon, Fi, geh nicht so hart mit ihm ins Gericht!« Wilhelm schaltete sich vermittelnd ein: »Wir werden dafür sorgen, dass Maxi das nachholen kann, solange sie hier ist.«
»Das werden wir!«, bekräftigte Fi und schaute ihren Neffen auffordernd an. »Wir sollten einen Ball geben am Wochenende, was haltet ihr davon? Wenn das Wetter so schön bleibt, dann könnten wir das Fest sogar im Freien planen.« Fi lebte sichtlich auf bei dem Gedanken an ein Fest im Freien in lauer Maiennacht.
Von nun an hatte Maxi nicht mehr so viel Zeit, an den Landpartien teilzunehmen. Tante Fi beanspruchte einen großen Teil ihrer Zeit. Sie schleppte sie zum Kleiderkaufen, Schuhekaufen, ging mit ihr ins Kaffeehaus der nahe gelegenen Kleinstadt. Überall wurde Fi mit großer Achtung und Wertschätzung behandelt, niemand, der ihre unverblümte, unkonventionelle Art ablehnte. Maxi registrierte es verwundert.
»Je selbstverständlicher du etwas tust, ich meine je mehr du hinter der Sache stehst, desto selbstverständlicher akzeptieren es deine Mitmenschen.« Maxi hing an ihren Lippen und sog ihre Lebensweisheiten ein.

»Maxi, ich habe das Gefühl, wieder jung zu werden in deiner Gesellschaft. Wenn dich die alte Fi aber langweilt, ich meine, ich will dir nicht auf die Nerven gehen mit unerwünschten Belehrungen! Jetzt gehen wir jedenfalls erst mal einen Sherry trinken. Meine alten Knochen brauchen das.«

»Tante Fi! Seit du da bist, spüre ich erst, wie sehr ich Mama vermisst habe!« Sie fielen sich gerührt in die Arme. Vielleicht lag es ja am Sherry, aber Maxi hätte die ganze Welt umarmen mögen, und es hätte sie nicht weiter erstaunt, wenn ihr Flügel gewachsen wären. Beim Abendessen, Maxi sah in ihrem neuen Kleid aus wie der Frühling selbst, waren sie beide ausgesprochen albern, machten sich über alles und jedes lustig, was Carl ungemein erheiterte.

»Sag mal, Fi, was hast du eigentlich mit Maxi angestellt? Hast du meiner Tochter zu viel Alkohol eingeflößt?«

»Unsinn, Georg. Wir haben nur einen kleinen Sherry als Aperitif genommen, oder waren es zwei?«

Maxi winkte lässig ab. »Sind wir Krämerseelen, dass wir darüber Buch führen? Im Übrigen brauchen wir keinen Alkohol für unsere Höhenflüge. Wir brauchen nur uns, richtig, Tante Fi?« Fi bestätigte durch würdevolles Nicken.

Carl schaltete sich ein. »Mich frisst der Neid! Wie wäre es mit: ›Ich sei, gewährt mir die Bitte, in eurem Bunde der Dritte?‹«

»Dafür musst du dich anstrengen, mein lieber Neffe. Mit einem Schillerschen Zitat ist das nicht getan.«

»Habe ich schon befürchtet!« Carl setzte einen Hundeblick auf, was sofort Wirkung zeigte. Maxi boxte ihn liebevoll in die Seite.

»Komm schon, Carl: Gönnen können!« Maxi gab sich ganz als Frau von Welt. »Morgen zieh ich wieder mit dir durch Feld und Wald, ca va?«

Alles, alles, was dieses Mädchen vorschlug, war in Ordnung, man sah es seinem Gesicht deutlich an.
»Guck nicht wie ein verblödeter Gockel in der Balz, führ Maxi lieber an die frische Luft, während wir rauchen gehen. Sie ist plötzlich so blass, sie braucht frische Luft!«
»Tante Fi –!!«, protestierten Maxi und Carl gleichzeitig und, nachdem sie Fis beschwörenden Blick aufgefangen hatte, meinte Maxi achselzuckend: »Vielleicht wirklich keine schlechte Idee!«
Ein üppiger Sternenhimmel und eine laue Frühlingsnacht empfing die beiden.
»Meiner Treu, mein braver Carl! Mich deucht, die Götter meinen es gut mit uns!« Maxi breitete theatralisch die Arme aus. Offensichtlich weckte der Sherry bei ihr den Hang zum Drama. Carl nahm den Ball auf, kniete vor ihr nieder: »Theuerste, dünkt Euch dies nicht als gutes Omen?«
Doch bevor die Theuerste antworten konnte, tönte Vater Sinders kräftiger Bass über den Hof.
»Maxi, mein Kind, geht es dir gut?«
»Bis gerade eben ja!«, stöhnte Maxi halblaut, und auch Carl ließ ein unterdrücktes Stöhnen hören.
»Alles in Ordnung, Papa. Die frische Luft tut mir gut, und Carl ließ mich ohnedies nicht aus seiner Obhut.« Sie hakte ihren Vater unter, warf Carl einen bedauernden Blick zu und alle drei gingen ins Haus. Nach einem weiteren Glas Champagner schmetterten Tante Fi und Maxi zusammen die Ballade vom armen Wildschütz Jennerwein. Wie sich herausstellte, beherrschte Fi den Text noch lückenlos, im Gegensatz zu den beiden alten Herren.
»So und jetzt muss Maxi ins Bett!«, gab Maximiliane plötzlich unvermittelt das Signal zum Aufbruch. »Verzeih, Tante Fi, aber ich kann nicht mehr!«
Fi nickte zustimmend. »Tu mir nur einen Gefallen, Kind: Nenn mich nicht länger Tante Fi, einfach nur Fi, das

genügt. Ich finde Tante macht alt.« Mit einem hoheitsvollen Blick in die Runde und huldvollem Kopfnicken verabschiedete sie sich, nicht ohne Maxi noch mal zärtlich zu küssen, was diese hingebungsvoll erwiderte. Carl rollte genervt die Augen, Eifersucht vortäuschend.

Als der Tag des Festes gekommen war, wurden die Gäste auf einen langen Ausflug geschickt, damit die Vorbereitungen in aller Heimlichkeit ablaufen konnten. Der Schlosshof wurde mit Lampions und Lichtern geschmückt, entlang des Eingangs prangten große Blumensträuße, und ein Tanzpodest mit Kapelle war rechts neben dem Eingang platziert. Die meisten Gäste waren schon angekommen, als Maxi endlich mit ihrer Toilette fertig war. Ein letzter prüfender Blick in den Spiegel: Sie war mit dem Ergebnis zufrieden. Carl nahm sie vor ihrem Zimmer in Empfang, um sie hinunterzubegleiten.
»Maxi, parbleu! Du wirst heute Abend die Königin des Balles sein.«
»Danke schön, Carl! Fi hat das Kleid ausgesucht.«
»Dafür hat sie allerdings ein Händchen!«
Nicht nur Carl hielt Maxi für die Schönste des Abends. Auch etliche andere junge Herren fanden das, und ein Galan nach dem anderen holte sie zum Tanz. Als es Carl endlich gelang, wieder einen Tanz mit Maxi zu ergattern, flüsterte er ihr ins Ohr, dass er ihr ganz dringend etwas zeigen müsse. Sie brachen den Tanz ab, gingen in die große Halle, wo Erfrischungen gereicht wurden. Carl schnappte zwei Gläser Champagner und zog Maxi ganz schnell zum Hinterausgang, über den hinteren Hof zur Sattelkammer. Erst dort reichte er ihr das Glas und prostete ihr zu. In der Sattelkammer lag in einer Wurfkiste Bella, eine wunderschöne Deutsch-Langhaar-Hündin, und

um sie herum tobte das Leben. Sieben Welpen balgten sich im Stroh. Maxi war begeistert. Augenblicklich hatte sie den Ball und das neue Kleid vergessen, saß mitten unter den Welpen und begutachtete sie. Schließlich nahm sie einen hoch und herzte ihn besonders lang. Dann besann sie sich, redete italienisch auf ihn ein und setzte ihn zurück.

»Ihn würde ich aussuchen.«

»Gut, er ist dein!«

Maxi wollte sich überschwänglich bedanken, aber Carl unterbrach sie.

»Was hast du ihm gesagt?«

»O, nichts Besonderes, nur, dass ich ihn eigenhändig kastrieren werde, falls er auf die Idee kommen sollte, mein Ballkleid zu verpinkeln.«

»Mon dieux, so jung und schon so ein risikoreiches Leben!« Carl spielte den Bestürzten.

Sie musterten sich schweigend.

»Sollten wir nicht zurück zum Fest? Es könnte auffallen, dass …«

»Bevor ich dich wieder in die Fänge dieser Stutzer da draußen lasse, muss ich erst etwas klären, Maxi.«

Sie zog fragend eine Augenbraue in die Höhe, und als sie den ernsten Blick seiner Augen sah, wurde sie plötzlich über die Maßen verlegen.

»Äh, wir könnten doch …«

»Nein, Maxi, hör mir jetzt einfach mal zu. So gut wie alle männliche Wesen heute Abend sind hingerissen von dir. Nur ganz wenige allerdings kennen dich wirklich und die wenigsten, ja ich bin sicher, von denen da draußen nicht einer, ist würdig, dich zu erobern. Denn sie würden, kennten sie dich erst einmal näher, du weißt schon, nach dem ersten Aufblitzen deines Temperaments, alles daransetzen, dich umzuerziehen, und das, Maxi, das wäre bedauerlich, mehr noch, verhängnisvoll. Das will ich verhindern, unbedingt. Du sollst dem gehören, der dich so liebt wie du bist: So herrlich impulsiv, dass es nie langweilig wird an deiner Seite, wunderbar wissensdurstig und klug und so warmherzig, dass man sich in deiner Nähe immer wie von der Sonne beschienen fühlt.«

Maxis Augen glitzerten verräterisch. »Darüber haben wir schon mal gesprochen und waren uns einig, dass es sehr schwierig sein wird, so jemanden zu finden.« Ihre Stimme klang rau.

»Er steht vor dir, Maxi, und das weißt du doch längst, oder? Bekommt er eine Chance?«

Maxi wollte antworten, brachte aber kein Wort über die Lippen. Sie legte die Finger an ihre Lippen, drückte sie dann Carl auf die Wange, drehte sich schnell um und wollte weglaufen. Carl fasste sie an der Hand und hielt sie fest.

»Holla, Maxi, was war das?«

»Das war«, Maxi hatte ihre Stimme wiedergefunden, »ein indirekter Kuss. Meine Antwort auf die wohl schönste Liebeserklärung der Welt. Ziemlich erbärmlich, zugegeben, aber zu mehr fehlt mir ganz einfach der Mut.«

»Maxi!« Nun war es Carl, der seine Rührung kaum verbergen konnte. Er zog sie in seine Arme und bedeckte ihr Gesicht mit Küssen. Sehr sanfte, zärtliche Küsse, die dann aber fordernder wurden und schließlich – der erste wirklich leidenschaftliche Kuss.

Mit geschlossenen Augen murmelte Maxi: »Das ist umwerfend, viel besser als es immer beschrieben wird. Weißt du, ich habe mich immer gefragt, wie das genau funktioniert mit den Zungen …«, sie brach verlegen ab.

»Maxi!« Carl gab sich große Mühe, seine Stimme ernst klingen zu lassen, konnte sich aber das Lachen kaum verkneifen. »Wie kann es sein, dass eine Internatsschülerin über diese Dinge Kenntnis hat? Das musst du mir doch mal erklären.«

Maxis Augen funkelten angriffslustig. »Dann pass mal auf, Carissimo: Weil ich weiblichen Geschlechts bin, ist es mir – im Gegensatz zu dir – verwehrt, auf praktischem Gebiet irgendwelche Erfahrungen zu sammeln, will ich nicht riskieren, geächtet zu werden, richtig?« Carl nickte zustimmend.

»Nichtsdestoweniger bin ich ein neugieriges Geschöpf, und mein Wissensdurst lässt sich nicht einfach abstellen, nur weil ich eine Frau bin. Also bleibt nur die Theorie. Ich habe eben einschlägige Literatur gewälzt.«

»Und wie bist du an diese …?«

»Mein Vater hat eine gut bestückte Bibliothek. Irgendwann fiel mir auf, dass er zwei Bücher – immer dieselben – vor mir in Sicherheit brachte. Na ja, das genügte. Ich entwickelte eine erfolgreiche Strategie, diese Bücher trotzdem in die Finger zu bekommen.«

»O, daran zweifle ich nicht! Welche Bücher waren das, wenn es nicht zu indiskret ist zu fragen?«

»Das erste waren die Novellen aus dem Decamerone, beide Bände.«

»Wie hat dir die Welt der Liebe in der Renaissance gefallen?« Carl bemühte sich um einen beiläufigen Plauderton, obwohl er das Lachen fast nicht mehr unterdrücken konnte.

»Etwas derb gelegentlich, aber die Sprache ist mir vertraut, schließlich lebe ich auf dem Land. Überraschend, wie offenherzig es ist. Scheinheilige Moral wird mit Humor entlarvt: Männer, Frauen, der Adel, die Geistlichkeit, alle kriegen ihr Fett weg. In der Schule hatten wir ja auch einige Geschichten daraus, aber das waren die ganz harmlosen, die vor edler Gesinnung nur so troffen.«

»Und Nummer zwei?«

»Das war Ovids Ars amatoria.«

»Im Original?«

»Nein, mit Übersetzung.«
»Konnte Ovid dich noch überraschen?«
»Aber ja! Er hat an alles gedacht, oder? Man spürt in jedem Wort, dass er ein Homme d'amour ist. Er widmet sich dem Thema so hingebungsvoll, es ist ihm eine Herzensangelegenheit.«
»Aber beide Bücher gehen nicht so, wie soll ich sagen, ins Detail, also was kam noch?«
»Memoirs of a Woman of Pleasure.«
»Fanny Hill?« Carl sog scharf die Luft ein. »Du hast die Memoiren der Fanny Hill gelesen?«
»Teilweise. Sarah, eine englische Mitschülerin hatte sie ins Internat geschmuggelt, sie hatte sie ihrem älteren Bruder entwendet. Ich hätte das besser gelassen, ich war … ich erfuhr mehr, als ich wissen wollte. Da habe ich es dann weggelegt.«
»Geschockt?«
»Ja auch, vor allem aber verwirrt. Ich war auf so etwas nicht vorbereitet.«
»Wie auch!«
»Außerdem haben wir viel riskiert. Man hätte uns von der Schule verwiesen, hätte man uns entdeckt, und das knapp vor der Matura!«
»Ich vermute, das war eine Angelegenheit der Fünf Musketiere, Geheimsache, oder?« Carl setzte eine verschwörerische Miene auf.
»Streng geheim! Noch nicht einmal alle Musketiere waren eingeweiht, nur drei.«
»Die drei Verwegensten, nehme ich an. Tut es dir leid, dass du dich so weit vorwagtest?«
»Schwer zu beantworten, ja und nein.« Maxi versuchte ein spöttisches Lächeln.
»Eine ehrliche Antwort.« Carl drückte sie an sich und Maxi beschloss insgeheim, den Platz an seiner Schulter zu ihrem Lieblingsplatz zu machen.

»Hättest du etwas dagegen, mit den Feldversuchen ganz behutsam fortzufahren?«
Maxi wurde rot, versteckte ihren Kopf in seiner Armbeuge und murmelte etwas. Carl nahm sie am Kinn, hob ihr Gesicht hoch und blickte ihr lächelnd in die Augen.
»Ich gehe davon aus, dass das eine Zustimmung war.« Der Kuss, der folgte, ließ eine atemlose Maxi zurück.
»Was verstehst du eigentlich unter ›ganz behutsam‹?«
Carl grinste froh und stolz zugleich. Balzender Auerhahn, hätte Fi ihn wohl betitelt, hätte sie ihn jetzt gesehen.
»Komm!« Maxi fasste ihn an der Hand. »Ich muss dem cher Papa mitteilen, wie glücklich ich bin!«
»Musst du nicht, man sieht es dir an, Maxi. Du strahlst um die Ecke!«
Als sie sich wieder unter die Gäste gemischt hatten, traf sie zuerst der forschende Blick von Fi. Sie zog eine Augenbraue leicht hoch, dann strahlte sie zurück.
»Papa, schenkst du mir den nächsten Tanz?«
»Einen ja. Es sind genug fesche, junge Männer hier, da brauchst du deinen alten Vater nicht weiter zu bemühen.«
Während Georg seine Tochter geübt über den Tanzboden lenkte, suchte Maxi nach einem passenden Anfang für die große Neuigkeit. So ganz einfach war die Sache nicht, schließlich rückte mit ihrer Entscheidung auch eine mögliche Trennung in nächste Nähe.
»Papa, weißt du, dass ich sehr glücklich bin heute?«
Georg lächelte seine Tochter an. »Weiß ich, mein Schatz. Das gehört sich auch so, wenn man verliebt ist bis über beide Ohren. Wenn ich dich schon an einen jungen Mann verliere, dann doch an Carl, das mindert den Verlust. Im Übrigen, du bist jetzt dran mit Glücklichsein. Die letzten vier Jahre waren nicht allzu lustig für dich. Ich war zu sehr mit mir selbst beschäftigt, um zu erkennen, dass ich dich überfordert habe.« Seine Stimme klang unsicher. Maxi schüttelte energisch den Kopf.

»Diese Zeit haben wir doch wohl beide gebraucht. Und welcher Vater hat so viel Vertrauen zu seiner Tochter, dass er ihr so viel Freiheit schenkt wie du mir? Also, spar dir irgendwelche Vorwürfe«, beruhigte ihn Maxi liebevoll. »Aber es scheint, als könnte ich dich überhaupt nicht überraschen.«

»Nicht wirklich, Maxi. Ich wünsche dir, dass du so glücklich wirst, wie ich es mit deiner Mutter war.«

Noch an diesem Abend gab Wilhelm von Waldhof stolz die Verlobung seines Sohnes mit Fräulein Maximiliane Sindern bekannt, was einige der anwesenden jungen Herren tief bestürzte. Zwei Monate später schon sollte Hochzeit sein, und nachdem Maximiliane ins Forsthaus zurückgekehrt war, führte sie über all ihre Erlebnisse während dieser wunderschönen Ferientage genau Tagebuch. Einiges vertraute sie auch Anna an, der Freundin aus Kindertagen. Die Zeit bis zur Hochzeit verging wie im Flug. Es gab noch so viel zu organisieren und zu bedenken, bevor sie das Forsthaus verlassen würde. Vater Sindern war von seinen Freunden bestürmt worden, Maxi zu folgen und ebenfalls zu kommen. Er schloss das nicht aus, hielt aber den Zeitpunkt für verfrüht. Noch war er nicht bereit, das Forsthaus und seinen geliebten Wald für immer zu verlassen.

Und dann fuhren Maximiliane und ihr Vater nach Schloss Waldhof. Die letzten Tage vor der Hochzeit wurde Maxi zunehmend nervöser und gereizter. Bei einem Spaziergang fragte Fi schließlich nach dem Grund. Erst druckste Maxi ein wenig herum, dann bekannte sie, dass es die Angst vor dem großen Entschluss, eine Ehe einzugehen sei, die ihr zu schaffen mache. Das sei alles so endgültig und überhaupt habe sie mit einem Mal erhebliche Zweifel, ob sie denn für das Eheleben geschaffen sei. Ob sie Zweifel daran habe, dass Carl der Richtige sei, fragte Fi leicht beunruhigt. Nein, nein, das keineswegs. Es ginge eben nur um die Sache an sich.

»Weißt du, Fi, es fängt alles schon so pompös an: Das Fest, die Hochzeitsnacht ...«, Maxis Stimme wurde kläglich.

»O, ich verstehe, dich plagt Lampenfieber!« Sie nahm Maxi liebevoll in die Arme. »Das ist völlig normal, Maxi. Da muss jeder durch! Wichtig ist, dass du in der Nacht der Nächte deine Wünsche deutlich machst. Also bloß nicht die Heldin spielen und deine eigenen Bedürfnisse verleugnen. Carl wird dir dafür dankbar sein. Außerdem«, Fi lächelte aufmunternd, »er ist ein erfahrener Liebhaber. Ich wüsste nicht, wessen Hände ich dich lieber anvertrauen würde.«

»Aber ich bin so unerfahren!«

»Das steht dir zu. Zieh aus dem scheinbaren Nachteil einen Vorteil, Maxi!« Fi kniff verschwörerisch ein Auge zu. »Er wird dir jeden Wunsch erfüllen, aber er wird dir nicht unbedingt jeden Wunsch von den Augen ablesen können. Da muss Frau steuernd eingreifen.«

Maximiliane musste lachen. Fis Rat war hilfreich, sie fühlte sich nicht mehr so verloren, und als Carl am nächsten Tag von einer Reservistenübung zurückkehrte, war sie wieder ganz die Alte.

Das Fest zog an Maxi vorbei wie ein Film. In der Kirche war sie zu bewegt, um viel zu erfassen, danach hielten sie all die vielen Gäste, Reden und Ovationen so in Atem, dass sie nicht zum Nachdenken kam. Am Abend nach dem Soupée und dem obligatorischen Hochzeitstanz fuhren Maxi und Carl in die Stadt. Dort hatte die Familie ein hübsches kleines Stadtpalais und dorthin zogen sich die beiden zurück. Carl trug sie über die Schwelle ins obere Stockwerk bis in ihr Ankleidezimmer. Dort küsste er sie so leidenschaftlich, dass es Maxi heiß und kalt wurde. Mit

zittrigen Fingern erledigte sie ihre Toilette, und als sie Carl gegenübertrat, betrachtete er sie voller Bewunderung.
»Atemberaubend, Liebes, du siehst atemberaubend aus in diesem Negligé.«
»Ein Geschenk von Fi.«
»Ich darf nicht vergessen, mich dafür bei ihr zu bedanken.« Carl nahm sie lächelnd in die Arme. Wieder folgte eine Serie leidenschaftlicher Küsse. Maxis Gefühle wurden immer zwiespältiger. Einerseits stand sie längst lichterloh in Flammen, andererseits sank ihr Mut zusehends, sie verkrampfte immer mehr. Carl schob sie ein wenig von sich und sah ihr ins Gesicht.
»Maxi, was ist los?« Er sah sie forschend an. »Du hast doch nicht etwa Angst?«
Sag ihm, wie dir zu Mute ist!, der Ratschlag von Fi klang ihr plötzlich in den Ohren.
»Doch Carl, jämmerliche!« Maxi suchte Zuflucht an seiner Schulter. Ihr Ohr leuchtete flammendrot zwischen den Haaren durch.
Carl verkniff sich Lachen und Rührung. »Aber Maxi, hast du so wenig Vertrauen zu mir?«
»Nein, doch …« Maxi schüttelte den Kopf, ärgerlich über die eigene Konfusion. Sie sah ihn an und entschlüsselte die Botschaft seines zärtlichen Verlangens. Erleichterung und sehnsüchtige Begierde schlugen Purzelbäume.
»Es wäre so viel einfacher, wenn wir gleich mit dem zweiten Mal beginnen könnten.«
»Aber Maxi, das wäre jammerschade!«
»Das erste Mal ist sicher unerfreulich! Man weiß nicht, was genau …, es ist schmerzhaft und überhaupt«, ihre Stimme wurde jetzt fast zornig, »ich kann es nicht ausstehen, wenn ich nicht weiß, was auf mich zukommt!«
»Wer sagt so einen Unsinn?«
»Alle, und ich habe es ja auch gelesen.«

»O, ich erinnere mich! Vergiss die Fanny Hill! Vergiss sie ganz schnell, du bist nicht Fanny, so wenig wie ich Charles bin!« Carl kraulte ihr zärtlich den Nacken. »Erinnerst du dich an unseren ersten leidenschaftlichen Kuss, Maxi?« Heftiges Nicken als Antwort. »Und sicher auch an den zweiten?«
»Wie könnte ich den vergessen?«
»Und glaubst du, der zweite wäre so geworden, wenn wir den ersten ausgespart hätten?«
Maxi sah verblüfft zu ihm auf. Unter diesem Gesichtspunkt hatte sie die Angelegenheit noch nicht betrachtet.
»Alles, was wir brauchen, ist Zeit, Maxi, viel Zeit, und die haben wir!«
Er hob sie hoch, trug sie zum Bett und legte sie sanft hinein.
Der Rest der Nacht gehört zu den Geschichten, die sich nicht eignen, öffentlich erzählt zu werden. Aber so viel kann doch gesagt werden, es war die aufregendste und glücklichste Nacht in Maxis jungem Leben.

Sie sehen, es gibt also durchaus Erfreuliches zu berichten. Die Zeiten waren zu Beginn des neuen Jahrhunderts wirklich besser als noch fünfzig oder hundert Jahre zuvor. Die bitterste Armut war gelindert. Keiner der Dorfbewohner musste mehr betteln gehen, um zu überleben, wenngleich Wohlstand noch immer die Ausnahme war. Dergleichen Erwartungen hegte allerdings auch keiner, die Menschen waren sehr viel genügsamer.
Forstmeister Dietrich war versetzt worden, auf eigenen Wunsch übrigens, was mich noch heute schmerzt, wenn ich bedenke, wie es dazu kam. Aber wie ich schon zu Beginn sagte, nicht alle Geschichten eignen sich, erzählt zu werden. Seine Familie, besonders seine drei aufgeweckten Buben vermisste ich noch mehr als den Herrn Forstmeister selbst.
Fahren wir also fort mit Forstmeister Mayer, dem Nachfolger Dietrichs. Mayer war der Inbegriff eines loyalen, treuen und pflichtbewussten Forstbeamten. Daneben war er Hauptmann der Reserve und ein leidenschaftlicher Soldat. Er war kühn, abenteuerlustig und doch kein Hasardeur.
Als 1909 ein Aufruf an die Forstverwaltung erging, geeignete Beamte für den Dienst in den afrikanischen und Südsee-Schutzgebieten zu benennen, hatte er nicht übel Lust, sich dieser Aufgabe zu stellen. Allein die Überzeugung, in der Heimat Besseres leisten zu können und so seinem König dienlicher zu sein, hielt ihn davon ab. Er glaubte sich nicht mehr jung genug, um unter ungewohnten Lebensbedingungen noch voll leistungsfähig zu sein. Als er nach Altenbuch kam, brachte er seinen eigenen Kutscher mit. Der war schon beim Militär sein Bursche gewesen und wäre für seinen Forstmeister durchs Feuer gegangen. Umgekehrt hegte auch Mayer anhängliche Zuneigung für den Burschen.

Ich bin des Unfalls mit der Kutsche erinnerlich – es war am Main, nein, nein, sehr viel dramatischer: Es passierte auf der Fähre. Jakob, der Kutscher, hatte Mayer nach Wertheim gebracht und sollte ihn abends dort wieder abholen. An einem Tag wie diesem, den er praktisch bis zum frühen Abend zur eigenen Verfügung hatte, gönnte sich auch Jakob einmal ein Bier oder zwei über den Durst. Um den Weg bis Wertheim zu verkürzen, nahm er spätnachmittags die Fähre in Stadtprozelten über den Main. Auf der Fähre war auch der Doktor aus Stadtprozelten mit seinem Auto, um im gegenüberliegenden Mondfeld einen Hausbesuch zu machen. Er hatte das seltene Privileg, ein eigenes Automobil zu besitzen. Auf der Rückbank saß sein Jagdhund, ein scharfer Deutsch-Drahthaar-Rüde, der das Automobil als sein Zuhause betrachtete, das unerbittlich verteidigt werden musste. Als nun das Auto neben der Kutsche zum Halten kam und der Doktor ausgestiegen war, beäugte der Hund Pferde und Kutsche misstrauisch. Die Fähre legte ab und eines der Pferde begann nervös zu tänzeln, den Kopf zu werfen und zu wiehern. Für den Hund war dies eine ernsthafte Bedrohung. Durch das geöffnete Fenster sprang er aus dem Auto und griff das Ross an. Die Rösser gerieten derart in Panik, dass sie mitsamt Kutscher und Kutsche im Fluss landeten. Ein Tier ertrank, das zweite rettete sich, Kutsche und Kutscher ans Ufer. Die Kunde von dem Unglück erreichte Mayer in Wertheim schneller als sein Kutscher.

»Was ist mit meinem Jakob? Ist meinem Jakob etwas passiert?«, war denn auch seine erste Frage und erleichtert zog er seinen Burschen an die Brust, als er ihn unversehrt wiederfand.

Mayer war ein gestrenger Forstmeister, was schon seine militärische Ausbildung mit sich brachte. Die Jagdleidenschaft hatte er auf ein diszipliniertes Ausmaß gestutzt, und der Waldbau war ihm sehr viel wichtiger als die Jagd. Überzeugt, ein so hoher Wildstand könne nur zum Schaden des Waldes sein, setzte er gerade so viel Energie in den Abbau des Wildstandes, wie sein Vorgänger in dessen Aufbau. Finanzielle oder waldbauliche Opfer zu Gunsten des Wildes war er nicht bereit zu erlauben. Vor allem für die Revierbeamten und Waldhüter eine Zäsur, die sie nur widerwillig akzeptierten. Unbarmherzig kritisierte er waldbauliche Fehler, die man bewusst begangen hatte, um für das Wild optimale Bedingungen zu schaffen. Kopfschüttelnd zeichnete er das ertragsschwache Fichten-Stangenholz im Salzstein aus, das auf dem Süd-Südwest-Hang einfach fehl am Platze war, das aber wider besseres waldbauliches Wissen dort gepflanzt worden war, um den Sauen einen warmen Wintereinstand zu bieten. Alles, was finanziell den gebotenen Rahmen für den jagdlichen Aufwand überschritt, hatte bei ihm keine Chance. Im Gegensatz zu so manchem seiner Vorgänger, die meinten, mit Tricks und Kniffen dem Wild die Existenz erleichtern zu müssen. Im Umgang mit den Spessartern war er streng, aber frei von Standesdünkel. Ich erinnere mich, wie ungemein ihn der Zwischenfall mit dem Oberaltenbucher, er schrieb sich Fabian Weigand, erheiterte. Fabian war bei der Holzabfuhr ohne Abfuhrschein erwischt worden. Es gab einen Strafbefehl, gegen den Fabian Einspruch erhob, da er sich zu Unrecht bestraft sah. Auf den Strafzettel schrieb er: *»Es ist nicht wegen Holzfrevel, sondern wegen Holzabfuhrschein, so nimmt man armen Leute das Gelt aus dem Sack heraus.«*

Das zog nun auch noch einen Strafantrag wegen Berufsbeleidigung nach sich. Daraufhin erschien Fabian am Forstamt in Sonntagsjoppe und neuen Hausschuhen und verlangte den *Herrn Forschtmaste*r zu sprechen. Umständlich erklärte er, niemand beleidigt haben zu wollen. Dabei drehte er sein Sacktuch wild zu einer Kordel, dröselte es wieder auf, um es erneut zu drehen. Als Mayer den um Fassung ringenden Kämpen vor sich sah, der trotz seiner Not keinen Deut von seiner Sicht der Dinge abwich, empfand er Respekt und lachend bot er ihm die Hand zur Versöhnung.

»Geben S' zwei Mark in die Armenkasse von Altenbuch, damit soll die Sache vom Tisch sein!« Damit war die Sache vom Tisch, und Mayer und Fabian versöhnt in gegenseitigem Respekt, da jeder sein Gesicht hatte wahren können.

Ein Forstmeister hatte sich nicht nur mit Holz oder Jagd zu beschäftigen. So manches, was damals noch sehr wichtig war im Wirtschaftsbetrieb Forst, zählt heute nicht mehr, ja es taucht gar nicht mehr auf. Der Wald musste früher den Menschen zum Überleben helfen. Die Landwirtschaft auf den ertragsschwachen Böden des Spessarts wäre ohne Mithilfe aus dem Wald unmöglich gewesen. Eines der wichtigsten Spessartrechte war das Streurecht. Das Laub wurde vom Boden gerecht und als Einstreu in die Ställe verwendet, denn das Stroh, das eigentlich dafür vorgesehen war, wurde mitverfüttert, um das kärgliche Futter zu strecken. Für den Wald war dieses über Jahrhunderte praktizierte Recht fatal, denn es wurde dem Waldboden ständig die Möglichkeit zur ausreichenden Humusbildung genommen. Die Böden versauerten und verarmten. Es mussten regelrechte Streunutzungspläne angelegt werden, um die Entnahme räumlich und zeitlich zu steuern. Im Jahre 1913 wird anlässlich der Einstellung eines neuen Waldhüters für den Gemeindewald Faulbach vermerkt, dass die Streufrevel das größte Problem im Gemeindewald seien, und der neue Waldhüter hierauf besonders zu achten habe. Die Streufrevel also noch vor den Holzfreveln, nicht mehr vorstellbar heute!

Diese sauren und verarmten Böden boten die beste Voraussetzung für eine andere Frucht aus dem Wald, die nicht minder wichtig war: die Heidelbeere. Zusammen mit Brombeeren, Himbeeren und Waldpilzen waren sie nicht nur zur Aufbesserung des heimischen Speisezettels gefragt. Durch den Verkauf der Beeren und Pilze bot sich den Einheimischen die Möglichkeit, ein Zubrot zu verdienen. Also war auch, was die Beerenernte betraf, ein regelrechtes Management gefordert.
Der Erntezeitraum für die verschiedenen Beerensorten wurde jährlich neu festgelegt. 1912 beispielsweise wurde *der Zeitpunkt, von dem ab die nachbezeichneten Waldbeeren frühestens abgenommen, feilgeboten, verkauft oder sonst wie in den Verkehr gebracht werden dürfen,* wie folgt festgelegt:
Walderdbeeren und Waldheidelbeeren ab dem ersten Juli,
Waldhimbeeren ab dem ersten August und
Waldbrombeeren schließlich ab dem fünfzehnten August.
Auch für die Forstwirtschaft waren diese Erzeugnisse aus dem Wald ein wichtiges Standbein. Während der Kriegszeit 1915 sah sich die Königliche Regierung von Unterfranken und Aschaffenburg, Kammer der Forsten, zu einem Schreiben an die Forstämter veranlasst. Man erwarte für dieses Jahr eine gute Heidelbeerernte. Durch den Krieg sei jedoch die *bedeutende Ausfuhr nach England, Italien und Frankreich unterbunden.* Also sollen Genossenschaften und Raiffeisenvereine den Gemeindeverwaltungen zur Hand gehen, um den Absatz zu sichern. Die Überschüsse sollten gedörrt werden, und die Militärbehörden sollten größere Bestellungen bei den Konservenfabriken tätigen. Genaue Berichte über Menge, Abnehmer und Preis werden von den Forstämtern gefordert, *da durch die Gewinnung viel Verdienst unter die weniger bemittelten Volksschichten kommt.*

Für das Revier Breitenbrunn meldet Förster Fuchs 1200 Kilo Heidelbeeren zu zwei Dritteln aus dem Gemeindewald, zu einem Drittel aus dem Staatswald ›Hoher Berg‹ gewonnen. Dazu 100 Kilo aus dem Privatwald Unteraltenbuch und 1250 Kilo aus dem Staatswald, Revier Kropfbrunn. Der Erlös lag zwischen 36 und 50 Pfennig pro Kilo! Als hauptsächliche Absatzmärkte werden Wertheim und Stadtprozelten genannt. Absatzschwierigkeiten gibt es keine.
Ein Jahr später, die Versorgungslage, besonders der Stadtbevölkerung, wird durch den Krieg immer schlechter, werden die Preise staatlich reglementiert.
Für I. Ware, das sind gepflückte, trockene Beeren, gibt es nur noch 16 Pfennig. Für II. Ware, das sind gekämmte, nicht trockene Beeren, werden noch 12 Pfennig gezahlt. Die Reichsstelle für Obst und Gemüse erlässt einen Aufruf zum Sammeln von Waldbeeren und Pilzen, um die angespannte Versorgungslage zu mildern. Für die Spessarter hätte es diesen Aufruf ohnehin nicht bedurft.
Naus die Haddelbeern zu gehen war eine Selbstverständlichkeit, eher noch ein Privileg, für das es keiner Aufforderung bedurfte. Schon die kleinen Kinder bekamen die *Pflockbüchs* um den Bauch gebunden und standen in der Pflicht, beim Sammeln zu helfen. Es gab eigens Heidelbeerferien, um die Schulkinder am Sammeln zu beteiligen. Lange war ein solcher Arbeitstag und mühsam war es, die Büchse voll zu bekommen. Legte sich dann noch die Sonne in die lichteren Kiefernbestände und plagten die Zecken, dann war der Verdienst von zwölf oder sechzehn Pfennig pro Kilo ein hart erkämpfter.
Die Ernte mit dem Kamm erleichterte und beschleunigte zwar die Sache ein wenig, war aber bei den passionierten Sammlern verpönt. Der grobzinkige Holzkamm riss nicht nur die Beeren, sondern auch etliches an jungen Trieben ab. Sein Einsatz war zeitweise verboten, wurde aber 1916

wegen Mangel an Pflückkräften aufgehoben. 1917 wurden die Forstämter angewiesen, bei der Schlagpflege tunlichst keine Brombeer- und Himbeerstauden zu beseitigen, auch wenn diese *Schlagunkräuter* die Verjüngungen verdämmten. Diese waldbaulich dringend erforderliche Maßnahme errege gegenwärtig großen Unwillen bei der Bevölkerung und so sei der Schaden größer als der Nutzen. Dieses Verbot bleibt übrigens bis 1926 bestehen und auch während des zweiten großen Krieges tritt es wieder in Kraft. Diesmal werden gar sämtliche Kahlflächen von der *Arbeitsgemeinschaft Ernährung aus dem Wald* erfasst, und der Erzeugung von Waldbeeren auf diesen Flächen absolut Vorrang eingeräumt.
Natürlich ging es nicht immer friedlich zu, beim Sammeln der Beeren. In Notzeiten ist sich jeder selbst der Nächste und so verteidigten die Spessarter ›ihre Beeren‹ energisch gegen Fremde – und sie erhielten dabei sogar amtliche Unterstützung. Den Gemeinden wurde 1922 die Ausgabe von Beerenzetteln als Erlaubnis zum Sammeln gestattet.
100-derte von Leuten, von Gott weiß woher, ergießen über die Wälder und raffen in wenigen Tagen zusammen, was den Einheimischen für Wochen eine bekömmliche Nahrung und Verdienst abgeben würde; Gemeinden als Waldbesitzer können nicht dazu verurteilt werden tatenlos zuzusehen, zumal die Beeren statt zur Nahrungsgewinnung in die Schnapsfabrik wandern.
Der große Erste Weltkrieg hatte alle fest im Griff und forderte seinen Tribut. Viel zu viele junge Burschen aus den Dörfern des Spessarts ließen ihr Leben. Viele Kinder, Alte und Kranke in den Städten starben an Unterernährung. Hier im Dorf sammelten die Leute für die Not leidenden Städter, und auch die Schulkinder gaben bereitwillig ihr Pausebrot ab, *sodass ein ganzer Korb voller Stücklein nach Nürnberg geschickt werden konnte.*

Auch in den Reihen der Forstleute waren die Opfer ungebührlich hoch. Gebunden an ihre Loyalität dem Königreich gegenüber, erfahren im Umgang mit der Waffe und häufig noch eine Spur wagemutiger als ihre Kameraden, waren sie vortreffliche Soldaten in diesem wahnsinnigen Gemetzel, das sich Krieg nannte. Forstmeister Mayer war Hauptmann der Reserve beim Bayerischen Landwehrinfanterie=Regiment. Für ihn stand es außer Frage, von der ersten Stunde an für seinen König zu kämpfen, obwohl er nicht mehr der Jüngste war und einer Einberufung leicht hätte entgehen können. Schon ein halbes Jahr nach Kriegsausbruch, im Januar 1915, kam die Nachricht von Mayers Verwundung und seinem Tod, und es gab keinen im Dorf, der nicht betroffen gewesen wäre. Viele junge Burschen aus dem Dorf folgten. Da die Landwirtschaft im Spessart nicht zu den leistungsstarken gehörte, es folglich auch keine großen Höfe gab, wurden hier die jungen Burschen selten vom Kriegsdienst freigestellt. Noch eine Unglücksbotschaft aus dieser Zeit traf mich bis ins Mark, erschütterte meine Mauern und ließ meine alten Balken vor Kummer ächzen: Heinrich, der älteste Sohn des Forstmeister Dietrich verlor ebenfalls sein Leben in diesem elenden Gemetzel. Die Schule mit einem hervorragenden Abschluss gerade beendet, zog er, voller Begeisterung, für seinen König in den Krieg. Als Artillerie-Fliegerleutnant mit zweiundzwanzig Jahren, fiel er im Luftkampf mit den Engländern. Nie werde ich den munteren, aufgeweckten und wagemutigen Blondschopf vergessen, dem der Vater die Liebe zum Wald und zur Jagd von klein auf überreichlich vermittelt hatte.
Auf die Forstverwaltung blieben diese Opfer nicht ohne Auswirkungen. Es fehlte überall an Personal und so mühte man sich, die Verwaltung neu zu organisieren, Personal einzusparen. 1915 wird das Forstamt in Stadtprozelten, und damit verwaltungstechnisch betrachtet, mein

Vorgänger, umgewandelt in eine exponierte Forstamts-Assessoren-Stelle, die dem Forstamt Altenbuch unterstand. Es gab damals schon Überlegungen, Altenbuch als Forstamtssitz aufzulösen und Stadtprozelten zu erhalten. Damals ging die Sache für mich noch gut aus. Wie es diesmal steht, weiß keiner zu sagen.
Die Försterstelle in Collenberg wurde zur Waldwärterstelle, der Posten des etatmäßigen Zaunwartes in Altenbuch zur nichtetatmäßigen Waldwärterstelle. Erste Anzeigen dafür, dass es mit der königlich bayerischen Forstherrlichkeit langsam zu Ende ging. Dem Nachfolger Mayers rettete vermutlich der Personalmangel das Leben, denn zweimal entging er seiner Einberufung zur Front und wurde zurückgestellt.
Mein neuer Forstmeister hatte eine sehr schöne Ehefrau, eine wirkliche Dame von Welt, die sich naturgemäß hier im Dorf gänzlich verloren vorkam. Kinder hatte sie keine und so hing sie ihr Herz an ihren kleinen Schoßhund. Als dieser verstarb, war ihre Trauer groß. Sie wickelte ihn in eine wunderbar weiche, warme Decke, bettete ihn in einen Korb und übergab ihn dem Kutscher mit dem Auftrag, ihn an einem schönen, sonnigen Platz oberhalb des Gartens zu bestatten. Dem Kutscher wäre das Herz gebrochen, hätte er die, für ihn außergewöhnlich luxuriöse, Decke mit in das Grab stecken müssen. Dinge, wie diese, waren quasi unerschwinglicher Luxus und gerade so verdienten sie, behandelt zu werden. Ohne zu zögern begrub er den Hund ohne Decke und Korb, bettete ihn aber, um sein Gewissen halbwegs zu beruhigen, auf ein Lager aus Fichtenzweigen. Die Decke brachte er seiner Frau nach Hause.
»Was für ä schöini Kolter!« Andächtig strich diese über das gute Stück. Die Decke war so am besseren Platz, denn noch mehrere Generationen lang wärmte sie die Mitglieder der Kutscherfamilie. Für emotionalen Luxus dieser Art hatte hier im Dorf keiner Verständnis.

Dergleichen Luxus konnten sich nur die wirklich Wohlhabenden leisten. Die Leute im Dorf hatten während und nach den Kriegszeiten ganz andere Sorgen. Es ging ums Überleben, denn das bescheidene Auskommen, das noch um die Jahrhundertwende durchaus zum Leben genügt hatte, schwand unter den wirtschaftlichen Bedingungen der Nachkriegszeit mehr und mehr. Es galt, mit den bescheidenen Erträgen aus der Landwirtschaft auszukommen, denn viele Männer waren jetzt ohne Arbeit. Der Wald musste mithelfen, die Landwirtschaft über Wasser und somit die Spessarter vor dem Verhungern zu bewahren. Grasschneiden im Wald war eine alltägliche Beschäftigung im Sommerhalbjahr, um ausreichend Futter für das Vieh zu beschaffen. Dies war ausschließlich Aufgabe der Frauen, und so waren es die Frauen, die mit den Vertretern der Forstämter häufig in Konflikt gerieten.
An einem heißen Sommertag im Juli wurden gegen Neuenbuch hin fünf Frauen aus Altenbuch beim unbefugten Grasschneiden ertappt, sie hatten keinen Erlaubnisschein dabei. Der Waldhüter, der sie aufgriff, hatte nichts dem Zufall überlassen, hatte er doch noch mit einer der Frauen, der jüngsten in der Gruppe, eine Rechnung offen. Er war ein abgewiesener Verehrer und hatte diese Kränkung noch längst nicht überwunden. Ihm stand der Sinn nach Rache, um sein angeschlagenes Selbstbild wieder zurechtzurücken. Er hatte die Frauen schon einige Tage beobachtet und sich dann Verstärkung von der Gendarmeriestation in Stadtprozelten geholt. Man stelle sich vor, ein Waldhüter, ein Gendarm und ein Gehilfe, dieses ganze Aufgebot nur, um fünf Frauen beim unerlaubten Grasschneiden festzunehmen. Nun, die staatliche Gewalt hatte leichtes Spiel, und als Maria, die jüngste, dem Waldhüter fest in die Augen sah, wurde er puterrot und versteckte sein schlechtes Gewissen hinter seiner vermeintlichen Empörung über den Grasfrevel.

Er machte eine aufmunternde Geste mit der Hand hin zu seinem Freund, dem Gendarmen, was bedeutete: Na los, kein falsches Mitleid, mach den Weibern nur mal ein bisschen Angst. Der Gendarm machte seine Sache gut. Barsch fuhr er die Frauen an, mit einer hochmütigen Geste wischte er ihre vorgebrachten Argumente vom Tisch und ohne Federlesens ließ er sie nach Stadtprozelten ins Gefängnis bringen. Beklommen saßen sie in der engen, feuchten Zelle und fragten sich, wie es weitergehen sollte. Nach einiger Zeit warf Anna, die älteste und couragierteste der fünf, den Kopf energisch in den Nacken und schaute ihre Schicksalsgefährtinnen herausfordernd an.

»Fünf Weiber sinn mer und die da daus sinn bloß zwaa, wölle mer uns des werkli gfalle lasse?«

Die anderen gaben keine Antwort, zu groß die Angst. Da stimmte Anna ein Lied an, zaghaft noch, mit leicht brüchiger Stimme. Die Erste, die einfiel, war Maria, deretwegen der ganze Ärger begonnen hatte. Bei der zweiten Strophe sangen schon alle geschlossen mit und beim zweiten Lied waren die Stimmen schon doppelt so laut zu hören. Beim fünften Lied sangen sie aus vollem Hals und begannen überdies, rhythmisch mit den Füßen zu stampfen. Sie sangen sich ihre Hilflosigkeit von der Seele, ihre Wut und damit auch ihre Angst. Sie sangen und tanzten, dass die Wände des alten Gefängnisses wackelten und es ihren Peinigern unheimlich wurde.

»Hey, die Weiber sind verrückt!«

»Eh, des sinn Altebücher, was will mer da saache?«

Mehr und mehr glitt ihnen die Situation aus den Händen und mehr und mehr wurden sie nervös. Nach einigem Überlegen beschlossen sie, die Frauen nach Hause zu entlassen. Einen Denkzettel hätten sie ja jetzt bekommen und zu holen sei ja bei diesen Armenhäuslern eh nichts. Als sich der Schlüssel der Gefängnistür knarrend im

Schloss drehte, verstummte der Gesang. Der Gendarmeriegehilfe trat ein, seine Unsicherheit war beinahe greifbar. Wie auf ein geheimes Kommando bildeten die Frauen einen Halbkreis um ihn und starrten ihn stumm, aber herausfordernd an. Der Angstschweiß trat ihm auf die Stirn.
»Ihr könnt hamm. Merkt euch des aber für die Zukunft!«
»Du glaabst net, wie gut mer uns des merke werdde.« Anna machte einen Schritt nach vorn und sah ihm fest in die Augen. Ihre Stimme klang drohend.
Er wich zurück, umklammerte seinen Schlüssel fester und winkte sie mit der Hand hinaus, ein verzweifelter Versuch, seine Autorität zurückzugewinnen. Hocherhobenen Hauptes schritten die fünf an ihm vorbei. Singend und stolz zogen sie zurück nach Hause, wo sich ihr Abenteuer schnell herumsprach. Respektvoll erzählte man von den fünf Weibern, die den Herrn Gendarmen mal gezeigt hätten, wie *die Hoose laafe.*
Nicht, dass dieser Zwischenfall etwas Grundlegendes geändert hätte im Verhältnis zwischen staatlicher Autorität und Spessartbewohnern, nein, Wunder waren nicht zu erwarten, es war vielmehr ein Erfolg für die Frauen selbst, es förderte ihr Selbstwertgefühl.

Nicht nur dieses Ereignisses wegen, wage ich zu behaupten, dass der berüchtigte Spruch: *Aufs Tuch oder ins Buch!,* hier bei uns keine Gültigkeit hatte. Ah, Sie wissen mit diesem Spruch nichts anzufangen? Natürlich, wie auch! Ich werde erklären: Also, das Gras wurde in große, leinene Tücher gepackt und auf dem Kopf nach Hause getragen. Ein bisschen wie in den Ländern der Dritten Welt, meinen Sie? Ja, durchaus vergleichbar, denn das war fast ausschließlich Aufgabe der Frauen. Wie gesagt, sie waren es, die häufig mit den Forstleuten in Konflikt gerieten. Vergehen wurden im so genannten

Rügebuch festgehalten und vor einem Eintrag in dieses Buch konnte sich retten, wer der sexuellen Begehrlichkeit einiger Forstleute nachgab und sich auf dem *Tuch* ihnen hingab. Der ausgeprägte und aggressive Beschützerinstinkt der Männer hier in der Gegend war so berüchtigt, dass Versuche solcher Art meines Wissens unterblieben. Allein, dass ein solcher Spruch überhaupt existierte, zeigt, welch kleine Herrscher die Forstleute waren, auch sie nicht frei von Machtmissbrauch.
Noch jemand zollte der Courage und dem Einfallsreichtum der Frauen Respekt. Jemand, von dem es die Frauen am allerwenigsten erwartet hätten, aber dieser jemand war eine Frau. Pauline, die Frau des Forstmeisters, erschien kurz nach dem Zwischenfall im Wald, beladen mit einem großen Korb voll Kuchen, belegten Broten, Limonade und anderen Köstlichkeiten. Sie arrangierte das wundervollste Picknick, das die Grasfrauen je erlebt hatten, ohne den eigentlichen Anlass für ihr Handeln auch nur mit einem Wort zu erwähnen. Die Frauen verstanden auch so und waren berührt von der unerwarteten Wertschätzung.

Ach ja, Pauline! Sie war in vieler Hinsicht eine ungewöhnliche Frau, eine bemerkenswerte Persönlichkeit. Denke ich an Pauline, so muss ich noch heute schmunzeln ob ihrer Amour fou. Ob ich ihre Geschichte erzählen darf, ohne die Diskretion zu verletzen? Andererseits – es ist so viel Zeit verstrichen seit den Geschehnissen von damals. Längst sind alle, die darin verwickelt, nicht mehr da und auch von ihren Nachkommen fehlt jede Spur. Es würde also niemanden kompromittieren. Pauline war eine so ungewöhnliche Frau, es wäre schade, würde man in all den Forst- und Waldgeschichten Paulines Geschichte unterschlagen. Zeigt sie doch, welche Abenteuer das Leben zuweilen bereithält.

Pauline wohnte in meinen Mauern zusammen mit ihrem Mann, Forstmeister Albert, und ihren drei kleinen Söhnen. Sie war die angesehene Gattin eines angesehenen Mannes, der bekannt war für unnachgiebiges Festhalten an seinen Prinzipien. Es genügte, dass die Fransen des Perserteppichs nicht ordentlich in eine Richtung gekämmt waren, um seinen Missmut zu wecken. Oder gar der Verdruss, der in ihm aufstieg, wenn das Dienstmädchen beim Abstauben eine seiner Trophäen, ein Hirschgeweih, ein Rehgehörn oder die Waffen eines Keilers, aus dem Lot gebracht hatte. Ein Sakrileg, das er mit einem halben Tag schlechter Laune ahndete! Obwohl er es durch seine Pedanterie schaffte, das Leben ziemlich zu erschweren, war Pauline von einer gleich bleibend heiteren Gelassenheit, die sich wohltuend auf alle Menschen ihrer Umgebung auswirkte. Paulines Warmherzigkeit und ihr heiteres Wesen glichen das Ungemach darüber schnell wieder aus. Ihre Aufgaben, aufgeteilt auf ihre Kinder, die Küche, den Frauenverein, den Kirchenchor und den Ansprüchen ihres Gatten, füllten sie gänzlich aus. Sie hielt sich für eine glückliche, vom Schicksal begünstigte Frau, hatte sie doch alles, wonach sich viele andere Frauen sehnten: einen fürsorglichen Mann, gesunde Kinder, Wohlstand, Bildung, eine angesehene Stellung. Das alles wurde plötzlich in Frage gestellt an dem Tag, als sie in den Strudel der Konfusion geriet.
Die Konfusion, Pauline hatte die Ereignisse unter diesem Namen gebündelt, um sie überhaupt in Worte fassen zu können, die Konfusion also, kam in Gestalt eines Mannes und der Erfahrung, der wirklichen Liebe. Sie hatte sich verliebt, mit ganzem Herzen, ohne Wenn und Aber. Von einem Tag auf den anderen verlor sie ihre heitere Gelassenheit. Ihr Interesse, das sich bisher fast ausschließlich auf die Bedürfnisse ihrer Familie konzentriert hatte, konzentrierte sich jetzt fast nur noch

auf jenen Mann. Sie verlor ihren Seelenfrieden und schwankte beinahe beständig zwischen himmelhochjauchzend und völliger Verzweiflung. Pauline hatte nie damit gerechnet, dass ihr dergleichen widerfahren könne, hielt sich für gefeit gegen solche Torheiten. Nie hatte sie den Wunsch, ein Leben in einem solchen Chaos der Gefühle zu führen und oft sehnte sie sich nach der ruhigen Beschaulichkeit früherer Zeiten. Wieder und wieder grübelte sie, warum solches gerade ihr widerfuhr, wieso ihr ein Mann, den sie noch nicht lange kannte, derart den Seelenfrieden rauben konnte.

Es waren vor allem seine Hände, die sie so begehrte, die sie vertraut machten mit wirklicher Liebe. Seine Hände und sein Lachen brachten sie dazu, sich in Gefahr zu begeben. Denn in Gefahr begab sie sich reichlich. Ihr Ehemann würde ihr niemals verzeihen, er würde sie verstoßen, ja sie musste damit rechnen, dass er sie schlagen würde, erfasste ihn, was nicht unwahrscheinlich war, der Jähzorn. Verzweiflung überfiel sie, wenn Verstand und Gewissen sich zu Wort meldeten.

»Je suis folle«, seufzte sie dann, denn immer, wenn sie etwas sehr bewegte, verfiel sie ins Französische, der Muttersprache ihres Großvaters. Und doch setzte sie sich immer wieder aufs Neue in ihren eleganten Phaeton, um nach Wertheim zu fahren und beim Gärtner des Grafen Kräuter, Blumen und Ziegenkäse zu kaufen. Ihre Vorratskammer war neuerdings sehr gut bestückt mit diesen Dingen.

Paulines Geliebter war ein, der Liebe kundiger, Mann. Er liebte sie mit einer Hingabe, die ihr bisher unbekannt war. Ihren Wünschen gerecht zu werden war ihm wichtiger als die Erfüllung der eigenen Begierden. In seinen Armen vergaß sie alles, wurde wieder jung und unbeschwert. Mit ihm konnte sie lachen und fröhlich sein, wie lange nicht mehr. Er erweckte eine Seite in ihr, die sie bis jetzt selbst

nicht gekannt hatte. Deshalb hungerte sie nach ihm und warf, immer aufs Neue, alle Bedenken über Bord.
Eines Tages im April, auf der Rückfahrt eines ihrer Rendezvous fou, begegnete ihr der schnittige Jagdwagen ihres Herrn Gemahl. Für einen kurzen Augenblick meinte sie, noch eine zweite Person im Wagen erspäht zu haben, doch als der Wagen sich näherte, glaubte sie an eine Täuschung. Pauline winkte ihm zu, sie wusste, dass er noch einige Stunden zu arbeiten hatte. Es drängte sie nach Hause zu ihren Söhnen, aber während sie weiterfuhr, bereute sie, nicht angehalten zu haben. Es packte sie mit einem Mal der heftige Wunsch, zu ihrem Gemahl zu eilen, um ihm etwas Liebes zu sagen, ihm ein Zeichen ihrer Wertschätzung zu geben. Es war wohl ihr schlechtes Gewissen, das sich solcher Art zu Wort meldete. Gekonnt wendete sie die Kutsche, sie besaß ein erstaunliches Geschick auf diesem Gebiet, nur deshalb hatte Albert ihr den Phaeton geschenkt, und fuhr zurück.
Sie sah, wie der Wagen am hohen Berg in die Waldstraße abbog. Sie folgte der Straße, hatte aber den Wagen schon aus den Augen verloren. Aufs Geratewohl wählte sie den Weg zu der kleinen einfachen Pflanzhütte. Tatsächlich sah sie schon aus der Ferne den Jagdwagen dort halten. Heftig riss Pauline an den Zügeln und brachte ihren Phaeton zum Halten, als sie erkannte, dass vor der Hütte ihr Albert stand, den Arm um eine elegante Frau gelegt. Er schien ihr irgendetwas zu erklären, denn mit der anderen Hand zeigte er immer wieder auf den vor ihnen liegenden Pflanzgarten. Schließlich nahm er sie in seine Arme und küsste sie leidenschaftlich. Paulines Verblüffung war gewaltig. Ihr Verstand verarbeitete nur langsam, was ihre Augen gesehen hatten. Dann aber schlug eine Welle der Erleichterung über ihr zusammen. Ihr Kummer, das schlechte Gewissen, die Überraschung – alles wurde weggespült. Sie fühlte sich so leicht und unbeschwert, als

könnte sie fliegen. Schließlich beseelte sie eine ungeheuere Ruhe.
Sie fuhr spornstreichs zur Kirche, trat ein und zündete eine große Kerze an.
»Mon Dieu, ich wusste, du würdest mich nicht im Stich lassen, aber mit so einer Lösung habe ich nicht gerechnet!« Ihr Dank an den Allerhöchsten kam aus tiefstem Herzen.
Die Affäre des Herrn Forstmeisters mit Sofie von Waldberg sorgte lange für Gesprächsstoff in Stadt und Land. Nein, eigentlich erstaunte man sich mehr darüber, wie bewundernswert gelassen Pauline den Seitensprung ihres Mannes ertragen hatte. Dass sie immer noch so exklusive Launen pflegte, wie etwa Käse und Grünzeug ausschließlich vom gräflichen Gärtner zu kaufen und dafür die lange, beschwerliche Fahrt selbst auf sich nahm, verstand zwar niemand, aber man sah es ihr großzügig nach.

Zwischen all den Alltagsgeschäften, den jährlich wiederkehrenden Ritualen und Arbeiten am Wald und mit dem Wald, bemerkten nur wenige die heraufziehende Gefahr. Die Zeiten waren schlecht, Hoffnung auf Besserung hatten die meisten schon aufgegeben. Mit dem Börsenkrach, alle sprachen nur noch vom *Schwarzen Freitag,* verloren viele ihr Vermögen und die, die nie ein Vermögen hatten, verloren ihre Arbeit oder, da das Geld im Minutentakt an Wert verlor, die Möglichkeit, ihre bescheidene Existenz zu sichern. Auch bei uns im Forst wurden etliche Waldarbeiter entlassen, keine Lehrlinge mehr eingestellt und die Saisonarbeit für die Frauen verkürzt. Er hatte es also vergleichsweise leicht, der ›Rattenfänger vom Inn‹, die Leute in seinen Bann zu schlagen. Ein neuer politischer Führer, der Besserung versprach und – wie es schien – sein Versprechen auch halten konnte. Aber längst nicht alle waren froh darüber, dass Adolf Hitler am ersten Januar 1933 zum Reichskanzler ernannt wurde. Sorgenvoll unterhielt sich mein Forstmeister mit einem Freund über die neuen politischen Machtverhältnisse.

»Dieser Mensch ist nicht zu unterschätzen. Er ist machthungrig und so besessen von seiner Ideologie, dass er sie skrupellos durchsetzen wird. Man muss nur sein Buch lesen, um zu wissen, was uns blühen wird!« Angewidert schmiss er ein in dunkelbraunes Leder gebundenes Buch mit dem Titel *Mein Kampf* auf den Tisch.

Sein Freund, ein jüdischer Händler aus einem Dorf hier am Main, in Richtung Miltenberg gelegen, nickte bedächtig.

»Ich fürchte, nicht mehr lange hierbleiben zu können. So ich mich und die Meinen vor diesem Irren schützen will, muss es schnell geschehen. Jetzt, wo er die politische Macht in Händen hält, wird ihn niemand mehr daran hindern können, seine wahnsinnigen Ideen zu verwirklichen. Ich denke daran, Deutschland möglichst bald zu verlassen.« Seine Stimme klang brüchig, zusammengesunken saß er auf der Couch in der guten Stube der Forstmeister-Wohnung und starrte mit leeren Augen vor sich hin.

»Lesar! So schlimm wird es schon nicht kommen. Sie haben hier Ihr Geschäft, Ihre Existenz, Ihre Freunde, wo um Himmels willen, wollen Sie denn hin?«

Lesar Lustig, der jüdische Händler, sah ihn an, seine Augen waren feucht, er rang um Fassung.

»Sie haben selbst gesagt, Herr Forstmeister, man müsse sein Buch nur lesen, um zu wissen, was einem bevorstehe. Nun, ich habe es sehr aufmerksam gelesen und so wie sich dieser Mensch darstellt, glaube ich, dass es ihm bitterernst ist. Es wird also bald nicht mehr um mein Geschäft, um

meine Freunde oder meine Heimat gehen, sondern um die nackte Existenz für mich und die Meinen.«
Der Forstmeister räusperte sich mehrere Male, bevor er weitersprechen konnte.
»Sie wissen, Lesar, ich schätze Sie sehr und wenn ich es recht bedenke – ja, vermutlich haben Sie Recht. Jedenfalls können Sie wohl nicht riskieren, abzuwarten, ob sich die Lage entspannt, was ich persönlich nicht zu hoffen glaube. Es könnte dann zu spät sein. Wenn ich Ihnen irgendwie behilflich sein kann, lassen Sie es mich wissen. Es ist mir eine Freude, Ihnen und Ihrer Familie zu helfen. Herrje, da fällt mir auch Hannah ein! Das ist die Frau meines Vorgängers, Sie erinnern sich vielleicht an Sie?«
Lesar nickte. »Ich weiß, sie gehörte der jüdischen Gemeinde an. Sie war auch öfters in der Synagoge in Wertheim. Außerdem«, er lächelte schwermütig, »sie war eine sehr gute Kundin von mir. Hat immer sehr feine Dinge gekauft. Stoffe und Tuche, Schuhe und Taschen immer vom Feinsten.«
»Nun, sie ist mit einem Arier verheiratet, da genießt sie hoffentlich einen gewissen Schutz?« Zweifelnd sah er Lesar an. Der zuckte resigniert mit den Schultern, griff nach seinem Hut und wandte sich zum Gehen.
»Verlassen würde ich mich darauf nicht. Sie war eine so schöne und vornehme Frau! Schreiben Sie Ihrem Kollegen, er soll sie in Sicherheit bringen.« Seine Stimme versagte jetzt endgültig, er drückte dem Forstmeister heftig die Hand und wandte sich schnell zum Gehen, sich seiner Tränen schämend.
Es war das letzte Mal, dass sich die beiden sahen, denn schon wenige Wochen später wanderte Lesar mit seiner Familie nach Israel aus.
Mir fuhr dieses Gespräch ordentlich ins Gebälk! Ich war in großer Sorge um Frau Regina. Was würde da alles an Bedrohlichem auf uns zukommen? Ich stöhnte

kummervoll und meine alten Balken ächzten gewaltig, aber, wie meistens, waren meine Menschen zu sehr mit ihren Alltagssorgen beschäftigt, um dies wahrzunehmen.

Von dieser Zeit an kam das Unheil, wie es oft zu kommen pflegt: zügig und unaufhaltsam. Die neuen Machthaber überließen jetzt nichts mehr dem Zufall. Zuerst stellten sie sicher, dass der gesamte Staatsapparat ihrem unbedingten Gehorsam unterworfen wurde. Alle Beamten hatten dem *Reichsbund Deutscher Beamten* beizutreten, und auch für meinen Forstmeister gab es, wollte er nicht Brot und Stellung verlieren, keine Ausnahme. Zähneknirschend erfüllte er das Befohlene, und es war noch lange nicht die letzte Anweisung, der er mit Widerwillen nachkam.
Die endgültige Konzentration der Macht auf die Person *des Führers* erreichte dieser schließlich durch die Zusammenlegung des Amtes von Reichskanzler und Reichspräsident. Um den Schein der Demokratie zu wahren, gab es einen Volksentscheid und hierfür den Aufruf an alle deutschen Beamten, *dem Führer Adolf Hitler ein millionenfaches ›Ja‹* zu geben. Etwas anderes hätte – Beamter oder nicht Beamter – ohnehin kaum einer gewagt.

Es gab kein *Guten Tag* oder gar *Grüß Gott* mehr zur Begrüßung, stattdessen hatte man ein zackiges *Heil Hitler* zu rufen und den rechten Arm dabei waagrecht nach vorne zu strecken. Dachte mein Forstmeister anfangs noch, diese Anordnung, zumal im Alltagsgeschäft, etwas lockerer handhaben zu können, hatte er weit gefehlt! Denn, wie die Würmer aus dem Aas, krochen alsbald die Spitzel durch die Reihen der Waldleute und schon bald lag die schriftliche Beschwerde auf des Forstmeisters Schreibtisch, es soll, wie bekannt geworden, im Grußverkehr von Beamten und Staatsforstarbeitern nicht durchweg so verfahren werden, wie es den Bestimmungen entspricht. *Bei allen Amtshandlungen, auch bei Dienstbegängen und Dienstfahrten* sei der deutsche Gruß anzuwenden, wird unser Chef nachdrücklich angemahnt. Mit verkniffenen Lippen und mit nur eben angedeuteter Armbewegung kam er der Aufforderung nach, wohl wissend, dass inzwischen Leute über politische Macht und Einfluss verfügten, die man früher kaum wahrgenommen hatte.

Wie sonst wäre es zu erklären, dass plötzlich ein Waldarbeiter aus Schollbrunn einen meiner Forstmeister beleidigte? Indirekt zwar nur, aber immerhin. Besagter Waldarbeiter, nennen wir ihn einfach Müller, eifriges Mitglied der NSDAP und immer sehr durstig, hatte nach einigen Maß Bier im Wirtshaus einen Streit mit einem Kollegen vom Zaun gebrochen. Er beschuldigte diesen, nennen wir ihn Maier, den Platz als Stammarbeiter mitnichten durch eigene Leistung errungen zu haben.

»Du bist ä Schöscheißer, mehr nit! Und nur desweche haste sellemal de Platz als Stammarbeiter kriecht.«

Das ging nun Maier, einem tüchtigen und fleißigen Arbeiter an die Ehre und er forderte einen Sühnetermin, zu dem sein Kontrahent einfach nicht erschien. Stattdessen suchte dieser Hilfe bei der Partei, wozu sonst hatte er sich schließlich auf die Seite der Starken, der Herrschenden gestellt?

Amtlicherseits zog man Erkundigungen ein, und mein ehemaliger Forstmeister wurde aufgefordert, schriftlich Stellung zu nehmen. Dieser spielte mit dem Gedanken, eine Anklage wegen Berufsbeleidigung zu stellen, unterließ es dann aber, da man ihm zu verstehen gegeben hatte, eine derartige Klage werde nicht erfolgreich sein. Eine solche Anklage *sähe nach Standesdünkel aus, und das sollte tunlichst vermieden werden.* Enttäuscht beklagte sich der Forstmeister bei seinem Nachfolger, mit dem er befreundet war, über *Leute, die die Gesinnung wechseln wie das Hemd.* Die beiden Arbeiter wurden ebenfalls zur Räson gebracht. *In diesen harten Zeiten sollen die Arbeiter ihr sauerverdientes Geld nicht in gegenseitigen Prozessen und Anklagen verschleudern,* lautete die Ermahnung und damit war klar: Wer die Macht hat, hat das Sagen! Immerhin wird Müller in seine Schranken verwiesen, durch die *Androhung der Nichtmehrbeschäftigung* bei Wiederholung der Beschuldigung. Zu einem entkrampften, offenen Umgang trugen derartige Zwischenfälle nicht bei.

Die Lage blieb also frostig bei uns am Forstamt. Die Schusswaffen mussten abgegeben werden. Man stelle sich vor: Forstmeister, Förster und Jäger ohne eigene Gewehre! Das ist wie, das ist wie ... ich weiß nicht, ob Sie nachvollziehen können, was das für die Leute bedeutete? Um es mal ganz hart herauszuschleudern: Es war fast wie, Pardon ob der harten Ausdrucksweise, es war fast wie Kastrieren! Aber auch diese Entmündigung ertrug man klaglos, offiziell jedenfalls, denn alles andere war brandgefährlich.
Dann kam die Notwendigkeit für meine Forstleute, einen Arisiernachweis zu erbringen. Mehrere Generationen rückwärts durfte kein Jude unter den Vorfahren sein, sonst konnte man nicht länger Beamter bleiben. Glücklicherweise gab es unter meinen Forstleuten nur reine Arier, sodass sich keine Dramen abspielten. Öfter denn je ging mir das Schicksal von Frau Regina durch den Kopf, ob sie wohl in Sicherheit war? Nie, bis auf den heutigen Tag nicht, habe ich erfahren, ob sie diese Zeit des Wahnsinns halbwegs unbeschadet überstehen konnte.

Nicht nur bei uns am Forstamt wurde die Lage zunehmend schwierig. Auch ins Dorfleben griffen die neuen Herrscher

energisch ein. Den Ordensschwestern wurde die Erlaubnis zu unterrichten entzogen, sogar die Handarbeitsschule für Mädchen geschlossen. Den Einfluss der Kirche und der Religion suchte man so zunehmend zu verdrängen. Feiertage, die der bäuerlich geprägten Gemeinde besonders am Herzen lagen, wurden abgeschafft oder auf Sonntage verlegt, Bittgänge und Flurprozessionen verdrängt, und sogar vor der Fronleichnamsprozession machte man nicht Halt. Das führte dazu, dass der Herr Pfarrer meinem Forstmeister einen Besuch außer der Reihe abstattete. Man pflegte freundschaftlichen Umgang miteinander, traf sich regelmäßig mit dem Herrn Lehrer zum Kartenspielen und diskutierte dabei die großen und kleinen Ereignisse des Welt- und Dorfgeschehens. Sorgenvoll berichtete Hochwürden vom Verbot, die Fronleichnamsprozession auf öffentlichen Straßen und Plätzen abzuhalten.
»Ich weiß nicht, was tun! Soll ich klein beigeben und meine Schäflein enttäuschen? Wie weit geht diese braune Brut eigentlich noch, wenn wir uns ihr nicht endlich couragiert in den Weg stellen? Viele sind über die Maßen erbost ob dieser Verordnung und durchaus zum Widerstand bereit. Widersetze ich mich, bringe ich aber nicht nur mich in Gefahr, sondern auch meine mir anvertrauten Schäfchen. Kann ich das verantworten?« Ratlos blickte er sein Gegenüber an.
Mein Forstmeister zupfte sich unentwegt die Barthaare. Das tat er immer, wenn er angestrengt nachdachte. Für eine ganze Weile herrschte Stille. Dann ging ein Leuchten über das Gesicht des Forstmannes. »Auf öffentlichen Straßen und Plätzen ist die Prozession verboten, sagten Sie, Hochwürden?« Der Pfarrer nickte mit kummervollem Gesicht.
»Nun, dann braucht es ein wenig Juristengeist oder Bauernschläue, nennen Sie es, wie Sie wollen!«

Hochwürden sah ihn fragend an. Das spitzbübische Lächeln ließ eine zarte Hoffnung in ihm aufkeimen.
»Erklären Sie sich genauer, Herr Forstmeister! Haben Sie eine Idee, wie wir aus diesem Dilemma herauskommen?«
Mein Forstmeister nickte und strahlte über das ganze Gesicht. »Nun, offener Widerstand wäre riskant und wahrscheinlich von wenig Erfolg gekrönt, wie Sie schon richtig bemerkten. Schlagen wir sie mit den Waffen der Bürokratie, meiden wir öffentliche Straßen und Plätze!«
Hochwürden schien des Forstmeisters Pläne noch nicht verstanden zu haben.
»Nun, soweit ich weiß, ist sowohl Kirche als auch Schwesternhaus mit jeweiligem Umgriff im Besitz der Kirche beziehungsweise des Ordens. Was also hindert Sie, die Prozession zwischen Kirche und Schwesternhaus hin und her zu führen und dort die Altäre aufzubauen? Nicht so zufrieden stellend wie sonst, zugegeben, aber unter den herrschenden Bedingungen eine tragbare Alternative, wie ich meine.«
Hochwürden musterte meinen Forstmeister einen Augenblick verblüfft, dann schlug er ihm begeistert auf die Schulter.
»Beim heiligen Hubertus, Forstmeister, Sie sind ein Fuchs! Ein echter Fuchs! Dass ich darauf nicht selbst gekommen bin! Natürlich! Das ist die Lösung!« Er versank in kurzes Nachdenken, um dann begeistert auszurufen: »Wenn wir den Zaun zwischen Schwesternhaus und Kirche abbauen, können wir zwischen den beiden Gebäuden hin und her ziehen! Heureka, das ist die Lösung!«
Eine Prozession gänzlich auf kircheneigenem Grund und Boden, das war tatsächlich die Lösung, und wir haben uns diebisch gefreut!

Zu Zeiten des Königreiches war die Aufregung groß, wenn der Prinzregent in unseren Wald zur Jagd kam. Jetzt kündigte ein Gaujägermeister aus der Pfalz seinen Besuch an, und der Wirbel, den dieser Besuch verursachte, war nicht kleiner. Beim Prinzregenten konnten sich meine Forstleute des Wohlwollens Seiner Majestät gewiss sein. Diesmal war das keineswegs so. Also war neben der allgemeinen Aufregung vor allem eines spürbar: Angst. Angst, die Erwartungen des Gaujägermeisters von Thangein nicht erfüllen zu können, Angst in die unbarmherzige Maschinerie der Ungnade zu fallen, die die Mächtigen dieses System so wirksam einzusetzen wussten.
Zur Unterbringung und Verpflegung des Gastes wurden Forstverwalter Hausschälker aufs Auge gedrückt. Hinfällig seine Einwände, das alte Forsthaus biete keine standesgemäße Unterbringung, er habe eine kranke Frau und könne so die Verpflichtungen als Gastgeber nur sehr schwer wahrnehmen, überdies müsse er die kleine Tochter, gerade eben erst eingeschult, auf dem weiten Schulweg durch den Wald begleiten. Dem Gaujägermeister einen guten Hirsch vor die Büchse zu führen, war noch die leichtere Aufgabe, die sich mein Forstmeister und sein Forstwart teilten, anstrengender war es, die zahlreichen Sonderwünsche des Gastes zu erfüllen.
Alles lief gut und den Beamten wurde vom Regierungsforstamt schriftlich die Kenntnis gegeben, dass der Gaujägermeister mit Führung und Fürsorge der örtlichen Beamten sehr zufrieden gewesen sei.
Zu sehr zufrieden, nebenbei, denn bei der nächsten Hirschbrunft schon ein Jahr später, war er wieder da und der Wirbel begann von vorn. Diesmal erlegte er einen Ia Hirsch, einen gut veranlagten Vierzehnender, leider noch zu jung, etwa neun oder zehnjährig, was dem

Gaujägermeister leidlich gleichgültig war. Für ihn zählte die Trophäe.
Wie überhaupt die hehren und strengen Gesetze der Waidgerechtigkeit hier und da gebeugt wurden. Die Zeiten wurden hart und härter. Ein Ende des unseligen Krieges war noch nicht in Sicht, und die Versorgung der Bevölkerung wurde immer schwieriger. Die Einhaltung des Abschusses wurde immer wieder angemahnt, ohne Rücksicht auf die Brunft, selbstverständlich! Die Fleischversorgung der Bevölkerung sei zu sichern. Nicht der hiesigen Bevölkerung, nein, wo denken Sie hin! Das Fleisch verschwand zur Sicherung der Versorgung der wichtigen Personen des Staates.

Es gab noch so manches Unerfreuliches aus dieser Zeit, aber wie ich schon sagte: Nicht alles muss erzählt werden. Leid und Not waren bald in jeder Familie zu Gast, und der Zusammenbruch dieses Reiches war so bombastisch, wie sein gut inszenierter Beginn. Vollkommene Niederlage, Zerstörung und Not an allen Ecken und Enden.
Bis in den entlegenen Winkel unseres kleinen Spessartdorfes war nun der Krieg sichtbar und spürbar. Bombengeschwader und Tiefflieger überflogen jetzt auch tagsüber das Dorf. Groß war die Aufregung, als im April 1944 fünf Sprengbomben am Tannenkopf niedergingen. Das Ereignis wurde bestaunt wie eine Sensation, nur die Flüchtlinge aus den Großstädten, ausgebombt und reich an solch leidvollen Erfahrungen, zeigten eine schicksalsergebene Gleichgültigkeit, die die Einheimischen nicht nachvollziehen konnten.
Bevor die Sieger im Dorf einzogen, herrschte Angst und Schrecken. Gerüchte machten die Runde, wonach der ganze Spessart in die Rhön evakuiert werden sollte, und die ganz Ängstlichen hielten sich bereit zur Flucht oder versuchten bescheidene Vorräte an Lebensmitteln

anzulegen, da es hieß: *Die Amis wollen alle aushungern lassen!*
Bevor aber die Amerikaner das Dorf besetzten, zog ein Trupp russischer Kriegsgefangener durchs Dorf und kampierte am Dorfausgang. Die erschöpften, ausgemergelten Gestalten entsetzten die Altenbucher, und man begann zu ahnen, dass im Namen der Machthaber viel Unrecht geschehen war. Schnell fand sich Hilfe, denn Mitgefühl mit denen, die nichts hatten, war hier immer vorhanden. In großen Waschkesseln kochten die Frauen Kartoffeln für beinahe zweihundert entlaufene russische Kriegsgefangene in den letzten Märztagen des Jahres 1945.
In den Ostertagen ging auch hier der Krieg zu Ende. Von Wintersbach und Eschau her grollte das Artilleriefeuer jetzt unablässig herüber. Am Karsamstag wurden einige Häuser im Unterdorf beschädigt, als durchziehende deutsche Soldaten unter Beschuss gerieten. Am Morgen des Ostersonntages geschah das gleiche im Oberdorf. Verletzt wurde wie durch ein Wunder niemand. Zur Ostermesse am Morgen wagten sich nur die Allermutigsten.
»So, Fritz, sieh zu, dass du geschwind nach Hause kommst!«, gab der Herr Pfarrer seinem tapferen Ministranten Anweisung, sich nach der Messe schnell in Sicherheit zu bringen. Am Nachmittag kam von Wildensee her der erste amerikanische Spähwagen durchs Dorf gefahren. Als er Richtung Breitenbrunn auf deutsche Soldaten stieß, zog er sich schnell wieder zurück. Es folgte starker Beschuss und schließlich die motorisierten Truppen, die durchs Dorf rollten.
Am Ostermontag war das ganze Dorf unter amerikanischer Besatzung und auch in meinen Mauern zog ein Captain mit seinem Stab ein. Mein Forstmeister hatte sich nie als *Waffenbruder der Soldaten* gefühlt, wie

das offizielle Bild der Machthaber des Dritten Reiches die Forstleute gerne darstellte. Deshalb waren ihm auch Ideen wie *Verteidigung bis zum letzten Mann* und *Gründung von Partisanenverbänden* gänzlich zuwider. Er hatte, wie so viele, reichlich genug von diesem elenden Krieg und empfing den Captain höflich distanziert. Fremde Laute klangen durch meine Mauern. An Französisch war ich gewohnt, mit einiger Bescheidenheit darf ich sagen, davon verstand ich allerhand. Aber diese hart klingende amerikanische Sprache war mir gänzlich fremd. Auch mein Forstmeister konnte sich nur schwer mit dem Captain verständigen. Der interessierte sich vor allem für die vorhandenen Karten aus der Umgebung, und nachdem das anfängliche Misstrauen überwunden war, waren sich die beiden recht gut, trotz der Sprachprobleme. Dankbar genoss mein Forstmeister die amerikanischen Zigaretten, und die Kinder im Dorf zum ersten Mal in ihrem Leben Kaugummi. Das war eine solche Sensation, dass sie den Kaugummi über viele Tage zu konservieren suchten. Er wurde des Abends sorgsam irgendwohin geklebt und am nächsten Morgen weitergekaut, auch dann noch, als er wirklich nach gar nichts mehr schmeckte.
Der Belagerungszustand wurde verhängt, das bedeutete fest geregelte Ausgangszeiten für die Bevölkerung. Acht Tage lang währte dieser und wurde wieder aufgehoben, als die Soldaten weiterzogen.
Jetzt hieß es für die Überlebenden, Not und Mangelwirtschaft zu meistern. Für die Bewältigung von Trauer und Schmerz, mit denen so gut wie jeder zu kämpfen hatte, blieb weder Raum noch Zeit.
Der Wald war einmal mehr gefordert, beim Überleben zu helfen. Große Kahlflächen hatten sich schon zum Ende der Kriegszeiten in den Spessart gefressen, um den Hunger nach Geld und dem Rohstoff Holz zu tilgen. Jetzt kam noch das Verlangen der Sieger nach Tilgung der Schuld

hinzu, und die Kahlflächen mehrten sich. Die berüchtigten E- und F-Hiebe waren es, die den Forstleuten Kummer bereiteten, denn sie erfolgten ausschließlich nach wirtschaftlichen Gesichtspunkten und ließen alles waldbaulich Erforderliche außer Acht. Zusätzlich gingen die Dorfbewohner weiter zum Grasschneiden, Streusammeln und Rechtholzlesen in den Wald, unerlässlich für ihr Überleben, für den Wald eine weitere Belastung.

Einmal, als mein Forstmeister mit einem seiner Förster durch das Parktor in den Wald fahren wollte, trafen sie auf ein Fuhrwerk. Eine magere Kuh war vor einen klapprigen Leiterwagen gespannt, der mit dünnen Rechtholz-Prügeln beladen war. Auf dem Wagen saß eine junge Frau, neben ihr ein schlaksiger, junger Mann mit buschigen Augenbrauen. Auf ein Zeichen der Frau, sprang der Junge ungelenk vom Wagen, öffnete das Tor, um die Kutsche des Forstmeisters passieren zu lassen, dabei verbeugte er sich übertrieben tief, als die Kutsche vorbeirollte. Der Forstmeister stoppte und sah misstrauisch zurück.

»Sollten wir nicht mal prüfen, was tiefer unten im Wagen steckt?«

Der Forstwart winkte beschwichtigend ab.

»Nein, nicht bei der Frau! Das ist die Bromms Lene, eine durch und durch ehrliche Haut. Der Junge ist ihr Schwager und na ja – nicht so ganz richtig im Kopf, deswegen benimmt er sich so komisch. Aber für die Lene leg ich meine Hand ins Feuer, da ist alles in Ordnung.«

Die Fahrt wurde also ohne Kontrolle fortgesetzt, und sorgenvoll registrierten die Forstleute die vielen Schadstellen im Parkzaun. Die Wildschweine waren dabei, sich kräftig zu vermehren, denn einen ordentlichen Jagdbetrieb gab es nicht mehr seit Kriegsende. Die Jagdwaffen, so überhaupt noch vorhanden, hatten alle abgegeben werden müssen. Zur Jagd gingen jetzt die amerikanischen Besatzer, und zwar auf ihre ganz eigene Art, sehr zum Kummer der Forstleute und einheimischen Jäger.

»Da sind mir ja fast die Spessarter Wilderer noch lieber als die Amis!«, machte Herr Forstmeister seinem Unmut Luft. »Die wildern, um ein Stück Fleisch im Topf zu haben und lassen ohne Not das Wild nicht leiden. Bei den Amis scheint es nur ums Abschießen zu gehen. Ich habe den Eindruck, es ist für sie ein Sport, wie für uns der Fußball.«

Schon im ersten Herbst nach Kriegsende kündigt das Regierungsforstamt amerikanische Jagdgäste an. Das Forstamt müsse damit rechnen, dass Angehörige der Besatzungsmacht als Jagdgäste zugewiesen werden. *Vorsorglicherweise sind daher die Hochsitze instandzusetzen, die Führung, sei es durch Beamte oder Vorarbeiter, und die Unterkunft zu planen. Letzteres wird erleichtert sein, dadurch dass die Gäste wohl über Kraftwagen verfügen und auch für Verpflegung sorgen können.*

Sie waren wilde Jäger, die Amerikaner, und von Waidgerechtigkeit hatten sie wohl noch nicht viel vernommen. Den einheimischen Jägern blutete das Herz ob der vielen Jagdvergehen, und die Proteste mehrten sich. Es wurden keine Schonzeiten eingehalten, der Abschuss an Kirrungen und Äsungsflächen war für die Amerikaner Selbstverständlichkeit und galt nicht, wie bei uns, als ehrenrührig. Man mühte sich um Abhilfe, ohne die Besatzer zu verärgern. Da die Verständigung oft große Schwierigkeiten bereitete, half man sich mit einem vom Forstamt Schweinfurt erstellten zweisprachigen Musterzettel, der den Angehörigen der Armee vorgezeigt wurde.

Gem. Anordnung des Hauptquartiers der 3. Armee der USA v. 21.8.45 Nr. 115 ist den Truppen die Jagd unter Einhaltung der Schonzeit gestattet. Beim Rehwild ist die

Schusszeit der Böcke am 15. Oktober 1945 abgelaufen, weibliches Rehwild hat überhaupt keine Schusszeit.
Es wird daher gebeten, die Bejagung von Rehwild zu unterlassen.
Pursuant to a regulation of the Headquarters of Third US Army of Aug. 21, 1945, No. 115, the troops are allowed to hunt considering the close time. The time for hunting roebucks had passed on Oct. 15, 1945. Does shall not be hunting at all.
Therefore hunting of deer has to be discontinued.

In den Gaststätten von Wertheim und Umgebung, in denen die Amerikaner gern ein Bier tranken, hing ein Plakat mit der Aufschrift: *Würdest du eine Kuh aus Sport schießen? Dann schieße auch nicht auf hungerndes Wild im Winter!*
An Zufahrtsstraßen zu den Wildfütterungen oder an Gebäuden in ihrer Nähe las man Schilder mit der Aufschrift: *Dies ist ein Futterplatz für hungerndes Wild! Bitte schieße nicht! Es ist unsportlich!*
Nachhilfe in deutscher Waidgerechtigkeit für die amerikanischen GIs! Diese Nachhilfe war auch dringend nötig, denn auch bei der Ausrichtung von Treibjagden auf Wildschweine gingen die Amerikaner in ihrer Unwissenheit und mangelnden Erfahrung völlig unbekümmert und arglos große Risiken ein, schossen sorglos durch die Schützenlinie oder ins Treiben hinein. Sie gefährdeten damit vor allem die Treiber, oft Jugendliche oder halbe Kinder noch. Mehr als einmal brach deshalb ein einheimischer Jäger das Treiben ab, sehr zum Verdruss der Amerikaner, die den Grund nicht erkennen konnten oder wollten.
»Sollen sie doch an die Schießbude auf der Michaeli-Messe, da können sie ballern!« Mein Forstmeister hatte besondere Schwierigkeiten mit dem Jagdverständnis

seiner neuen Jagdherren, denn das waren sie ja nun, daran war nichts zu ändern.
»Wenn sie wenigstens die Treibjagden vernünftig hinbekämen und wirklich effektiv die Sauen bejagen würden. Man kann ihnen guten Gewissens ja niemand als Treiber mitgeben. Die Männer sind noch in Gefangenschaft, und die Buben müssen um ihr Leben fürchten, nur weil die so schussgeil sind. Wir haben unser Jägerleben lang die Wildbestände zu hegen und zu pflegen gesucht, die kommen raus und leddern alles zamme!«
Sichtlich angewidert knallte er seine Jagdausrüstung in die Ecke und ließ dabei völlig außer Acht, dass jede geschossene Wildsau ein Segen für die Dörfler war, denn sie konnte schon nicht nächtens aufs Feld und die Kartoffeln auffressen.

Der Wildpark bot nicht länger Schutz, und das Schwarzwild wurde mehr und mehr zum Konkurrenten um die spärliche Nahrung. Die Kartoffeln, das wichtigste Grundnahrungsmittel für die ausgehungerte Bevölkerung, war begehrte Speise für Mensch und Wild gleichermaßen. Endlich gestattete man den Dorfbewohnern, Wachen aufzustellen, um das Wild zu vertreiben. Die jungen Männer und Burschen wachten in mehreren Schichten am Waldrand, schürten Feuer, lärmten, um das Wild zu vertreiben. Ein mühsames Unterfangen, von geringem Erfolg. So kam, was kommen musste, mein Dorf als Wildererdorf abstempelte und seine Bewohner in den Ruf wilder Haudegen brachte. Die Rolle, die Weibersbrunn gute hundert Jahre früher gespielt hatte, übernahm jetzt Altenbuch und der Grund war, damals wie heute, der gleiche: Not und der Wille zu überleben.
Einer der Burschen hatte sechs unmündige Kinder zu ernähren, war selbst arbeitslos, und die Familie hatte von gut dreißig Mark die Woche zu leben. Er hatte sich bei

Kriegsende im Wald versteckt gehalten aus Angst, von den Amerikanern in Gefangenschaft geschickt zu werden. Bei seinen Streifzügen fand er einen alten verrosteten Karabiner, den er wieder schusstauglich brachte.
Die jungen Burschen hatten schnell erkannt, dass ihre Bemühungen, das Wild zu vertreiben, vergeblich waren. Unterstützung durch die Forstleute war nicht zu bekommen, diese hatten weder Jagderlaubnis noch Gewehre. Also griff man zur Selbsthilfe: Die alten Karabiner der Großväter wurden aus den Verstecken geholt, und die Schwarzkittel zur Strecke gebracht. Nach und nach gewannen die Burschen an Erfahrung und Professionalität. Sie jagten mit Hunden, immer mehr Passion und sehr viel wirkungsvoller als die Amerikaner. Schon bald hatten etliche von ihnen Pistolen, ja wenige Jahre nach dem Krieg auch schon die Waffen der alliierten Besatzer. Woher sie diese hatten, weiß ich nicht zu sagen. Waren sie anfangs nicht sehr erfolgreich, einer von ihnen schoss sich im Übereifer selbst in den Arm, wurden sie mehr und mehr kundig in diesem Handwerk. Mit dem Erfolg kam die Gefahr. Es bildeten sich Wildererbanden, die schon bald der Leidenschaft des Jagens verfallen waren. Dianas Kuss, Sie verstehen? Beinahe jeder junge Bursche aus dem Dorf hegte den Traum, selbst auf die Jagd zu gehen, ebenso wie die jahrhundertelang verhassten Kurfürsten und deren Forstleute, ihnen zu zeigen, dass man dieses Handwerk selbst ebenso gut, wenn nicht besser verstand. Jagdtrophäen, wie etwa Abwurfstangen, wurden bald schon fast genau so wichtig wie das Fleisch selbst. Die Geschichte lief aus dem Ruder, denn auch als die Verhältnisse, politisch und administrativ, längst wieder in geordneten Bahnen liefen, als wieder ein geregelter Jagdbetrieb einsetzte, und die Wildschweine dezimiert waren, konnten die Burschen nicht mehr von ihrer einmal erweckten Leidenschaft lassen.

Über lange Zeit schützte sie die Solidarität und der Zusammenhalt im Dorf: Gut funktionierende Wachdienste und eiserne Verschwiegenheit. Je besser das funktionierte, desto dreister wurden die Burschen. Sie liefen am hellen Tag mit Gewehr oder Jagdbeute durchs Dorf, legten sich mit den Waldarbeitern an und noch einiges mehr. Die Forstleute hatten die unerlaubte Jagdkonkurrenz immer schärfer im Auge und längst war das anfängliche Verständnis für deren Tun dem Ärger über ihre Dreistigkeit gewichen. Eines Tages dann, es war immerhin schon acht Jahre nach Kriegsende, klappte die Falle zu.
Ein Sonderkommando der Polizei aus Aschaffenburg überrollte das Dorf: Durchsuchungsbefehle und Erfolge bei der Fahndung. In jedem meiner Zimmer saßen Polizisten und verhörten Verdächtige. Das kleine Dorf im Spessart sorgte für überregionale Schlagzeilen. Schließlich wurden die Delinquenten auf der Ladefläche eines Lastwagens nach Aschaffenburg abtransportiert.
Stolz singend und die Hüte schwenkend, hätten sich die Männer abtransportieren lassen, sagt die Legende. Alles Unsinn, ich versichere es Ihnen! Verzweiflung und Angst stand in den Gesichtern. Viele begriffen erst jetzt, was sie riskiert hatten. Frauen und Kinder, Eltern und Großeltern blieben zurück, ungewiss, was aus dem Ernährer der Familie werden würde. Das ganze Dorf stand Kopf, es trieb alle um vor Sorge.
Kurz und knapp: Die Sache ging verhältnismäßig glimpflich aus. Die Burschen hatten gleich mehrere Fürsprecher, denen es gelang, sie herauszupauken. Der Pfarrer, der spätere Bürgermeister und noch einige mehr, die einen guten Ruf im öffentlichen Leben hatten, setzten sich energisch für sie ein, warben um Verständnis.
Verurteilt wurden sie nicht wegen Wilderei, sondern wegen unerlaubten Waffenbesitzes, in den meisten Fällen wurde die Zeit der Untersuchungshaft auf die Strafe

angerechnet, und so waren sie mit dem berühmten blauen Auge davongekommen. Erwähnen Sie aber heute Altenbuch, so werden Sie von anderen Bewohnern aus der Region teils bewundernd, teils reserviert noch immer: »Ah, ja die Wilderer dort!«, zu hören bekommen. Dabei war es beileibe nicht der einzige Fall! Auch in anderen Spessartdörfern gab es nach Kriegsende nicht nur die gleichen Probleme, sondern auch die gleiche Methode, sich Abhilfe zu verschaffen.

In der Zeit um das Kriegsende und danach waren in meinen Mauern viele Menschen untergebracht. Es wurde reichlich eng hier, obwohl ich noch einige Jahre vor dem Krieg vergrößert worden war. Es war im Jahre 1932, als ich am östlichen Ende angebaut wurde und damit etwa um ein Drittel größer war als zuvor. Der Eingang zum Forstamt wurde in diesen Teil verlegt und somit hatte die Forstmeister-Familie einen eigenen Eingang. Der vielen Bewohner wegen, die jetzt in meinen Mauern Zuflucht suchten, mussten sich alle einschränken, von allen wurde gefordert, zurückzustecken. Ausgebombte Städter ebenso wie Heimatvertriebene, wie man die Flüchtlinge aus dem Osten nannte. Man teilte sich die Küche, das Bad und die Toiletten, natürlich nicht freiwillig. So gab es denn auch häufig Streitereien und Auseinandersetzungen, bei denen die Einquartierten meist den Kürzeren zogen.
»Ober sticht Unter!«, meinte eine von Samiras Nachfahren lakonisch und empfahl mir, diese Querelen nicht weiter zu Herzen zu nehmen, schließlich seien sie nur allzu menschlich.

Das Leben war hart damals, wie ich es meistens erlebte, seit ich hier hoch oben über dem Dorf throne. Die Menschen konnten sich aber trotz Armut, Arbeit und Überlebenskampf noch richtig freuen, auch an kleinen, heute selbstverständlichen Dingen. Heute nutzt jeder sein Auto, meist auch für sehr kurze Wege. Damals hatte kaum einer ein Auto, und die Zeit für lange Fußmärsche musste sich jeder nehmen.

Die Waldarbeiterinnen aus Schollbrunn hatten täglich einen langen Fußmarsch bis zur Pflanzhütte zurückzulegen, um dann noch an ihren eigentlichen Arbeitsplatz irgendwo im Wald zu laufen. An einem kalten, windigen Tag im Herbst, als sie unterwegs waren, um Eicheln zu säen, hielt an der Verbindungsstraße Schollbrunn–Rohrbrunn ein Autofahrer und lud sie ein, mitzufahren. Es war in diesen Zeiten schon eine Sensation, hier oben einem Auto zu begegnen, aber noch viel aufregender war es, zum Mitfahren eingeladen zu werden. Keine von ihnen hatte je in einem Auto gesessen.

»Mer könne net aafach eisteiche un mitfahre«, warf die Vorsichtigste unter ihnen ein.

»Mer wernde ja blöd, wann mers net täte!«, hielt die mutigere und pragmatisch Veranlagte dagegen.

Schließlich stiegen sie ein. Es war ein hellblauer VW-Käfer, und schon bald berauschte sie die schnelle Fahrt. Das Glücksgefühl, das ihnen die erste Autofahrt ihres Lebens verschaffte, war so überwältigend, dass es gar nicht mehr in Frage kam, an ihrem ursprünglichen Ziel auszusteigen. Sie fuhren weit übers Ziel hinaus bis Rohrbrunn, und liefen dann klaglos den weiten Weg zurück, lebhaft ihr unglaubliches Erlebnis diskutierend und genießend.

Was, wenn es nicht auch Spaß und Freude bei uns gegeben hätte? Wie hätten wir die schwierigen Zeiten durchstehen sollen, wenn nicht auch immer Menschen mit einer großen Portion Humor oder Menschen mit herzerfrischender Originalität für Lachen und Freude gesorgt hätten? Leider habe ich das Meiste hiervon vergessen, aber die eine oder andere Episode fällt mir

schon noch ein. Neben der Wilderei waren es ja hauptsächlich die Holzfrevel, die für Ärger sorgten. Einmal, an einem kalten Herbsttag, erwischte einer meiner Förster einen Altenbücher beim Fällen einer dicken Buche, gleich am Wegrand, in günstiger Position für den schnellen Abtransport also. Schönes Brennholz, leider viel, viel zu stark, um noch als Rechtholz zu gelten.
»Was treibst du denn da?«, fragte er den Delinquenten streng.
Schwer atmend setzte der Mann sein Beil ab und hielt mit der Arbeit inne. Motorsägen besaß damals noch keiner, und fast schien es, als sei ihm die Unterbrechung willkommen, um verschnaufen zu können. Jedenfalls schien er kein bisschen verlegen oder ängstlich.
»Hasefuuter, ich mach e weni Hasefuuter«, gab er ohne zu zögern Auskunft, sich dabei die Mütze vom Kopf nehmend und den Schweiß von der Stirn wischend.
»So –«, der Förster verkniff sich ein Grinsen und versuchte, ihn streng zu visieren. »Und was, wenn die Hasen *dieses* Futter nicht mögen?«
Um Antwort nicht verlegen, zuckte er die Schultern, machte eine beschwichtigende Geste mit der Hand und sagte mit einem entwaffnendem Lächeln: »Na dann verschür ich's halt.«
Von meinen Forstmeistern und ihren Familien habe ich schon reichlich erzählt, aber es waren nicht nur sie, die Leben in meine Mauern brachten. Es gehörten auch alle dazu, die mitarbeiteten, am Jägerhof und im Wald. An einen von ihnen erinnere ich mich besonders gut, denn er brachte zweifellos Leben in meine Mauern. Jung, aufgeweckt, wissensdurstig und ehrgeizig war der junge Waldfacharbeiter, der, weil es an Leuten mangelte, ins Büro kam zur Aushilfe. Er stammte aus einem Spessartdorf, aus einfachen Verhältnissen und wusste genau, dass er seine Chance nutzen musste. Interessiert an

Wald und Jagd gleichermaßen, war er einer, der mit dem Herzen bei der Sache war.
Peinlich genau studierte sein künftiger Chef seine Zeugnisse, und als er entdeckte, dass Sepp im Abschlusszeugnis der Volksschule in Geschichte eine Eins hatte, war ihm der junge Waldfacharbeiter gleich sympathisch.
»Wissen Sie, wie die alten Griechen ihre Flotte bauen konnten? Oder die Perser, später die Römer?« Sepp schüttelte bedauernd den Kopf. Auf Fragen zur Waldarbeit, zur Holzsortierung, ja sogar zum Wegebau war er gefasst gewesen, aber auf die alten Griechen oder Römer?
»Nun, sie übernutzten ihre Wälder, holzten einfach rücksichtslos ab! Aus ihren Fehlern haben wir gelernt. Deshalb gibt es heute bei uns das Prinzip der Nachhaltigkeit, Sie wissen ja. Obwohl auch damals, religiös verbrämt, gewisse Verhaltensregeln vorhanden waren. Es gab Schutzgötter für die Natur und ihre Geschöpfe: Diana, Faun«, und schon war er bei seinem Lieblingsthema angekommen: der Götterwelt, der Antike, und dem armen Sepp wurde ein Schnellkurs in griechisch-römischer Mythologie verpasst. Ergebnis des Einstellungsgespräches war jedenfalls, dass beide überzeugt waren, es mit dem anderen aushalten zu können.
Sobald es der erste bescheidene Verdienst zuließ, kaufte sich Sepp ein Auto: Eine Isetta! Das waren jene dreirädrigen Autos mit Stoffdach, die den Einstieg vorne hatten, dort, wo sich heute üblicherweise der Motor befindet. Sie öffneten quasi ihren Bauch, um ihre Fahrgäste einzulassen. Es war ein lustiges Bild, wenn Sepp mit seinem Gefährt die Auffahrt heraufknatterte. Ließ es das Wetter zu, mit offenem Dach. Ein Auto war angeschafft, ein Gewehr, natürlich ein gebrauchtes – alles andere wäre unerschwinglich – folgte nach. Ein Jagdhund

schließlich hätte das Glück vervollkommnet. Dafür aber reichte es nicht mehr. Also half das Schicksal nach. Ein Bahnhofsvorsteher aus Lauda, im Taubertal, hatte einen jungen Irisch-Setter, Artus von der Sommerhöhe. Ein wunderschönes Tier, mit Stammbaum und zugehörigen Papieren, das von seinen Besitzern wie das eigene Kind verhätschelt wurde. Schließlich konnten sie Artus nicht mehr bändigen, denn seine Erziehung hatten sie sträflich vernachlässigt. Sepp, dem der Hund angeboten wurde, war hingerissen von dessen Schönheit. Er übernahm ihn und investierte viel Zeit, um ihm eine artgerechte Ausbildung zu geben.
Das Gespann Sepp und Artus war unzertrennlich. Das Dach der Isetta musste jetzt möglichst immer offen stehen, damit der Setter auf dem Beifahrersitz seinen Kopf nach oben hinausstrecken konnte und so halbwegs bequem Platz fand. Stolz und glücklich saß er neben seinem Herren, die lange Zunge heraushängend und die Ohren im Fahrtwind flatternd. Die ganze Welt amüsierte sich über das Gefährt mit seinem originellen Inhalt. Damals aber konnte sich glücklich schätzen, wer überhaupt ein Auto besaß!
Eines Tages kam der Postbote zu Sepp und berichtete, er solle eine Urkunde verliehen bekommen, für viele Jahre treuer Arbeit, und in Marktheidenfeld solle ihm diese überreicht werden.
»Könnst mich net hinfahren mit deinem Auto?« Als Sepp ihm das zusicherte, musterte er plötzlich misstrauisch die Isetta, strich einige Male um sie herum und fragte dann:
»Hat des Ding aach en Bode, oder muss ich da mitlaafe?«
Nun, Artus blieb zu Hause, das Ding hatte einen Boden, und der Postbote bekam seine Urkunde, die er stolz nach Hause brachte.
Dann kam der Tag, wo sich Artus zum ersten Mal jagdlich bewähren musste. Es war auf einer Hasenjagd im Gebiet

der alten Grafschaft. Auf der Feldflur von Altfeld, nahe der neu erbauten Autobahn, begleitete er seinen Herrn. Stolz schritt er neben ihm, mit aristokratischer Haltung, sich seiner Schönheit bewusst. Als es galt, einen angeschossenen Hasen zu apportieren, zögerte Sepp, den Hund zu schnallen. Es war sein erster Einsatz, und so nahe der Autobahn war es wohl nicht klug, diesen zu wagen. »Nun lass den Hund doch schon los, wie soll er es lernen, wenn nicht durch Praxis?«, feuerten die Jagdkollegen Sepp an. Alle waren gespannt, wie diese schöne und damals noch exotisch seltene Hunderasse sich in der Praxis bewähren würde. Der Hund stürmte los, absolvierte eine genaue und schnelle Spurensuche und packte den angeschossenen Hasen. Der schrie um sein Leben, verständlich und dem Ernst seiner Lage angemessen. Artus war beeindruckt. Er war mitnichten nur ein hohler Schönling, er war auch ein zart besaiteter Schöngeist. Die kläglichen Schreie des Hasen verstörten ihn so sehr, dass er sein Opfer augenblicklich ausspuckte und mit allen Anzeichen des Entsetzens das Weite suchte. Nein, für solch garstige Arbeiten war er nicht geboren! Er verschwand am Horizont, und dem wütenden Sepp nutzte alles Pfeifen und Rufen nichts, drei Tage lang war Artus verschollen. Das war das jähe Ende der Zweisamkeit, Sepp und Artus, denn bald schon fand Sepp ein williges Opfer, dem er den wunderschönen Hund überlassen konnte. Nein, versicherte Sepp, er wolle keinen Pfennig für den Hund. Die einzige Bedingung, die Sepp an den Handel knüpfte, war, dass der Hund nicht mehr zurückgegeben werden durfte. Das wollte der neue Besitzer glücklicherweise auch nicht. Er liebte Artus so wie er war, seine Schönheit ebenso wie seine Feigheit – und da er nicht zur Jagd ging, gab es fast nichts, was ihre Freundschaft beeinträchtigt hätte.

Es tat einfach gut, dass wieder viele junge Leute in meinen Mauern waren. Der Forstmeister hatte eine Familie mit vier Kindern und seine Frau ging – überaus erstaunlich – einem eigenen Beruf nach! Eine Frau Forstmeister hatte es doch nicht nötig zu arbeiten! Mein Weltbild geriet durcheinander und, wie immer, diskutierte ich mit einer der vielen Samiras, die bei mir wohnten, darüber.
»Große Kriege bringen immer große Veränderungen, mein Lieber. Im Krieg wurden die Frauen für viele Arbeiten herangezogen, die zuvor den Männern vorbehalten waren, und jetzt, denke ich, werden die Frauen verstärkt in diese männlichen Domänen eindringen. Bei uns hier auf dem Lande wird das noch dauern, aber in den Städten, wo es keine Landwirtschaft gibt, keine Gärten zu bestellen sind, werden sich die Frauen Arbeit suchen.«
»Aber sollten die Frauen nicht besser zu Hause sein, für die Familie da sein, die Kinder großziehen?«
Samira kniff ein Auge zu, drehte den Kopf leicht schief und sah mich spöttisch an. Mir schien es jedenfalls immer so, als würde sie nachsichtig ihren Spott und ihre Kritik hinter diesem etwas schelmischen Gesichtsausdruck verbergen.
»Sie sehen noch immer alles aus dem Blickwinkel Ihrer Forstmeister und alles so wie vor hundert Jahren und noch länger, mein Lieber! Aber da doch ganz offensichtlich nicht einmal Ihr geschätzter Forstmeister damit Probleme hat, wieso dann Sie?«
Nein, Probleme hatte die Familie ganz offensichtlich nicht damit, dass Frau Forstmeister an der hiesigen Schule unterrichtete. Sie hatten ein junges Mädchen, Sanne, das im Haushalt half und die Kinder beaufsichtigte, wenn deren Mutter zur Arbeit war. Sanne, Sepp und der neue junge Büroleiter sorgten für Leben und waren immer für einen Spaß zu haben.

Sanne war eines Tages im Büro und alberte mit den beiden Männer herum. Plötzlich tauchte der Chef auf und in seiner Begleitung, welch ein Schreck, der Forstpräsident aus Würzburg, gefürchtet ob seiner Strenge und seiner unberechenbaren Laune. Sepp packte Sanne bei der Schulter, drückte sie unter den Schreibtisch in den Freiraum für die Beine, dort wo normalerweise sein Hund Platz fand.

»Gib Ruh dort unten, kein Mucks!«, befahl er sichtlich nervös.

Sanne fand diese Behandlung inakzeptabel und rächte sich alsbald. Als der Präsident im Büro mit den beiden Männern eine Unterhaltung anfing, biss sie Sepp herzhaft ins Bein. Der tadellose Zustand ihrer Zähne sorgte für die erwünschte Wirkung. Völlig unvorbereitet auf diese Attacke trat Sepp reflexartig gegen den Schreibtisch und verkniff sich nur mit großer Mühe einen Aufschrei. Die beiden Schreibtische, die mit der Rückwand aneinandergestellt waren, schob es auseinander und die Ständer für all die amtlichen Stempel flogen zu Boden. Es war, als wenn ein Geist umging. Der Forstpräsident sah einen Moment irritiert umher, ahnend, dass hier Dinge im Gange waren, die entweder energisch unterbunden werden mussten oder aber zu ignorieren waren, um sich halbwegs ehrenvoll aus der Affäre zu ziehen. Offensichtlich war ihm an diesem Tag die Rolle des Inquisitors zu anstrengend und er verlegte sich aufs Ignorieren. Damit hatten die beiden Männer im Büro eine Rechnung offen mit Sanne, und es folgte noch so mancher Streich, den sie sich gegenseitig spielten. Samira und ich hatten unsere helle Freude daran. Aus dem Jungen wurde ein Förster nach meinem Herzen: Ein verantwortungsvoller Waldbauer, leidenschaftlicher Jäger und meisterlicher Hundeführer.

Auch Forstmeisters hatten jetzt ein Automobil und nicht mehr länger Kutschen. Dieses mussten sie selbst lenken, einen Kutscher beschäftigten sie nicht mehr. Es war keine so leichte Kunst, diese Automobile zu lenken. Viele fuhren damals den berühmten Käfer von Volkswagen. Er galt als robust und am besten geländegängig. Die alten Modelle waren noch nicht synchronisiert, und meinem Forstmeister mangelte es an Feingefühl, was die Behandlung des Motors betraf. Wann immer er schalten musste, schrien fast alle Zahnräder gleichzeitig auf, und das Getriebe ächzte jämmerlich, weswegen man ihn schon von Weitem kommen hörte. Da er mit seinen Gedanken fast immer bei forstlichen Problemen war, vergaß er zuweilen schon mal das Licht oder den Scheibenwischer abzustellen, wenn er in der heimischen Garage angekommen war. Morgens, wenn der Haumeister mit den Lehrlingen zum Forstamt hochkam, hörten sie ein erbärmliches Quietschen aus der Garage. Der Scheibenwischer war die ganze Nacht über gelaufen, und der Gummi beinahe bis auf den Metallbügel herunter abgerieben. Blieb das Licht an, war die Batterie am nächsten Morgen völlig leer, und der Wagen zeigte kein Leben mehr.
Hatte Herr Forstmeister an beides gedacht, so konnte es passieren, dass er im Wald aus dem Auto sprang, seinen Schlüssel stecken ließ, und die Autotüre zuknallte. Deshalb ließ er immer, Sommer wie Winter, das Fenster einen Spalt offen. Seine Arbeiter beherrschten es mittlerweile virtuos, mit einem gebogenen Draht durch das geöffnete Fenster das Auto zu entriegeln. Später, als das Auto schon altersschwach und reichlich ramponiert war, hat er sich eine andere Variante zugelegt, mittels derer er die Folgen seiner eigenen Zerstreutheit bezwang: Nach dem Halten zog er sofort den Schlüssel und warf ihn unter den Fahrersitz. Aufs Verriegeln der Türe verzichtete er

vollends. Ein Auto, wie das seine, hätte ohnehin niemand gestohlen.

Auch die Waldarbeit hatte sich ganz gehörig verändert. Die Motorsäge hatte Einzug gehalten. Wider Erwarten waren die Waldarbeiter von dieser Neuerung ganz und gar nicht begeistert. Man hatte gehofft, dass die Erleichterung und Beschleunigung der Arbeit die Leute begeistern würde. *Zu schwer, zu laut und zu stinkig,* so lauteten die Vorbehalte. Schwer waren diese Anfängermodelle allerdings, nicht zu vergleichen mit den ergonomisch ausgefeilten Modellen von heute. Was die Waldarbeiter aber instinktiv erfassten, ohne es in Worte fassen zu können, war eine ganz andere Veränderung: Die Maschine bestimmte fortan die Arbeit, den Rhythmus, die Schnelligkeit und die Ausdauer. Der Mensch war nicht länger Herr seiner Zeit. Anfangs passierten außerdem viele schwere Unfälle mit dem neuen Arbeitsgerät. In der Euphorie des schnellen Arbeitens muteten sich die Leute oft zu viel zu, die Konzentration ließ nach, und die Sicherheit der Anfangsmodelle war nicht groß. Nach und nach erst hielten Dinge wie Schutzhelm, Hosen mit Schneidschutz, Gehörschutz, Schutzhandschuhe und Schutzbügel am Gerät Einzug. Später waren die Motorsägen möglichst vibrationsarm, denn man hatte erkannt, welche Belastung es für die Gesundheit darstellte, von morgens bis abends die Säge in Händen zu halten. Die ständige Vibration verursachte Durchblutungsstörungen und immer mehr Waldarbeiter litten an der so genannten *Weißfingerkrankheit.* Morgens zeigten ihre Finger eine blutleere weiße Farbe und sie konnten diese kaum bewegen. Erst nach und nach kam mit einsetzender Bewegung die Durchblutung in Gang und so die Beweglichkeit zurück. Ein unangenehmes Prickeln in den

Fingerspitzen ließ diesen Vorgang körperlich spürbar werden.
Zu ihrem eigenen Schutz mussten die Waldarbeiter hinnehmen, dass der Akkord nach oben gekappt wurde. Man versuchte die Arbeiter so zum Einhalten ihrer Pausen zu zwingen. Hart, unfallträchtig und anstrengend war die Waldarbeit schon immer gewesen, jetzt war sie auch noch lärmend, hektisch und stressig.
Als man schon glaubte, die Unfallgefahr bei der Waldarbeit so gut wie im Griff zu haben – es gab nun eine sehr gute Ausrüstung für die Waldarbeiter: Schutzhelme, Lärmschutz für die Ohren, Hosen mit Schneidschutz, Handschuhe, die Motorsägen hatten einen hohen Sicherheitsstandard und genügten den ergonomischen Ansprüchen – da ereignete sich im Wald ein schrecklicher Unfall. Es muss zu Beginn der neunziger Jahre gewesen sein. Einem der erfahrendsten Holzrücker wurde sein Bemühen um effizientes und zügiges Arbeiten zum Verhängnis. Tragischerweise einem Mann, der schon Jahre zuvor durch einen schweren Unfall bei der Waldarbeit ein Bein verloren hatte und seither mit einer Prothese seiner Arbeit im Wald nachging. Ein Gegenhänger, ein Stamm, dessen Krone sich in Richtung des angrenzenden Ackers neigte, sollte gefällt werden, und zwar hangaufwärts gegen die Fällrichtung.
»Wir sichern sie mit dem Seil und ich zieh sie schön langsam zurück, während du sie umschneidest, dann spare mer uns des ganze Reisig auf'm Acker.«
»Aber Obacht, des wird net so einfach, geche den Hang und geche die Richtung in die se hängt. Wir müsse se praktisch um die eigene Achs kippe.«
Der Unimog wurde im Sicherheitsabstand geparkt, der Waldarbeiter begann mit seiner Arbeit und der Holzrücker zog mittels Fernsteuerung behutsam die Hängebuche in die entgegengesetzte Richtung. Er stand mit seiner

Fernsteuerung nah am Baum, um den Fortschritt beim Fällen genau im Auge zu haben. Plötzlich brach die Bruchleiste und dann ging alles rasend schnell. Die Eiche geriet ins Drudeln, der Holzrücker, durch seine frühere Verletzung gehbehindert, konnte sich nicht schnell genug in Sicherheit bringen und der Baum schlug genau auf der Stelle ein, auf der der Unglückliche stand. Er war sofort tot. Groß waren Trauer und Betroffenheit um den rechtschaffenen und braven Mann. Monatelang brachte mein Forstmeister das Bild des unter der Eiche begrabenen Mannes nicht aus seinem Kopf. Trotz aller Technik, Waldarbeit ist und bleibt harte, gefährliche Arbeit.

Den Menschen ging es jetzt sehr viel besser, Hubertus sei Dank! Hier im Dorf verdienten sich viele ein Zubrot, in dem sie Urlaubsgäste beherbergten. Es wurde zusammengerückt, an- und umgebaut, um Platz zu schaffen für die Gäste. Da diese an größeren Komfort gewohnt waren, wurde modernisiert, um den Anforderungen gerecht zu werden. Ja, und zum ersten Mal, seit ich mich erinnern kann, kehrte so etwas wie bescheidener Wohlstand ein im Dorf. Das Armenhausambiente, das Flair der verwegenen Habenichtse und Hungerleider, das, nebenbei, nur die romantisch finden, die täglich vor gefüllten Tellern sitzen und in weichen Betten schlafen, verschwand.
Auch ich musste mich wieder einmal einer Renovierung unterziehen, aber diesmal, ich sage es frei heraus, fand ich sie wenig gelungen. Vernichtete sie doch einige Attribute, die ich unersetzlich für ein Forsthaus halte. Das Erstaunlichste: Man ersetzte meine Holzöfen durch Ölöfen! Holz, das Produkt der Produkte für ein Haus wie mich, ersetzt durch eine schmierige, schwarze Flüssigkeit, die zwar auch meine Mauern erwärmte, aber um welchen Preis! Von Anfang an funktionierten diese Öfen schlecht.

Sie stanken, sie liefen zu voll, und die Flamme erstickte, was nicht immer rechtzeitig bemerkt wurde, wodurch sie noch voller liefen und das Ärgernis noch größer wurde. Die gemütlich gleichmäßige, zuverlässig vertraute Wärme eines Holzofens konnten sie nicht spenden. Entweder sie heizten so bullig auf, dass es allen zu warm wurde, oder sie mussten so sehr gedrosselt werden, dass sie erloschen. Je älter sie wurden, desto unzuverlässiger wurden sie – und mehr als einmal ergossen sie ihren stinkigen Inhalt auf meine Böden, schlimmer noch, er kroch sogar in meine Mauern! In den ältesten Teil meiner Mauern, dort, wo jene noch mit Schilf und Lehmfache gebaut sind. Das Ergebnis war, dass auch ich an diesen Stellen jahrelang vor mich hin stank, schlimmer als jeder vernachlässigte Vagabund. Ich schämte mich schrecklich dafür!
Meine Fenster wurden ausgetauscht. Es gab keine Sprossen mehr, die die Fensterscheiben unterteilten. Große Glasfenster, von den Hausfrauen als Erleichterung der Putzarbeit gepriesen, schauten jetzt von meiner Fassade in den Hof. Mir schien es, als hätte ich große, blinde Augen bekommen. Glücklicherweise fielen nicht auch noch die Fensterläden der Modernisierung zum Opfer. Der Boden aus großen Buntsandsteinplatten wurde mit einem Fußbodenbelag aus Kunststoff überzogen. Würden Sie Ihre Füße ständig in Gummistiefel stecken, wüssten Sie, wie sich das für mich anfühlte. Modern und pflegeleicht befanden es Bauherren und Architekten, hässlich und ungesund war es für mich.

In dieser Zeit etwa drang die Kunde von den ersten Rationalisierungsmaßnahmen im Forstbereich an mein Ohr. Kleine Forstämter wurden aufgelöst, die Reviere vergrößert und – es gab keine Forstmeister mehr! Tatsächlich, was mehr als einhundertfünfzig Jahre Bestand hatte, was hier draußen bei den Leuten beinahe direkt nach

Papst und König kam, wurde abgeschafft! Forstdirektor hieß der Chef jetzt, was die Leute hier im Dorf noch lange Zeit ignorierten. Der *Forschtmaster* behauptete sich zäh. Ja, die Forstmeister, hoch im Kurs standen sie! Nicht nur hier im Dorf. Die Film- und Unterhaltungsindustrie entdeckte sie für sich. Heimatfilme waren in dieser Zeit sehr gefragt und rechtschaffene Förster und Jäger waren ein wichtiger Bestandteil dieser Filme. Es waren diese Sonnyboys, mit tadellosem Charakter, gut aussehend, zuweilen hart gebeutelt vom Schicksal, das sich glücklicherweise zum Ende des Films immer zu einem guten Ende fügte. Bis in die heutige Zeit ist die Faszination dieser Figuren ungebrochen, und es ist mir zu Ohren gekommen, dass Forstleute auf dem Heiratsmarkt ähnlich gute Chancen hatten wie die Ärzte. Nein, nein, bitte schimpfen Sie mich jetzt nicht einen Spötter, einen, dem nichts heilig ist! Es steht mir gar nicht zu, darüber zu urteilen, aber ein bisschen Amüsement wird wohl noch erlaubt sein, oder?

Nehmen wir doch als Beispiel diese Fernsehserie, die schon so lange Zeit äußerst erfolgreich ausgestrahlt wird. Dieser Forstmann kann einfach alles: Er hat Erfolg im Beruf, eine Vorzeigefamilie, einen Hund, der was hermacht, und ein Auto, das immer sauber ist. Spätestens beim letzten Attribut wird klar, dass die Darstellung nicht ausschließlich der Wirklichkeit entspricht. Da hätte ich mir doch mal eine lebhafte Diskussion darüber gewünscht, warum nie Zeit ist, das Waldauto zu putzen, die Kinder zu betreuen oder die Hunde zu säubern. Das käme der Wirklichkeit ein gutes Stück näher.

Die Hunde – ja, sie kommen mir immer wieder in den Sinn! Sie hatten oft eine ausgeprägte Persönlichkeit, lustigerweise der ihres Besitzers nicht unähnlich. Wie heißt es doch so treffend: *Wie der Herr, so des Gscherr!* Aus meiner langen Zeit als Herbergsvater für Hunde und

ihre Besitzer kann ich das nur bestätigen. Es übersteigt mein Wissen, warum sich das so verhält, aber ich kann nur bestätigen: Je länger Herr und Hund ein Gespann sind, desto mehr gleichen sie sich an. Die Hunde also – sie sorgten nicht nur für jagdlichen Erfolg, sie sorgten auch für Abwechslung im Alltag, durch ihre Streiche, ihre Wildheit und ihre Anhänglichkeit.
Wie war noch gleich jene Geschichte mit Quento, dem Pudelhasser? Quento, ein Deutschlanghaar mit edlem Herz, bester jagdlicher Leistungen und einer ausgeprägten Abneigung gegen kleine Hunde. Diese Abneigung rührte von einem traumatischen Erlebnis in Quentos Jugend. Als kleiner Welpe war er von zwei gestörten Dackeln beinahe massakriert worden. Das hat er sein Hundeleben lang weder vergessen noch verziehen.
Quento begleitete seine Forstfamilie auf einen Urlaub in den Elsass und sorgte für reichlich Abwechslung. Gleich am ersten Tag fiel er in eine Schafherde ein und riss den Zuchtbock, der, als es galt, den Schaden zu begleichen, natürlich zum prämierten Zuchttier avancierte. Quentos Herr versuchte die Sache positiv zu sehen. Er entschuldigte das Verhalten seines Hundes mit dessen übergroßer jagdlicher Passion. Am Abend eines langen Wandertages fand sich nur noch Quartier in einer edlen Luxusherberge, wo sowohl Quento als auch seine sportlichen Besitzer sich eigentlich fehl am Platze fühlten. Im Foyer des Hotels traf man auf eine Dame im langen weißen Pelzmantel mit einem kleinen weißen Pudel an der Leine. Passend zum Pelz, wie es sich gehört für eine Dame von Welt.
Quento zeigte nicht die geringste Wertschätzung für dieses elegante Ensemble. Schneller noch als sein Herr reagieren konnte, stürzte er sich auf den weißen Luxushund mit Juwelenhalsband. Dessen Besitzerin riss ihren Liebling in verständlicher Panik an der Leine nach oben und zu sich

auf den Arm. Halb erwürgt, von einer vermeintlichen Bestie mit dem Tode bedroht, konnte der Pudel seine Ängste nur noch über sein Verdauungssystem abreagieren: Er besudelte den weißen Pelzmantel seiner Herrin von oben bis unten mit einer dünnen braunen Spur. Der Hotelbesitzer, die Dame von Welt und meine Försterfamilie, ausnahmslos alle bis auf Quento, waren glücklich als, nach der Begleichung des Schadens, sich ihre Wege wieder trennten. Jetzt hatte Quentos Herr und Meister kein Wort der Entschuldigung mehr für seinen Hund und Quento musste ein strenges Erziehungslager über sich ergehen lassen. Er lernte fremde Schafböcke, Hähne, Gänse und Katzen als nicht jagdbares Wild zu ignorieren. Seine Abneigung gegen kleine Hunde allerdings legte sich nie.

Solche Geschichten sind natürlich nichts für Film und Fernsehen, denn ähnlich wie ihre Besitzer unterlagen auch die Hunde einem bestimmten Image: Edel und gut, wie Lassie eben. Es waren aber Jagdhunde, jahrhundertelang gezüchtet, die Menschen als wirksame Gehilfen bei der Jagd zu unterstützen. Für sie zählten nicht die Trophäen, sondern das erbeutete Fleisch. Für einige ihrer Besitzer übrigens auch, was mir die Geschichte mit der Hirschtrophäe in Erinnerung bringt.

Verdiente Forstleute bekamen häufig zu ihrem Eintritt in den Ruhestand, als Anerkennung ihrer Leistung, einen besonderen Abschuss frei. Je nach Dienstgrad, wuchs Gewicht und Größe der Trophäe. So wurde meinem Forstmeister ein Jagdgast aus einem Nachbarforstamt zugewiesen, der auch bald einen geringen Hirsch zur Strecke brachte. Es war sein erstes Stück Rotwild, das er erlegte, und die Freude darüber war groß.

»Wollen Sie den Kopf präparieren lassen oder genügen Ihnen Schädel mit Geweih?«

Noch ganz unter dem Eindruck des Jagderlebnisses entschied sich der Förster für letzteres. Am Abend dann belohnte mein Forstmeister seinen Hund, der den Hirsch noch ein kurzes Stück weit nachgesucht hatte, indem er ihm die Lauscher des Hirsches zum Fressen gab. Es mag Sie grausen bei der Vorstellung, dass ein Hund die Hirsch-Ohren mit Fell verspeist, aber für Jagdhunde ist dies ein besonderer Leckerbissen. Zum einen ist es ein Teil der Beute, die sie mit zur Strecke gebracht haben, zum anderen schnurpseln sie die knorpelige Substanz der Ohren mit besonders viel Hingabe: Es ist ein bisschen wie Kaugummikauen. Nun, am nächsten Morgen rief der Förster an, um meinen Forstmeister zu unterrichten, dass er sich nun doch entschlossen habe, den Hirschkopf als Ganzes präparieren zu lassen. Leicht verlegen gestand dieser, dass diese Option leider nicht mehr bestehe, denn dem Kopf fehlten seit gestern Abend zwei für die Wirkung des Präparates entscheidende Attribute: die Ohren! Der arme Förster brauchte geraume Zeit, bis er seine Enttäuschung verdaut hatte. Er, der nie ein Rotwildrevier betreut hatte, empfand es beinahe als Sakrileg, eine Trophäe solcherart zu entweihen. Mein Forstmeister durch den jagdlichen Alltag ernüchtert, murmelte etwas von Trohäenjägerei statt gesunden Beutegreifens. Wir Übrigen amüsierten uns köstlich.

Aber nun bin ich schon wieder abgeschweift. Ich wollte ja eigentlich auf die Veränderungen in der Administration zu sprechen kommen. Diese ersten Versuche zu rationalisieren, allzu sehr haben sie mich nicht beunruhigt, damals. Es waren ja die kleinen Forstämter, die aufgelöst wurden. Dass Altenbuch das Rennen gegenüber Krausenbach gewinnen würde, hielt ich für selbstverständlich. Nein, ich hielt mich und meinen Forstbezirk für viel zu bedeutsam, als dass er dem Rotstift

geopfert werden würde. Verfügte ich doch auch jetzt über diese Zuversicht!
Nicht nur Forstämter wurden aufgelöst in dieser Zeit. Es verschwanden Schulen, Rathäuser und zwei, drei Jahrzehnte später auch Postämter, Lebensmittelläden, Gasthäuser, kleine Geschäfte mit den Dingen des Alltags, es verschwand die Kelter zum Keltern des Apfelmostes und es verschwand die Schwesternstation! Einhundertzweiundzwanzig Jahre lang waren die *Armen Schulschwestern* im Dorf. Hatten sich um Kindergarten, Schule und Krankenpflege gekümmert. Waren die ersten, die den Mädchen hier in den Spessartdörfern die Möglichkeit einer beruflichen Ausbildung gaben und waren als Autorität anerkannt, besser gefürchtet. Schwester Leandra, der Leiterin des Schwesternhauses, fiel der Abschied besonders schwer. Viele Jahre hatte sie hier im Dorf mit den Altenbüchern gelebt, das Dorf war ihr Zuhause, die Menschen ihre Familie geworden.

Die Dörfer im inneren Spessart veränderten sich. Die Häuser, die jetzt gebaut wurden waren groß, modern und mit allem Komfort. Die Arbeit auf dem Bau beherrschten hier die meisten, sie war für die meisten der Broterwerb. Also half man sich gegenseitig beim Bau oder der Renovierung der Häuser und in ein, zwei Jahrzehnten erhielt das Dorf ein völlig anderes Aussehen. Die meisten Einwohner verfügten jetzt über ein eigenes Auto! Man stelle sich den Wandel vor, und das alles in so kurzer Zeit! Sie müssen verstehen, wenn man, wie ich, schon mehr als zweihundert Jahre auf dem Buckel hat, dann ist eine Zeitspanne von drei, vier Jahrzehnten ein Nichts!
Auch in meinen Mauern tat sich wieder einiges. Ein junger Forstmeister zog ein, falsch – sie hießen jetzt Forstrat – und mit ihm seine Frau. Noch einmal falsch, denn zunächst waren die beiden noch gar nicht verheiratet. Man

stelle sich vor: Die Einwilligung des Dienstherrn zu einer Eheschließung zu bekommen war ja schon lange nicht mehr nötig, jetzt tolerierte man sogar das Zusammenleben in wilder Ehe in meinen, immerhin amtlichen, Mauern. Nun nach einem knappen Jahr heirateten die beiden und der Form war Genüge getan. Ich hatte schon aufgegeben, mich über dergleichen zu wundern. Eine Samira wohnte nicht länger in meinen Mauern und mit den Fledermäusen, von denen gelegentlich noch einige unter meinem Dach Quartier bezogen, konnte man nicht reden. Entweder verfallen diese Geschöpfe in eine Kopfüber-Meditation oder sie kreisen aufgeregt umher. Stillsitzen für einen Plausch, das gibt es nicht. Aber ich schweife schon wieder ab.
Als die beiden heirateten, erlebte ich auf meine alten Tage noch eine Premiere: einen Polterabend im Jägerhof. Endlich einmal wieder gesellige Ausgelassenheit! Viele Gäste, Jagdhornbläser und andere Musikanten, es wurde Porzellan zerschmettert, um dem jungen Paar Glück zu wünschen, und sie mussten einen Eichenstamm, nun ja, sagen wir - ein Stämmchen - durchsägen, um ihren Weg ins Eheglück freizuschneiden. Unter den Gästen waren auch einige Dorfbewohner. Ja und, werden Sie vielleicht sagen, aber wenn Sie meinen Erzählungen bisher aufmerksam gelauscht haben, wissen Sie, dass dies nicht selbstverständlich war. Es war jedenfalls ein fideler Abend, und die Gäste blieben den Hochzeitern auch nicht den einen oder anderen Scherz schuldig. Unter den Betttüchern des Ehebettes war eine Schicht Knäckebrot ausgelegt, der Eingang zum Haus wurde mit Brennholzspältern zugesetzt, kurz man hatte sich einiges einfallen lassen.
Der junge Forstmann war als Stellvertreter an mein Amt gekommen und seine Frau war eine *Frau Forschtmaster* im doppelten Sinne: Nicht nur durch Heirat so wie all ihre

Vorgängerinnen, nein, sie hatte selbst Forstwirtschaft studiert und verdiente ihr Geld im Wald. Parbleu, das hatte es bis jetzt auch noch nicht gegeben! Natürlich musste ich sofort an Maxi denken. Wie glücklich wäre sie gewesen, hätte für sie diese Möglichkeit bestanden!
Ja, die Möglichkeit bestand, aber noch immer galt es, gegen Vorurteile anzukämpfen. Mehrmals wurde sie mit dem sarkastischen Ausspruch eines alten Forstmannes konfrontiert: »Bin froh, pensioniert zu werden, so muss ich nicht erleben, dass ein Schwarzer oder eine Frau als Forstleut in den Wald zum Arbeiten kommen.«
»Bin froh, dass auch für diese Forstleute der Eintritt in den Ruhestand möglich ist, sonst müsste ich mich womöglich mit ihnen duellieren!« Die Erwiderung auf diesen Affront ließ nichts zu wünschen übrig.
Ich war entzückt über diese Schlagfertigkeit und meine anfänglichen Vorbehalte, ich gebe es zu, auch ich hegte sie, schmolzen wie Schnee in der Frühlingssonne.
Jener betagte Forstmann hatte, aus seiner Sicht, tatsächlich Glück: Wenige Jahre später, wurde auch sein zweiter Albtraum Wirklichkeit und ein farbiger Forstmann kam in unseren Spessartwald. Was heißt schon Forstmann? Es war ein leibhaftiger Forstprofessor mit seinem Mitarbeiter, einem Doktor der Forstwissenschaft. Natürlich wieder eine Sensation hier im Dorf! In Bertas Laden, der Ort, an dem Neuigkeiten diskutiert und besprochen wurden, sprach man natürlich über die *Schwarze, die uff'm Forschtamt schaffe.* Man diskutierte die Frage, warum denn keine einheimischen Arbeitskräfte Vorzug fänden. Zwei Schwarze, kaum der Sprache mächtig, in den Wald! Was für ein Unfug! Frau Forstmeister sorgte amüsiert für Aufklärung. Es gäbe hier weit und breit keinen Professor der Forstwissenschaft und auch keinen Doktor. Die beiden seien also für niemanden Konkurrenz. Vielmehr seien sie hier, um praktische Erfahrung in der Laubholzwirtschaft

zu sammeln. Die Neuigkeit verschlug allen die Sprache. Ja was? Ja so, unter diesen Umständen natürlich! Fortan genossen die beiden wohlwollende Aufnahme im Dorf, und ihre Gastfamilie müsste noch ein Photo besitzen, das die zwei in schmucker bayerischer Gebirgstracht zeigt.
Für die *klaa Forschtmastern,* so wurde die kleine Tochter meines Forstmeisters genannt, waren es einfach die ›Schokoladenmänner‹, und wenn sie ihnen mit ihrem Finger über die Haut strich, staunte sie über die Beständigkeit der Farbe und über den Zaubertrick, mit denen der eine von ihnen scheinbar aus seiner braunen Haut heraus ein Stück Schokolade für die Kleine zauberte. Ich genoss es, in meinen Mauern endlich wieder einmal französische Wortlaute zu hören. Da die beiden aus der Republik Kongo kamen, war es ihre offizielle Amtssprache. Wenige Jahre später kamen schlimme Nachrichten aus dem Kongo zu uns: Ein Bürgerkrieg tobte dort. Ich habe mich oft gefragt, was aus den beiden lebenslustigen, freundlichen Männer geworden ist.
Wäre der alte bayerische Forstmann noch am Leben, hätte er erlebt, dass es weder den bayerischen Wäldern noch ihren Forstleuten geschadet hatte, sich mit Leuten anderer Kulturen und anderer Hautfarbe auszutauschen.

Das Volk soll also jetzt entscheiden, wie es weitergeht mit der Forstverwaltung. Ein Volksbegehren wird anlaufen und die Entscheidung bringen. Die Menschen auf dem Lande wissen, worum es geht, sie braucht man nicht aufzuklären. Anders dagegen die Menschen in der Stadt. Was kümmert sie der Wald? Nicht genug, fürchte ich, denn die meisten haben andere, wichtigere Probleme. Sie verstehen auch nicht, worum es eigentlich geht. Schon immer lieferten Wälder Sauerstoff, Trinkwasser, Reisig, Pilze, Beeren, Laubstreu und Gras. Die Geldwirtschaft, im Wald bedeutet das, der Holzhandel, ist noch immer eine

Domäne der Männer. Der Part der Frauen an der Waldarbeit, die Naturalwirtschaft, blieb bescheiden im Schatten. Um die Bedeutung der Wälder, was das Überleben der winzigen Subsistenzhöfe im Spessart anging, wissen vor allem die Frauen. Sie waren es, die mit ihren Kindern Reisig, Streu, Gras, Beeren und Pilze sammelten und so ihre Familien durch die schlimmsten Notzeiten brachten. Auch heute sind es vor allem die Frauen, die um den Wert der Dinge wissen, die nicht mit Geld zu bekommen sind und denen diese Dinge am Herzen liegen.
Ich habe diese Weisheiten von klugen Frauen, die sich um den Wald sorgen. Sich sorgen, dass die Forstverwaltung und die Wälder zugeschnitzt werden auf die Bedürfnisse der globalen Geldwirtschaft, für den internationalen Holzmarkt also. Die Wochen vergehen in angespanntem Warten. Noch selten war in meinen Mauern die Stimmung so gedrückt und niedergeschlagen.

Sie hissen die schwarze Fahne! Eine Fahne ganz in Schwarz wehte noch nie vor meinen Mauern. Die Fahne des Freistaates Bayerns, die Deutschland-Fahne, neuerdings auch Fahnen, die für die Forstverwaltung werben sollen, die weiße Fahne als Zeichen der Kapitulation nach dem Krieg, das alles hat es schon gegeben, niemals aber eine Fahne ganz in Schwarz. Die Katastrophe ist also eingetreten, das Schlimmste, was mir und meinen Forstleuten passieren könnte, ist grausame Wirklichkeit geworden. Ich bin Ihnen zu pathetisch? Ha! Wenn ich es jetzt nicht bin, wann dann? Morgen endet mein Dasein als Forsthaus, mein Daseinszweck, meine Existenzberechtigung. Von Morgen an bin ich ein leer stehendes Forsthaus, öde und verlassen, mit ungewissem Schicksal. Es wird verpackt und geräumt, aussortiert und weggeworfen. Keiner spricht mehr als unbedingt

notwendig, allen ist das Herz schwer. Als der Kampf verloren war, war jeder gezwungen, für sich selbst eine neue berufliche Heimat zu suchen. Für einige wiederholte sich dieses Trauma nun schon zum zweiten Mal in kurzer Zeit: Für die ehemaligen *Rohrbrunner* Forstleute war es die zweite Hinrichtung, diesmal ihrer neuen forstlichen Heimat. Ironie des Schicksals: Jetzt existiert keines der einstmals berühmten Spessartparkforstämter mehr – weder Altenbuch noch Bischbrunn noch Rohrbrunn.
Was wird aus mir werden? Wer wird in meine Mauern einziehen? Werde ich auch einfach nur verlassen und leer herumstehen, so wie die Forsthäuser in Rohrbrunn? Ich habe gut daran getan, meine Geschichten zu erzählen. Sie wären sonst verloren und wie ich schon erwähnte: Vollständig ist mein Bericht keineswegs. Nicht alle Geschichten taugen zum Erzählen, einiges ist zu alltäglich und würde nur langweilen und einiges wird ganz sicher Opfer meiner Vergesslichkeit geworden sein.
Mit Schrecken fällt mir eben ein, wie soll ich künftig erfahren, wie es dem großen Wald ergeht, wenn keine Forstleute mehr in meinen Mauern wohnen? Das Geld bestimmt jetzt vor allem und in erster Linie das forstliche Wirken. Aus Erfahrung kann ich sagen, das hat dem Wald noch nie gut getan. Ich werde es wohl nicht mehr erfahren, denn es wohnt ja weder Samira noch eine ihrer Nachfahren in meinen Mauern. Sie fehlen mir mehr denn je. Alles, was bleibt, ist die Hoffnung, nicht allzu lange verlassen bleiben zu müssen.

Epilog

Es ist unglaublich, was sich letzte Nacht im Forsthof ereignete! Das Ende meiner Erzählungen muss ich noch um einen Fall von Kidnapping ergänzen. Das Standbild des Hirschen von Rohrbrunn ist entführt! Ja, ja, ich weiß, was Sie sagen werden: So eine mächtige Skulptur eines Hirschen auf einer großen Sandsteinstele packt man nicht einfach in den Kofferraum eines Autos und verschwindet! Natürlich nicht! Sie sind mit schwerem Arbeitsgerät angerückt und haben ihn entfernt. Wer? O, darüber werde ich mich ausschweigen. Ich sagte doch, nicht alles taugt, erzählt zu werden. Sie bezichtigen mich der Feigheit, der Mittäter- oder Mitwisserschaft? Gut, mit nüchternem Juristengeist gemessen, haben Sie wohl Recht, aber – man kann die Sache nicht einfach nur juristisch bewerten, ich zumindest kann es nicht.

Natürlich, es ist nicht rechtens, es ist Diebstahl. Aber warum machen sie das, meine Altenbücher? Macht sich einer einmal die Mühe, darüber nachzudenken? Es traf sie tief, der Verlust des Forstamtes. Es ist mehr als nur die Angst vor noch größerer Bedeutungslosigkeit, nach dem Verlust der Schule, der eigenständigen Verwaltung und so weiter. Es ist ein Stück ihrer Identität. Mit dem Forschtamt, ging der *Forschtmaster* und so manches Stück Spessarter Wald- und Jagdherrlichkeit. Nun soll der Hirsch, der Inbegriff alter Spessarter Jagdleidenschaft, in die Großstadt, nach Aschaffenburg! Was zählt es da, dass er ursprünglich von dort kommt! Wen der Dorfbewohner interessiert es, dass er einst vor der forstlichen Hochschule in Aschaffenburg stand? Für sie ist es jetzt *ihr* Hirsch. Tja, da schlagen uralte Steinzeit-Gene wieder durch: Mein Fell, mein Beil, mein Mammut – Finger weg!

Es ist die Rede vom *einzigen Kulturgut,* das dem Dorf noch bliebe. Nun, nicht so bescheiden, liebe Altenbücher,

ihr habt schon noch einiges mehr! Kirche, Schwesternhaus, das Hofbauerngut, einen Kurmainzer Lehenshof – und natürlich, in aller Bescheidenheit: meine Existenz, den Jägerhof!
Schade, jammerschade, dass es ihnen nur um den Hirschen geht. Sie sollten ihr Engagement auf mich und den Jägerhof konzentrieren. Wenn ich in den Besitz der Gemeinde übergehen könnte, wäre ich doch halbwegs getröstet. Wir gehören zusammen, das Dorf und ich. Nicht nur, weil wir so lange schon miteinander leben. Es ist mehr, weil wir uns nach Jahrzehnten, nein, was sage ich, nach Jahrhunderten, endlich gegenseitig respektieren und ja, ich gehe so weit zu sagen: uns schätzen. Nein, nein, werfen Sie mir jetzt keine Alterssentimentalität vor! Es war ein weiter Weg, bis wir uns gegenseitig verstehen lernten.
Nun, es ist nicht anzunehmen, dass ich verschwände, würde ich in Privatbesitz übergehen, aber ich war immer ein amtliches, der Administration dienendes Gebäude, und ich würde es auch gerne bleiben. Stellen Sie sich vor, mein neuer Besitzer verwandelte mich in ein Gasthaus, in eine Diskothek oder gar noch Schlimmeres! Nichts gegen dergleichen Gebäude, bezichtigen Sie mich bitte nicht der Überheblichkeit, sie haben ihre Wichtigkeit und ihre Daseinsberechtigung, aber in meinen Mauern …, es käme einer Entweihung gleich, oder?
Wenn ich im Besitz der Gemeinde bleiben könnte – ich wäre doch ein sehr viel attraktiverer und repräsentativerer Sitz für ein Rathaus als der jetzige. Ideen hätte ich genug, aber mich fragt ja keiner. Sind die Räumlichkeiten für die Gemeinde zu groß, so kann man die übrigen Zimmer anderweitig nutzen. Wie wäre es mit einer Gemeindebücherei, einem Raum für den Heimat- und Geschichtsverein, der, wie mir zu Ohren gekommen ist, jetzt entstehen soll. Klingt gut? Parbleu, ist gut!

Aber wie so oft, scheitern gute Ideen am Geld. Die Gemeinde ist wieder einmal, wie so oft in ihrer Geschichte, bettelarm, und für mich will der Finanzminister Geld sehen, viel Geld. Das haben sie kurz vor meiner Eliminierung noch in meine Mauern investiert, viel Geld, nur, um mich jetzt leer stehen zu lassen und auf meinen Verfall zu warten! Ein Sponsor müsste gefunden werden, einer, der den Jägerhof kauft und der Gemeinde zur Verfügung stellt, dafür könnte der Jägerhof dann auch seinen Namen tragen oder die Straße, die zum Forstamt hochführt. Wie wäre es mit: *Spessart-Residenz, Martins-Chalet* oder *Distelhäuser-Jägerhof?* Das wär's doch! Mit Kompromissen muss man leben und damit könnten alle leben: der Jägerhof, die Gemeinde und der Hirsch.

Und Aschaffenburg, die forstgeschichtliche Tradition? Ein berechtigter Einwand, und ich will mich nicht der Gefahr der Parteilichkeit aussetzen, obwohl, bei Lichte betrachtet, ich diesen Vorwurf längst nicht mehr von der Hand weisen kann. Die Plastik des Hirschkopfes zierte den Eingang der Forsthochschule, auf die die Stadt Aschaffenburg zu Recht stolz sein konnte. Bereits 1807 hatte sie Fürstprimas Dalberg gegründet, und die Stadt profitierte natürlich von ihren Studenten. Als der Untermain dem Königreich Bayern einverleibt wurde, war sie die einzige Forsthochschule im ganzen Königreich.
Hier kann ich mir die Bemerkung nicht verkneifen: Wie richtiger Waldbau auszusehen hat, wusste man in Unterfranken schon immer am besten, schließlich finden sich hier auch die artenreichsten Wälder, die das Geschick der Forstleute am heftigsten fordern. Sie bezichtigen mich des Lokalpatriotismus? Tun Sie es, es ändert nichts an den Fakten.
Aber zurück zu unserem Hirschen. Nach der Verlegung der Hochschule wanderte der Hirsch an das alte Forstamt

Rohrbrunn und nach dessen Abriss, der Autobahn wegen, an das neue Forstamt im neuen Forsthof Rohrbrunn. Zwei Jahre nach dem Erlöschen dieses Forstamtes zog die Plastik bei uns im Jägerhof ein. Ich gestehe, das ist mir beträchtlich in meine alten Mauern gefahren. Natürlich war ich glücklich, bei diesem Kreuzzug zu den Überlebenden zu zählen, aber ich trauerte auch um Rohrbrunn. Echte, aufrichtige Trauer! Es schien mir anmaßend, mich mit Rohrbrunns Hirschen zu schmücken, es war mehr als Verlegenheit, es war Scham! Es mutete sich an, als entrisse man dem besiegten Gegner auf dem Schlachtfeld noch sein Banner und heftete es sich als Trophäe an die eigene Stange. Nein, das ist kein guter Stil. Erst der Gedanke, dass der Hirsch so der Forstverwaltung erhalten bleibe, verschaffte mir etwas Erleichterung. Jetzt gibt es auch kein Forstamt Altenbuch mehr, und das Schicksal der Hirschplastik ist wieder offen. Die Aschaffenburger Forstpatrioten wollen ihm im Park Schöntal eine neue Heimat bieten. In eben jenem Park, wo sich auch die ehemalige Orangerie befand. Dort lauschten die Studenten den Weisheiten ihrer Professoren und gleich angrenzend befand sich der Forstgarten. Er würde sich dort wohl fühlen, der Hirsch, zweifellos, und es wäre forstgeschichtlich gesehen der richtige Platz. Wie viele der Spaziergänger könnten aber mit dieser Plastik etwas anfangen? Wer würde wissen, warum und wieso hier der mächtige Kopf eines Hirschen steht? Es bedürfte also nicht nur eines Platzes für die Plastik, es bedürfte auch einer Erklärung für die Städter, von denen nur noch wenige Bezug zum Wald und zum Forst haben.
Was es mit dem Jägerhof auf sich hat, weiß in Altenbuch – noch – fast jeder. Nicht jeder kennt die Geschichte des Hirschen, aber jeder versteht die Symbolik: Inbegriff der Spessarter Jagdherrlichkeit, deshalb kämpfen sie um sein Verbleiben.

Wie wäre es, die technischen Möglichkeiten der heutigen Zeit zu nutzen und eine Kopie der Plastik zu fertigen? Es fehlt mir das genaue technische Wissen, aber, wenn ich mich nicht täusche, kann die Kopie mit einem Schutz gegen Erosion versehen werden, sodass sie auch bei schlechter Luftqualität vor dem Verfall geschützt ist. Also: das Original in die saubere Spessartluft, die Kopie in die Stadt, mein Vorschlag zur Versöhnung, aber mich fragt ja tragischerweise keiner! Natürlich, ja ich kenne Ihren Einwand, das Geld! Aber wenn sich jemand findet, den Jägerhof zu sponsern, dann eben inklusive Hirsch-Kopie! Sie schimpfen mich einen Träumer? Ja, das bin ich, denn was bleibt mir sonst? Alleine und verlassen, mit der Kälte der Einsamkeit, bleiben mir nur zwei Dinge: Auf bessere Zeiten zu hoffen und von vergangenen, glücklichen Tagen zu träumen. Die Erinnerungen sind es, die mich wärmen. Ich habe sie erzählt, damit sie nicht verloren gehen, damit man weiß, das Haus dort oben am Hang war Sitz alter Spessarter Forst- und Jagdherrlichkeit. Vorbei, vorbei! Es kommt Neues, worauf ich mich vielleicht leichter einstellen könnte, wäre mir nicht so Angst um den großen Wald. Es dauert sehr lange, bis auch dem Laien auffällt, dass der Wald schlecht behandelt wird, und wenn es so weit ist, dauert es sehr, sehr lange, bis die Sünden wieder behoben sind. Hätte ich das Recht und die Macht ein Dekret zu erlassen, es lautete wie folgt:

Also thun Wir, der Jägerhof aus Kurmainzer Zeit, Königlich-Bayerische Forstresidenz und Staatliches Bayerisches Forstamt in persona, kundt: Der große Wald, genannt der Spessart, ist unseres besonderen Schutzes und Wohlwollens sicher; er solle dergestalt bewirtschaftet werden, dass noch Kind und Kindeskinder sich an seinen

Wohltaten laben und erfreuen können. Nicht kurzfristiger Gewinn sei die Maxime des Handelns, vielmehr sollen die, zur Genüge bekannten, Regeln, des respektvollen Umganges mit diesem Geschenk der Schöpfung gelten!

Anno Domini MMVII

Der Jägerhof

Glossar:

Aagebber: Angeber
Atzung: Speisung
Klaa: Klein
Röller: Bleibatzen; große Schrotkugeln
Vorderhämmer: Vorderbeine
Feder: (bei Wildschweinen) Rückenkamm
Gebrech: Maul
Maa: Main
Ängst mäicht: Angst macht
Amaal weggugge: Einmal wegschauen
Prücheli: Kleine (Holz-)Prügel
Druffbrenne: Draufbrennen, gemeint ist: mit Schrot anschießen
Zsammekomme: Zusammenkommen
Bsunners: Besonderes
Säicht: Sagt
Olbern: Merkwürdig
Uffgfalle: Aufgefallen
Figgemühl: Zwickmühle
Kolter: Decke
Je suis folle: Ich bin verrückt
Wie die Hoose laafe: Wo es langgeht; was Sache ist
Aafach eisteiche: Einfach einsteigen
Schööscheißer: Schmeichler; Speichellecker
Bode: Boden
Mitlaafe: Mitlaufen
Gscherr: Geschirr, hier: Handwerkszeug
Lauscher: Ohren von Schalenwild

Um das alte Forsthaus zum Erzählen zu bringen, bedurfte es der Hilfe Vieler. Besonderen Dank dem ehemaligen Kreisheimatpfleger, Herrn Josef Weiß, den Damen und Herren des Staatsarchivs Würzburg, des Stadtarchivs Lohr a. Main, des Stadt- und Stiftsmuseums Aschaffenburg, des Archivs der Main Post Würzburg, sowie des Main-Echos Aschaffenburg, Frau K. Simon +, Herrn Prof. Gundermann, Lehrstuhl für Forstgeschichte in Freising, Dr. Pia Mayer-Gampe, Herrn FA i.R. Walter Heim, Herrn FD Walter Graf sowie allen Forstleuten und Bewohnern von Altenbuch, die mir Geschichten aus Wald und Dorf erzählten.

Quellennachweis:

Aschaffenburger Zeitung 1866, Nr. 124, 127, 129 vom 25., 29., 31. Mai.

Azzola, Prof., Friedrich: Telefonische Auskunft über die Bedeutung von Sühnekreuzen.

Bleymüller, H./Gundermann Prof., E./Beck, R.: 250 Jahre Bayerische Staatsforstverwaltung, Bd. 1 und 2, Bayer. Staatsforstverwaltung, München 2002.

Breitenstein, Gerhard: Von Wilderern und Räubern im Spessart. Verlag Horst Bröstler GmbH.

Craemer, Paul: Die Jagd im Spessart in Sage und Geschichten. Eduard Pohl Verlag 1892.

Fleckenstein, Klaus/Stenger, Bert: Auswandererreportage in Wertheimer Zeitung vom 22.05.2003.

Haus- und Schulchronik der Armen Schulschwestern zu Altenbuch, Archiv J. Weiß.

Jessberger, Kurt/Schneider, Manfred: Rohrbrunn und der Hochspessart, 1985, Fränk. Nachrichten Druck- und Verlags GmbH.

Lohrer Zeitung vom 01.02.1883: Bericht über Gerichtsverhandlung des Falles Laudensack, Archiv Mainpresse Zeitungsverlagsgesellschaft Würzburg.

Reder, Klaus/Selheim Claudia/Weiß Josef: Der Landkreis Miltenberg um 1860. Veröffentlichungen zur Volkskunde und Kulturgeschichte, Würzburg 1999.

Schmittner, Monika: Spessartwilderer im 19. Jhd. Mythos und Realität, in Spessart 3/2003.

Simon, Georg: Ein Hofjagdtag im Spessart-Forstamt Altenbuch, Der Deutsche Jäger, Nr. 49, München 1929.

Simon, Georg: Auszüge aus dem Tagebuch eines Forstmeisters.

Staatsarchiv Würzburg: Bestand Forstamt Altenbuch.

Staudinger, Heinz: Ein Staatsbegräbnis für den Erzwilderer, in Spessart 6/2003.

Staudinger, Heinz: Des Spessarts Erzwilddieb Johann Adam Hasenstab, Echter Verlag, Würzburg 1984.

Virchow, Rudolf: Die Noth im Spessart 1852. Reprint 1998, Verlag Orbensien Bad Orb.

Weber Dr., Hans: Die Geschichte der Spessarter Forstorganisation. Bayer. Landwirtschaftsverlag, München 1954.

Verwaltungs-Geschichte:	Gebäude:	Jagd – legal u. illegal:	Forstleute am FoA Altenbuch:
Seit 1666 Beförsterung (Waldordnung) 1760 Forsthaus erbaut 1807 Forstliche Lehranstalt i. Aschaffenburg 1814 Übergang an Königreich Bayern 1822 Forstorganisation (Beginn desgoldenen Zeitalters) 1823 Forstamt Bischbrunn mit Sitz i. Aschaffenburg wird nach Stadtprozelten verlegt. Altenbuch: Revierförsterei 1868 Revierförster werden zu Oberförstern 1885 Altenbuch wird Forstamtssitz 1885–1973 konstante Revierzahl1915 Forstamt Stadtprozelten wird zu Ass. Stelle 1942 Stadtprozelten wird aufgelöst 1996 Forstamt Rohrbrunn wird eliminiert 2005 Forstamt Altenbuch wird eliminiert	1760 Forsthaus erbaut 1783 Forsthaus Kropfbrunn erbaut 1785 Forsthaus Collenberg 1830 Erdrutsch am unteren Hang 1834 Forsthaus in Breitenbrunn 1841 Sylvan 1855 Walmdach durch Giebeldach ersetzt 1865 Kropfbrunn nach Brand neu erbaut 1878 Erneuter Erdrutsch 1889 Jagdschloss Luitpoldshöhe 1899–1905 größere Umbauten am Forsthaus Altenbuch 1917 Sylvan, Kropfbrunn sind bewirtschaftet 1932 Anbau an der Ostseite des Forstamtes 1999–2001 große Renovierung des Forstamtes für ca. 400 000 €	1773 Johann Adam Hasenstab erschossen 1791 letzte Prunkjagd der Kurmainzer 1826 Wildpark errichtet (11 000 ha) 1841 Wildpark auf 5500 ha verkleinert 1837 tödl. Duell des Revierförsters De Battis u. des Wilderers Peter Lehmann 1866 Wildschütz Peter Amrhein, *der Blutfink* wird erschossen 1886–1911 jährliche Hofjagden mit Prinzregent Luitpold 1882 Waldaufseher Lorenz Laudensack wird erschossen 1950 große Wildereraffäre in Altenbuch 2007 Wilderer, gibt es sie noch?	16. Jhd. Einer von sechs reitenden Förstern des Spessarts in Altenbuch 1760 Wolfgang Mantel Peter Mantel 1822 Joh. Ernst Mantel 1824 Revierförster Carben 1840 Revierförster Mott 1855 Oberförster Lamprecht 1879 Oberförster Hopf 1882 Oberförster Rascher 1889 FM Kuhn 1898 FM. Simon 1909 FM Heyder 1915 FM Kitzler 1932 FM Zahner 1935 FM Rechenauer 1950 FM Hochtanner 1955 FM Fischer 1964 FM Sachs 1979 FD Reising 1985 FD Graf 2001 FD Adamek (Jahreszahl bezieht sich auf Amtsantritt)

Die Lebensgeschichte einer Frau aus einem Dorf im Spessart. Geschichte der >>kleinen<< Leute für die in den Geschichtsbüchern kein Platz ist. Fern des großen Weltgeschehens und doch aufs engste mit diesem verknüpft.

Kompliment an die Autorin, dass sie sich getraut hat... Geschichte sorgsam zu recherchieren und in ansprechende Romanform zu kleiden. Rezension Amazon.de

Als >>Book on Demand<< über den klassischen Buchhandel, den Internet-Buchhandel sowie direkt von der Autorin zu beziehen.

ISBN: 3-8311-3562-2